전략
삼국지
5

오장원의 가을바람

SANGOKUSHI (5)
Text by MITAMURA, Nobuyuki, illustrations by WAKANA, Hitoshi +Ki
Text copyright © 2002 by MITAMURA, Nobuyuki
Illustrations copyright © 2002 by WAKANA, Hitoshi +Ki
First published in Japan in 2002 by Poplar Publishing Co., Ltd.
Korean edition copyright © 2005 by Sam Yang Media
Through PLS, Seoul. All rights reserved.

전략 삼국지 5

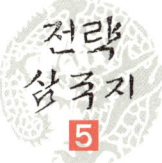

오장원의 가을바람

나관중 원작 | 나채훈 · 미타무라 노부유키 평역 | 와카나 히토시 그림

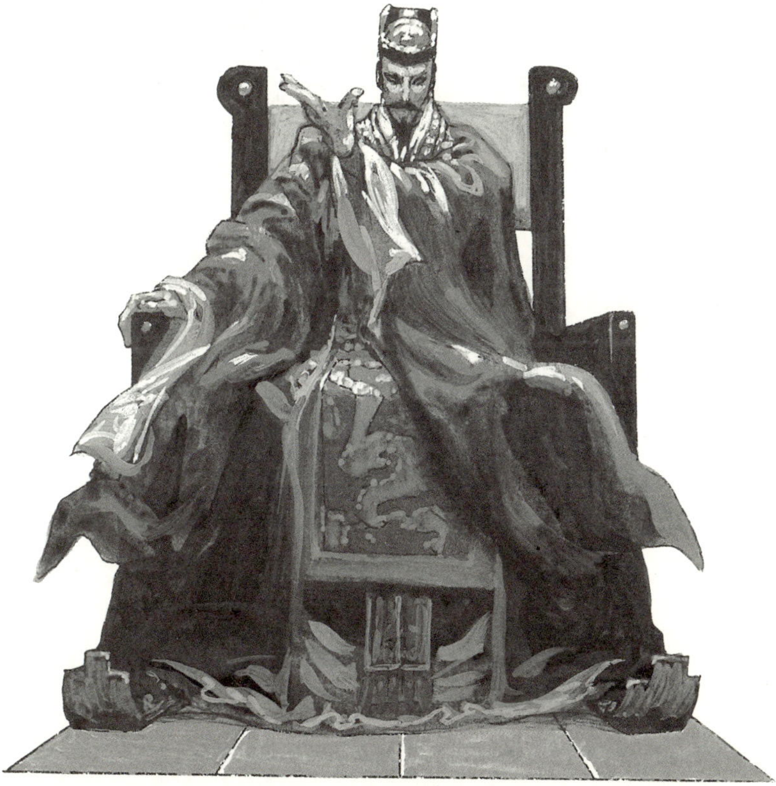

삼양미디어

당시 지도

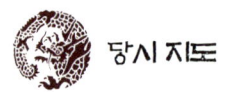

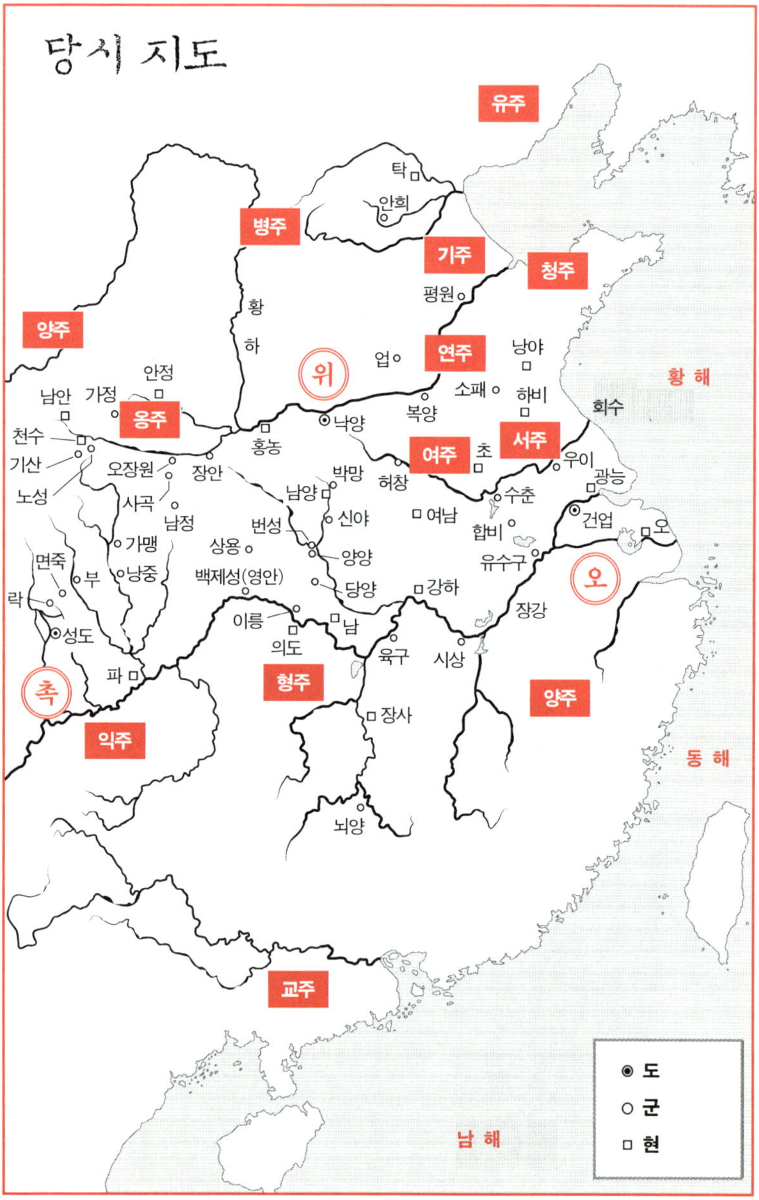

당시 지도
유주
병주
탁
안희
기주
청주
평원
양주
황
하
업
연주
낭야
위
안정
남안
가정
옹주
소패
하비
복양
황해
회수
천수
홍농
낙양
여주
초
서주
기산
오장원
장안
박망
허창
우이
광능
노성
사곡
남정
남양
신야
여남
수춘
건업
오
번성
합비
가맹
상용
양양
유수구
면죽
부
낭중
백제성(영안)
당양
강하
오
락
성도
이릉
의도
남
장강
육구
시상
파
형주
촉
양주
익주
장사
동해
뇌양
교주
남해
도
군
현

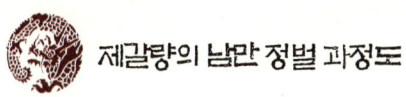

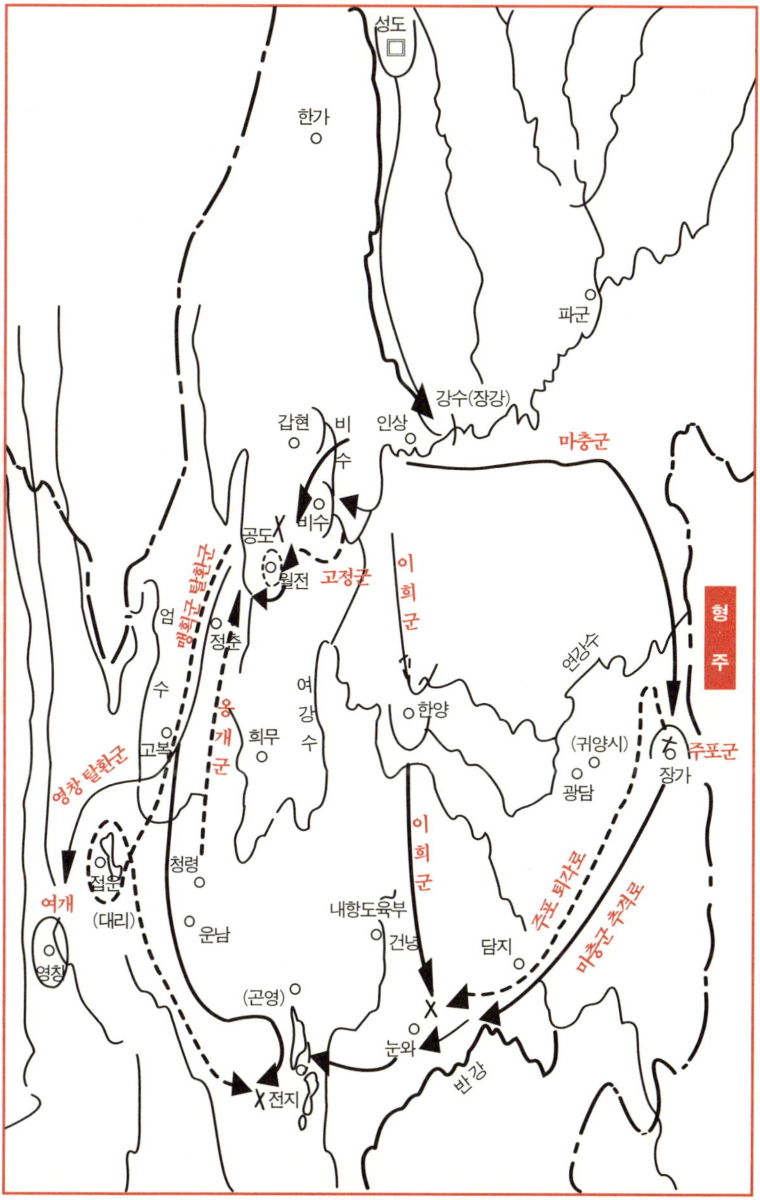

 추천의 글

이 수 성 (전 국무총리, 현 새마을운동중앙회장)

삼국지는 오랜 세월 동양의 고전으로 흥미진진한 영웅담으로 읽혀지면서 가장 인기 있는 역사소설이 되었고, 특히 사회적으로 어지러운 기류가 일어날 때는 인생의 지침서나 바른 처세의 교훈서로 각광을 받았습니다.

그 이유가 무엇일까요?

등장하는 수많은 인물들의 인간적 매력, 그리고 그들의 실패와 성공 뒤에 도사리고 있는 지묘와 전략, 신의와 배신, 소용돌이치는 철저한 이기심과 당당한 대의의 마찰 등 장면마다 극적 현상들이 사람의 마음을 끌어당기기 때문일 것입니다.

관우의 신의와 장비의 무혼, 조자룡의 성심과 용맹, 제갈량의 신출귀몰한 지략, 조조의 현실지향적 사고와 간계, 유비의 장자다운 인간애에 매료당하는 이유도 있겠지요.

그러나 무엇보다도 중요한 것은 청소년 시절에 가져야 할 큰 꿈, 그리고 그것을 실현하는 능력과 기백에 대하여 옳고 그름을 판별하고 대의를 존중하며, 최대 다수의 최대 행복이 무엇인가를 숙고하게 해 주는 지침서이기 때문이라고 생각합니다.

이번 한일 양국의 협력 속에 발간되는 「전략 삼국지」는 21세기의 젊은이들이 반드시 읽어야 할 교양 필독서이자 장차 삶의 내용을 풍부하게 해 줄 인간 경영의 큰 틀을 보여 준다는 점에서 많은 분들의 사랑을 받을 것이라고 확신합니다.

흥미도 흥미지만 진지한 마음으로 수많은 인물들의 활약상을 음미해 보십시오.

시대는 바뀌어도 변하지 않는 것 - 인간의 위대한 모습이 무엇인지를 독자에게 되새겨 주리라 믿습니다.

삼국지라는 역사 공간에서 민중과 지배자와의 관계가 어떻게 형성되어야 역사의 성공을 이룰 수 있는지를 살펴보고 우리의 현실을 어떻게 개척해 나갈 것인가도 생각해 보았으면 싶군요.

일독을 권하면서 독자들의 큰 성취를 기원합니다.

이수성

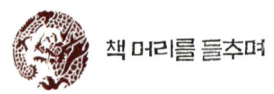 책 머리를 들추며

    원래 「삼국지」는 촉한 출신의 진(晉)나라 역사가였던 진수라는 분이 조조의 위나라, 유비의 촉한, 손권의 오나라 역사를 기록한 책입니다.

    이 역사서의 큰 뼈대를 바탕으로 해서 재미있는 역사소설로 펴낸 것이 「삼국연의」라는 나관중의 작품입니다. '연의' 라는 말은 꾸며 쓴 이야기, 즉 소설을 말합니다.

    결국 이 역사소설이 흥미가 진진하고 재미가 있어 널리 읽히게 되어 「삼국지」라고 하면 나관중의 역사소설로 인식될 정도가 되었고, 요즈음 「삼국지」라고 할 때 그것이 나관중의 작품이 되고 만 것입니다.

    사실 역사서보다는 역사소설 쪽이 재미 이상의 교훈을 많이 담고 있고 등장하는 인물들에 대한 매력과 흥미를 잘 묘사하고 있지요.

    예를 들면 천애고아가 된 제갈량이 용기를 잃지 않고 노력하여 뛰어난 전략가이자 명 정승이 되어 펼치는 기기묘묘한 계책이나 최선을 다해 임무를 완수하려는 정신, 그리고 세상에 대해 갖고 있는 올바른 사고방식이 있습니다.

    그리고 도원결의에서 나타난 유비, 관우, 장비 삼형제의 신의와 의리, 목숨을 초개같이 여기면서 지키려 하는 무사정신은 우리의 심금을 울리지요. 꾀 많은 조조가 발휘하는 갖가지 모습 또한 어느 때는 무릎을 치게 하고, 어느 때는 탄식을 불러일으킵니다.

    그래서 「삼국지」는 이런 모습들을 다양하게 보여 주는 여러 작가들의 작품이 나왔고, 어린이를 위한 것은 물론 만화로도 많이 나와 널리 읽히게 되었습니다. 따라서 완역본을 바탕으로 한 소설이나, 계층에 알맞도록 재구성된 소설, 또는 만화가 나름대로의 특징으로 독자의 사랑을 받고 있는 것입니다.

어떤 작품이 정본(正本)이고 어떤 작품이 옳다든지 하는 의견도 더러 있습니다만, 그것은 큰 의미가 없고 오히려 작가 나름대로의 시각이 살아 있는 쪽에 의미를 두는 것이 좋으리라 생각됩니다.

이번에 펴내는 「전략 삼국지」는 도원결의에서 시작하여 오장원에서의 제갈량 죽음까지를 다루는데 제갈량의 활약 쪽에 무게를 두고 젊은이들이 읽기 쉽도록 했다는 데 특징을 주었습니다. 그리고 관우와 장비를 중심으로 보여 주는 의리와 신의를 보다 부각시켰습니다. 물론 원전에 바탕을 둔만큼 다른 삼국지와 크게 다르지는 않겠으나 풍부한 삽화와 관계되는 장면을 지도로 설명하며, 보충설명을 넣어 누구든지 읽고 재미를 느끼며 지혜와 용기, 지켜야 할 도리 같은 것을 배울 수 있었으면 하는 바람을 담았습니다. 많은 사랑과 이해를 부탁드립니다.

인천에서
평역자 나채훈 씀

 등장인물

유 비
촉한의 황제. 의형제 관우와 장비의 복수전을 위해 손권 진영으로 쳐들어 가지만, 육손에게 대패를 당하고 백제성으로 도망쳐 들어간다. 이윽고 최후를 깨닫고 공명을 불러 후사를 맡기고 파란만장한 생애를 마감한다.

장 비
촉한의 맹장으로 의형제 관우의 원수를 갚기 위해 출진하기 직전, 부하에게 무리한 요구를 하다가 살해당하고 만다.

제갈량
자는 공명. 촉한의 승상. 백제성에서 유비에게 뒷일을 부탁받고 유비가 이루지 못한 꿈을 이룩하려고 몇 번씩이나 위나라로 쳐들어 가서 사마의와 싸웠지만, 수명이 다하여 오장원에서 생애를 마친다.

조 운
촉한의 무장.
유비가 죽은 뒤에도 크게 활약하고, 나이를 먹었어도 녹슬지 않는 무용을 발휘하여 공명을 돕는다.

황 충

촉한의 무장. 나이를 먹었어도 활약할 수 있다는 것을
보여주려고 손권군과 싸웠지만, 중상을 입고 유비의 간호를
받다가 죽는다.

장 포

장비의 아들. 부친으로부터 물려받은 무용으로 공명을
도우며 활약하지만, 위군과 싸울 때 골짜기에 떨어져
목숨을 잃는다.

관 흥

관우의 차남. 오나라와 싸울 때,
부친 망령의 도움으로 원수 중 하나인 반장을 죽인다.

마 속

촉한의 재사. 재능이 풍부하여 공명의 사랑을 받았으나
가정에서 졸렬한 싸움을 하여 대패
공명이 눈물을 흘리면서 목을 베었다.

 등장인물

위 연
촉한의 무장. 공명에게 불만을 품고 공명이 죽은 후
반역하지만, 공명의 계략에 의해서 마대에게 죽임을 당한다.

마 대
촉한의 무장. 남만 원정 등에서 활약.
공명에게 계략을 전수받고 반역한 위연을 벤다.

강 유
촉한의 무장. 처음에 위나라에 속해 있었으나,
후에 공명에게 항복. 공명의 후계자로서 공명이 죽은 뒤에
촉한군을 이끌고 위나라와 싸웠다.

등 지
촉한의 신하. 공명의 명을 받고 손권 진영에 사자로 가서
협박에 굴하지 않고 훌륭하게 사명을 완수한다.

유 선
촉한의 제2대 황제.
남의 말에 잘 넘어가서 공명을 속상하게 만든다.
공명이 죽은 후 놀기를 좋아하다가 나라의 멸망을 초래한다.

조 비

위나라의 창업 황제.
재주가 많고 부친 조조처럼 문학에도 뛰어났으나
자기 절제를 하지 못하고 40세에 죽었다.

조 예

위나라의 제2대 황제.
조부 조조를 닮아 재주가 뛰어나고 결단력이 있으며
사마의와 조진을 기용하여 촉한의 침공을 저지한다.

사마의

위나라의 책사이자 총사령관.
모반을 일으키려고 한 맹달을 죽이고, 가정 싸움에서는
마속에게 대승한다. 기산과 오장원에서 공명과
대결하여 수비전략으로 최후의 승자가 된다.

사마소

사마의의 차남. 지략을 겸비했고,
나중 대장군이 된다. 진왕이 되어 진제국의 기초를 세웠다.

 등장인물

조 진
위나라의 장군. 사마의와 함께 공명과 싸우지만
끝내 병을 앓게 되고, 공명에게 편지로 치욕을 당하고 죽는다.

학 소
위나라의 대장.
공명의 공격을 받았으나 진창성을 끝까지 지켜
촉한군을 물리친다.

장 합
위나라의 대장. 사마의의 부장이 되어 가정 싸움에서
마속을 물리친다. 나중 공명을 잡겠다고 무리하게 추격하다가
목문도에서 화살에 맞아 죽는다.

맹 달
위나라의 무장.
본래는 유비 진영에 속해 있었다. 조비가 죽은 후,
다시 촉한으로 돌아가려고 하다가 사마의에게 잡혀 죽는다.

손 권
오나라의 황제. 육손을 기용하여 관우와 장비의 원수를
갚으려고 쳐들어 온 유비를 격퇴한다. 그 후에는 촉한과
동맹을 맺고 위나라와 싸운다.

육 손

오나라의 군사령관.
손권에게 발탁되어 총사령관이 되고, 침공한 유비의 대군을
호정에서 화공으로 전멸시킨다. 정치적으로도 능력이
출중했으나 후계자 갈등에 연루되어 죽는다.

장 소

오나라의 중신.
촉한의 사자 등지를 시험하도록 손권에게 권한다.

서 성

오나라의 무장.
오나라에 침공해 온 조비를 종이로 만든 성벽이나 지푸라기
인형으로 속여서 물리쳤다.

맹 획

남만(南蠻)의 왕. 촉한에 반항하여 반란을 일으킨다.
평정하러 나선 공명과 싸우다가 일곱 번 붙잡혔으나,
그때마다 석방되자 감격해서 항복했다.

맹 우

맹획의 동생. 형과 함께 공명과 싸웠지만,
술에 섞은 마취제를 마시고 붙잡힌다.

타사대왕

독룡동의 동주. 맹획에게 협력하여 촉한군에 맞서 싸웠지만
위연의 칼에 맞아 죽는다.

목록대왕

팔납동의 동주. 호랑이나 표범, 늑대나 들개 등을 조종하고
이상한 요술을 부려서 촉한군을 괴롭힌다.

차례

5 오장원의 가을바람

책 머리를 들추며 _8

장비의 죽음과 관우 복수전 _18

육손의 화공과 유비의 최후 _44

오로(五路) 대작전 _66

남만왕 맹획 _84

칠종칠금 _102

출사표를 쓰다 _122

사마의, 복권되다 _146

울면서 마속을 베다 _166

어리석은 유선 _184

호로곡의 화공 _218

오장원에서 큰 별이 지다 _238

죽은 공명이 산 중달을 쫓다 _256

5권을 덮으며 _274

장비의 죽음과 관우 복수전

1

그해(221년) 4월, 유비는 제위에 올랐고, 연호를 장무라 했으니 장무 원년이다. 황제 유비는 제갈량을 승상에 임명하는 등 조정의 체계를 갖추자, 곧 문무백관을 모아 놓고 손권 토벌의 뜻을 밝혔다.

"그 옛날 황건적을 무찌르기 위하여 도원에서 의형제 인연을 맺고, 생사를 함께 하자고 맹세한 관우장군이 손권의 간계에 걸려 죽었다. 이 원수를 갚지 않으면 짐은 평생의 맹세를 어기는 것이 된다. 따라서 전군을 총동원하여 손권을 무찌르러 가려 한다."

유비의 음성은 가느다랗게 떨렸다. 그러자 조운이 말했다.

"그것은 아직 시기상조(時機尙早=때가 이르지 않았음)입니다. 국적(國賊)은 한조의 천하를 빼앗은 위(魏)의 조비이지 손권이 아닙니다. 먼저 위나라를 무찌를 군사부터 일으켜야 합니다."

"무슨 말을 하는가? 손권은 관우를 죽였을 뿐만 아니라 배신자 부사인과 미방을 숨겨 두고, 반장과 마충 등도 그 밑에 있다. 손권을 쳐서 이 놈들의 목을 베고 살을 씹지 않으면 짐의 원한이 풀리지 않는다."

"위나라부터 치지 않으면 폐하께서 제위에 오르신 의미가 줄어듭니다. 부디 다시 생각하여 주십시오."

조운이 간곡하게 만류했으나 유비는 듣지 않고, 손권을 토벌할 대병력을 일으키라고 명했다.

한편, 장비는 유비의 즉위식에 참석한 뒤, 서둘러 손권 토벌군을 일으키겠다는 유비의 말을 듣자 성도(成都=촉한의 도읍지. 현재 사천성의 성도)에서 떠나 근무지인 낭중으로 돌아왔다.

'이제 곧 관우 형의 원수를 갚게 된다.'

장비는 생각만 해도 흥분에 가득 찼다.

"복수의 준비다. 뜨거운 마음을 더욱 불태워야 한다. 어서 술을 가져오너라!"

기쁜 일이 있다고 한 잔, 슬픈 일이 있다고 한 잔, 장비와 술은 떼어 놓을 수가 없었다. 낭중으로 오고 나서부터 더욱 이런 습관은 심해져 장비는 매일 술을 마셨다.

처음에는 복수할 마음에 기분이 좋아 마셨지만, 술에 취해 갈수록 죽은 관우 형이 새삼 그리워져서 그런지 남의 이목도 아랑곳하지 않고 '엉엉' 통곡을 하기도 했다. 그런가 싶으면, 멀리 강동 쪽을

무섭게 노려보며,

"네 이놈, 손권아, 머지않아 네 놈의 목을 쳐줄 테니 기다려라!"

하고 이를 '바드득바드득' 갈며 머리칼과 수염을 곤두세우고 벼락같이 소리쳤다. 나중에는 칼을 뽑아 들어 아무 데고 할 것 없이 마구 휘둘러댔다. 그러면 함께 술을 마시고 있던 부하들은 걸음아 날 살려라 하고 뿔뿔이 도망쳤다.

그런 날이 계속되었으나 어찌된 일인지,

"곧 출동하마! 연락을 기다려라."

하고 다짐한 유비로부터 아무런 소식이 없었다.

'어떻게 된 거야? 유비 형님이 황제가 되고 보니 약속을 잊어버린 것인가?'

장비는 애가 타기도 하고 울컥 솟구치는 감정을 억제할 수가 없게 되었다. 그러다 보니 부하들의 작은 실수에 대해서도 참지 못하고 예전과는 달리 주먹으로 마구 때리고 채찍으로 때렸다. 그래서 부장들은 물론 병사들까지 아예 장비 옆에 접근을 하지 않으려 했다.

마침내 장비는 더 이상 참을 수 없게 되었다. 일각이라도 빨리 손권을 치는 군사를 일으킬 것을 독촉하려고 성도로 달려갔다.

장비는 유비를 만나자 그 앞에 엎드려 유비의 무릎을 끌어안고 울음을 터뜨렸다. 유비도 장비의 등을 쓰다듬으면서 함께 울었다.

"폐하는 약속을 잊으셨습니까? 무엇 때문에 관우 형의 원수를 갚으려고 하지 않는 것입니까?"

"결코 잊지 않았다. 출병 준비는 명해 놓았으나 조운을 위시해서 반대하는 자가 많아 좀처럼 일이 진행되지가 않는구나."

"만일 폐하께서 갈 수 없다면 저 혼자서라도 관우 형의 원수를 갚으러 가겠습니다."

"어찌 너 혼자 가게 할 수 있겠느냐? 짐도 가겠다."

유비는 눈썹을 치켜들며 단호하게 대답했다.

"누가 반대를 하든 더 이상 주저하지 않겠다. 너는 곧 낭중으로 돌아가 병사들을 이끌고 나와라. 짐도 정병을 골라 출병하겠다. 도중에 만나 함께 강동으로 쳐들어가 관우의 원한을 풀어 주자."

"고맙습니다, 폐하. 형님!"

장비는 얼굴을 환하게 빛내면서 잠시가 아깝다는 듯이 일어서는 대로 말을 타고 낭중으로 향했다.

장비가 나가고 엇갈리듯이 공명이 들어왔다.

"제발 강동 출진은 당분간 뒤로 미뤄 주십시오. 조장군이 말하는 것처럼 우선 쳐부셔야 할 역적은 조비입니다. 조비를 쳐서 천하에 의가 살아 있다는 것을 보여 주는 것이 우리 촉한의 1차 임무 아닙니까?"

공명은 출진을 연기하도록 여러 가지로 설득을 했다.

"짐의 마음은 이미 정해졌다. 더 이상 아무 말도 하지 마라."

유비는 얼굴을 돌리고 안으로 들어가 버렸다.

낭중으로 돌아오자마자 장비는 부하 범강(范彊)과 장달(張達)을 불렀다.

"출진이다. 관우 형의 복수전이니까 소복(素服 = 상복으로 흰 옷)을 입고 출동하고 싶다. 오늘부터 3일 내에 전군의 것을 준비하라."

범강과 장달은 서로 얼굴을 마주 보았다.

전군이라고 하면 그 수효가 무려 5천 명이나 된다. 그 정도로 많은 소복을 갖추려면 3일 안에는 벅찬 일이다.

"며칠 더 시일을 줄 수 없습니까?"

"10일 이내면 어떻게든 해보겠습니다만."

장비의 눈치를 보며 겨우 말한 순간, 벼락이 그들 머리 위에 떨어졌다.

"나는 지금 당장이라도 출동하고 싶다. 10일씩이나 기다리고 있을 수 있겠는가? 내 명령을 듣지 못하겠다면 이렇게 해 주겠다!"

장비는 두 사람을 붙잡아 기둥에 매고 병사에게 명해 채찍으로 50대씩 때리게 했다.

"알았느냐? 지시한 대로 3일 이내에 반드시 마련해라. 만일 내 명을 어길 시에는 목을 베어 버릴 테니 알아서 해라!"

범강과 장달은 아픔을 꾹 참고 자신들의 숙소로 돌아왔다.

"제기랄! 3일 동안에 5천 명 분의 소복을 마련하라니 아무리 계산해 보아도 무리한 명령일세."

"마련하지 못하면 우리들은 죽은 목숨이야."

"단 한 가지, 살아날 길은 있네."

"어떻게 하면 되는데?"

"우리가 먼저 상대를 해치우면 되지."

"음, 그것은 나도 생각해 보았네. 그러나 장비를 죽이는 것은 용이한 일이 아닐세."

"그렇지도 않네. 놈은 매일 밤 술을 퍼마시고 곤드레만드레가 되어 잠이 들어 버리네. 요즘은 경호병들도 가까이 하려고 하지 않으니 좋은 기회일세. 밤중에 습격을 하면 될 걸세."

"그렇겠구먼. 좋다, 해치우세. 장비의 목을 가지고 손권에게 달려가면 은상도 받을 수 있을 걸세."

두 사람은 얼굴을 맞대고 암살계획을 짰다.

그날 밤도 장비는 술에 만취되어 잠자리에 들었다.

그 무렵, 범강과 장달은 품 안에 예리한 칼을 한 자루씩 숨겨 장비의 숙소로 향했다.

"장군님은 이미 잠자리에 드셨습니다."

문지기 병사에게 저지당했으나, 두 사람은 오늘 밤 안으로 보고하지 않으면 안 되는 중대한 용건이 있다고 거짓말을 하고 안으로 들어갔다.

장비는 깊이 잠들어 있었다. 그러나 눈은 커다랗게 떠 있었고, 수염은 빠짐없이 곤두 서 있었다. 장비는 잠을 잘 때에도 눈을 뜨고 있었던 것이었다.

두 사람은 처음에는 가슴이 철렁했다. 자신도 모르게 뒷걸음쳐 도망가고 싶었지만 코고는 소리가 들려 왔기 때문에 안도의 숨을 내쉬었다. 두 사람은 서로 눈짓을 한 후 마음을 독하게 먹고 칼을 꺼내 먼저 범강이 장비의 배를 향해 힘껏 찔렀다.

장비는 '악' 하고 비명소리를 지르며 벌떡 일어났다. 배에 박혀 있는 칼을 바라보더니 뒤이어 얼굴을 들어 범강과 장달을 노려보았다.

"이 놈들이!"

동그란 눈을 찢어질 듯이 크게 뜨고 두 사람을 향해 달려들려고 일어섰다.

"죽어라!"

뒤이어 장달이 온몸을 던지듯이 달려들어 또다시 칼을 장비의 배에다 깊이 찔러 넣었다. 더 이상 견디어내지 못하고 장비는 '쿵' 하고 침상에 그대로 쓰러졌다. 죽은 것이다. 그때 장비 나이 55세였으니 한창 일할 나이였다.

범강과 장달은 장비의 목을 베어 보자기에 싸가지고 어둠을 틈타 강동을 향해 도망쳤다.

한편, 유비는 장비를 낭중으로 돌려 보내고 나자, 서둘러 공명에게 뒤를 맡기고 50만 대군을 일으켰다. 장무(章武) 원년 7월의 일이었다. 황제가 된 지 꼭 4개월째였다.

성도를 뒤로 하고 동남쪽으로 수십 리 지점까지 왔을 때, 일단의 병사들이 바람을 일으키면서 달려왔다. 그 선두에 서 있는 것은 흰 갑옷을 입은 젊은 대장이었다. 누군가 하고 보니 장비의 장남 장포였다. 장포는 유비 앞까지 오자 굴러 떨어지듯이 말에서 내려 그 자리에 덥석 엎드렸다.

"폐하, 범강과 장달이 아버님을 살해하고 그 목을 가지고 강동으로 도망쳤습니다."

"아! 장비가······."

유비의 몸이 휘청 흔들리는가 싶더니 그대로 수레 바닥에 쓰러져 정신을 잃었다.

시종들에게 부축을 받아 몸을 일으킨 유비는 가까스로 정신을 차렸다. 다시 장포로부터 자세한 상황을 듣고는 눈물을 줄줄 흘리며,

"지난번에는 관우를 잃고, 이제 장비까지 잃었으니 짐 혼자서 앞으로 어떻게 살아가면 좋을꼬······."

하고 하루종일 장탄식을 계속하더니 식사가 목에 넘어가지를 않는지 그날 하루 내내 물 한 모금조차 마시지 않았다. 때문에 전군은 움직일 수가 없어 그날 밤 그곳에서 야영했다.

다음 날 아침, 대장들 앞에 모습을 나타낸 유비는 얼굴 빛은 창백했으나, 입은 굳게 다물고 눈에는 강한 결의의 빛을 띠고 있었다.

"죽일 놈은 범강과 장달이다. 놈들이 강동으로 도망친 것은 은상이 목적일 것이다. 그렇다면 손권은 관우뿐만 아니라 장비의 원수이기도 하다. 짐은 손권을 멸망시키고 목을 벨 때까지 성도에 돌아가지 않을 각오다!"

유비의 결연한 태도에 대장들은 더욱더 분발했다.

"저희들도 손권의 목을 벨 때까지 폐하의 뒤를 따르겠습니다!"

"와 — 와! 폐하를 따라 손권을 무찌르겠습니다."

병사들도 일제히 함성을 질렀다.

"고맙다! 전군 진격하라!"

유비가 강동 쪽을 향해 패검을 겨누고 출발 호령을 내렸다.

병사들이 대오를 짓고 출발하려 할 때였다. 장포처럼 흰 군복을 입은 젊은 대장에게 이끌린 일단의 병력이 달려왔다. 그들이 유비 앞에서 말을 내려 엎드린 것을 보니 관우의 아들 관흥(關興)* 이었다.

관흥은 관우와 함께 손권에게 처형당한 관평의 동생으로 성도에 있었으나 병에서 회복된 지 얼마 안 되었기 때문에, 유비는 이번 원정에 참가시키지 않았던 것이다.

"관흥이냐? 몸은 이제 다 나았느냐?"

"네, 완전히 나았습니다."

관흥은 얼굴을 쳐들었다. 수척하기는 했지만 그 눈에는 강한 결의가 깃들어 있었다.

"폐하, 이대로 목숨을 잃는다 하더라도 아버님과 형의 복수전에 참가하지 않을 수 없습니다. 부디 신에게 참가하도록 허락해 주십시오."

"잘 말했다. 그래야 관우의 자식이지!"

유비는 관흥의 결의를 들으며 관우를 생각하고, 자기도 모르게 눈물지었으나 마음을 다잡고 옆에 서 있는 장포* 를 돌아다보았다.

"좋다. 네가 선봉을 맡아 나가거라."

그러자 관흥이 불만을 표시했다.

"폐하, 잠시 기다려 주십시오. 선봉은 부디 저에게 맡겨 주십시오."

"무슨 말을 하는가? 폐하는 나에게 명하셨다."

장포가 발끈해서 대꾸했다.

"그대가 중요한 선봉 역할을 할 수 있겠는가?"

"나는 어렸을 때부터 무예를 익혀 왔지. 활이라면 백발백중의 솜씨지."

"그것 참 재미있군. 그럼, 한 번 보여 주겠는가?"

"좋다!"

장포는 좌우 병사에게 명하여 백보 떨어진 곳에 깃발을 세우게 했다. 활에 화살을 메겨 연거푸 세 개의 화살을 쏘았다. 화살은 빨려 들어갈 듯이 차례차례로 깃발 한복판의 빨간 과녁을 꿰뚫었다.

"와 — 명중이다!"

병사들과 대장들이 이구동성으로 장포의 솜씨를 칭찬하자, 관흥은 입을 꽉 다물고 활을 손에 들고 앞으로 나왔다. 때마침 열을 지어 멀리 머리 위를 날아가는 기러기 떼를 가리키고는,

"세워놓은 과녁의 빨간 원을 쏘아 맞히는 것은 애들 장난 같은

관흥(關興)과 장포(張布)
관흥은 관우의 차남으로 부친의 원수인 반장을 죽이고 청룡언월도를 도로 빼앗았다. 장포는 장비의 장남으로 궁술에 능해 '1백보 이상 떨어진 과녁을 연속으로 3번씩이나 중심에 맞혔다'고 한다. 둘 다 제갈량의 기대를 한 몸에 받았으나 오래 살지 못했다.

솜씨다. 나는 저 선두에서 세 번째 기러기를 쏘아 맞춰 보이겠다!"

하고는 시위를 놓았다.

시위 소리와 함께 선두에서 세 번째 기러기가 곤두박질치며 지상으로 떨어지는 것이었다. 이것을 보고 모두들 놀라 한동안 벌린 입을 다물지 못했다.

그러자 장포가 말에 뛰어오르더니 장비가 쓰던 장팔사모를 휘두르면서 소리쳤다.

"이렇게 된 이상 둘이 한판 붙어 결판을 내자!"

"오, 바라는 바다!"

관흥도 서슴없이 창을 들고 말에 올라타 앞으로 돌진했다. 두 사람이 맞붙어서 결투를 벌이려고 했을 때, 유비가 큰소리로 꾸짖었다.

"너희 두 사람 모두 그만두지 못하겠느냐. 너희들 부친은 형제의 인연을 맺고, 피를 나눈 형제 이상으로 친하게 지냈다. 그렇다면 너희들도 형제와 마찬가지로 마음을 하나로 합쳐서 부친의 원수를 갚아야 하지 않겠느냐!"

장포와 관흥은 동시에 무기를 내던지고 말에서 뛰어 내려 유비 앞에 엎드려 사죄했다.

"폐하, 저희들 소견이 얕았습니다."

"싸움은 원수와 하는 것. 지금부터 너희들은 부친처럼 의형제의 인연을 맺고 원수를 갚고 나라의 기둥이 되어야 할 것이다."

유비는 두 사람을 따끔하게 타이르고, 장포가 한 살 위였기 때문

에 장포를 형으로 해서 의형제의 인연을 맺게 했다.

유비는 장비의 부하였던 오반(吳班)을 선봉으로 명하고, 장포와 관흥에게는 자신을 경호하는 임무를 주어 병력을 출발시켰다.

2

이 무렵에 강동의 손권은 범강과 장달의 투항을 기쁘게 받아들이고, 장비의 목을 거두어 들였으나 유비가 50만 대군을 이끌고 쳐들어온다는 보고를 받자 깜짝 놀랐다. 안색이 달라지며 심히 난감해 했다. 주위에서 권했다.

"우선 화해를 청해 보시고 다음을 궁리하십시오."

손권은 이 의견을 받아들여 공명의 형인 제갈근을 사자로 보내 화해를 구했다.

유비가 장강의 상류인 백제성까지 진격하고 있을 때였다. 제갈근이 찾아와 백제성 교외에서 유비를 만나 손권 진영과 촉한이 힘을 합쳐 위나라의 조비를 치는 것이 올바른 길이라는 것을 역설했다.

그러자 유비는,

"짐은 동생을 죽인 자하고는 어떤 일이 있어도 손을 잡지 않겠다. 돌아가 손권에게 그대로 전하라. 목을 깨끗이 씻고 짐이 도착하여 목을 쳐줄 때를 기다리라고."

하고 제갈근의 설득을 단 한마디로 물리치고 멀리 쫓아 보냈다.

돌아온 제갈근으로부터 유비가 화해할 뜻이 전혀 없다는 사실을 보고받은 손권은 위나라에 도움을 청하기로 했다. 우선 조비에게 신하로서 충성할 것을 맹세하는 편지를 써서 사자에게 주어 낙양으로 가도록 했다.

낙양의 위나라 황제 조비는,

"손권의 항복은 유비의 대군을 우리가 물리쳐 줄 것을 기대하는 궁여지책(窮餘之策 : 막다른 골목에서 짜낸 타개할 꾀)이다."

하고 웃으며 손권의 항복을 받아들이고, 손권을 오왕(吳王)에 봉했다. 그러나 구원병은 파견하지 않을 심산이었다.

'누구도 돕지 않겠다. 양쪽이 싸워 어느 쪽인가 한쪽이 남으면 남은 쪽을 공격해 멸망시키면 천하가 통일된다.'

이것이 조비의 속셈이었다.

오왕이 된 손권은 조비의 속셈도 모르고 위나라의 원군을 목이 빠지도록 기다리고 있었으나 아무리 기다려도 구원군은 오지 않았다. 그 사이에 유비가 이끄는 촉한군이 수륙 양면으로 장강을 내려와 그 선봉이 벌써 형주의 의도(宜都) 부근까지 진출하고 있다는 보고가 들어왔다.

'어차피 남에게 의지해서는 안 되겠구나.'

손권은 스스로의 힘으로 유비와 대결하기로 결심했다. 먼저 손환(孫桓)과 주연(朱然) 두 대장에게 수륙 5만 병력을 주어 의도로 향하게 했다.

촉한군의 선봉 오반은 손환과 주연이 병력을 이끌고 의도로 진격해 온다는 것을 알자, 유비의 본진에 화급함을 알렸다. 유비는 장포와 관흥 두 사람에게 병력을 내주고 맞받아 싸울 것을 명했다.

장포와 관흥이 병력을 이끌고 의도로 달려가, 손환이 이끄는 2만 5천의 오군과 대결했다. 장포와 관흥은 첫 싸움이니 만큼 용기백배하여 달려드는 적병을 마구 짓밟고 3명의 적장 목까지 베어 오군을 무참하게 무찔렀다.

그때 수군(水軍)을 이끌고 장강에 진을 치고 있던 주연은 손환이 패한 것을 알고, 부장에게 1만 명의 병사를 주어 가세하러 보냈다. 구원병이 손환의 진영이 있는 곳으로 달려가는 도중 그쪽 방향에서 불길이 치솟아 올랐다. 오반이 이끄는 촉한군이 세 방면으로 나뉘어 야습을 가한 것이다.

가세하러 가던 병력은 속도를 내어 손환의 진지로 향해 달려갔으나 도중에 장포와 관흥의 매복을 만나 전멸해 버렸다.

궁지에 몰린 주연은 선단을 60리나 하류로 후퇴했고, 손환은 살아남은 얼마 안 되는 병사들을 이끌고 이릉성으로 가서 성안에 틀어박혔다. 오반의 군사들이 이릉으로 밀려가 사방을 물샐틈없이 에워쌌으며 장포와 관흥은 의기양양하게 본진으로 개선했다.

한편, 손권은 손환이 몰살당할 정도로 패배했다는 보고를 받자 크게 놀라 한당, 주태, 반장, 감녕 등 대장에게 10만 대군을 주어 서둘러 출발시켰다. 이때, 감녕*은 몸의 건강이 좋지 않았으나 무리를 해서 출진했다.

아무리 남방이라고 하지만 12월 말의 겨울바람은 매서웠다. 병사들은 추위와도 싸워야 했다. 하지만 촉한군은 연전연승으로 추위 따위를 겁내지 않았다.

유비는 성도를 떠난 첫 새해, 장무 2년(222년)의 정월을 강동 땅에서 맞이하고 있었다.

"복수의 그날이 멀지 않았다."

본진에서 열린 신년 축하연에서 장수들은 유비와 함께 일제히 소리치며 술잔을 들었다. 이 무렵 젊은 장수들이 의외로 많았다는 점에서 촉한군의 기세가 얼마나 왕성한가를 엿볼 수 있다. 그 가운데서도 장포와 관흥은 무용에 뛰어날 뿐만 아니라, 행동거지도 씩씩하고 활력에 넘쳐 새로운 군사력의 중심이 되어 있었다.

유비는 이 점이 더욱 마음에 들었다.

"짐을 오래전부터 따라 다니던 대장들은 나이를 먹어 옛날처럼 활약을 할 수 없게 되었는데 이 젊은 조카들이 있는 한, 우리 촉한은 앞으로 더욱 강성하고 힘찰 것이다."

감녕(甘寧)
원래 해적 출신으로 손권 휘하에 들어가 수군을 이끌었다. 손권은 '조조에게 장요가 있다면 나에게는 감녕이 있다.'며 그를 신임했다. 이릉전투 때 촉군 사마가가 쏜 화살에 맞고 큰나무 밑에서 죽었다.

유비는 술잔을 내려놓고 일동을 보며 자신 있게 다짐했다.

신년 축하식이 끝나고 얼마 뒤에 황충이 손권 진영에 항복하러 갔다는 보고가 유비에게 올라왔다.

"황충이 짐을 배신할 리가 없다."

유비는 고개를 좌우로 흔들었다.

"아마도 짐이 한 말에 속이 상한 황장군이 나이는 먹었어도 아직 활약할 수 있다는 것을 보여 주려고 싸움터에 나갔을 것이다."

하고는 장포와 관흥을 불러,

"황충이 무리할까 봐 걱정이다. 수고스럽지만 너희 형제가 가서 도와줘야겠다."

하고 선봉의 영채로 보냈다.

유비가 염려한 그대로 황충은 말에 채찍을 가해 선봉인 오반과 장남이 진을 치고 있는 이릉성 밖의 영채로 갔다.

"황장군님, 일부러 찾아오신 데는 무슨 용건이라도 있으십니까?"

하고 오반이 물었다.

"나는 장사에서 황제 폐하를 섬긴 이후, 오늘까지 수많은 싸움을 해 왔네. 70살이 넘었지만 아직도 10근의 고기를 거뜬히 먹고 2인용 강궁을 쏠 수가 있네. 그런데 황제 폐하께서 늙은이는 쓸모가 없다고 말씀하셨네. 그래서 젊은이에게 지지 않는다는 것을 보여 드리려고 이렇게 찾아온 것일세."*

황충의 이 말이 채 끝나기도 전에 척후가 달려와 주태, 한당, 반장 등이 병력을 이끌고 쳐들어왔다고 보고했다.

"마침 잘 됐군. 한바탕 몸을 풀고 오겠네."

황충은 오반과 장남이 적극 말렸으나 말을 달려 나가 오군의 선봉인 반장에게 싸움을 걸었다.

"늙은 영감이 죽으러 나왔군 그래."

반장은 황충이 나이가 많다는 것을 얕잡아 보고 부하 사적을 내보내 싸우도록 했다.

그러나 황충은 늙었어도 그 칼날은 여전히 매서웠다. 사적은 3합도 싸워 보지도 못한 채 황충의 칼에 맞아 땅바닥에 굴렀다. 반장은 이를 보자 화를 버럭 내며, 손권으로부터 상으로 하사받은 관우의 청룡언월도를 휘두르면서 황충에게 덤벼들었다.

황충은 한 발자국도 물러서지 않고 대등하게 싸우다가 조금씩 반장을 압도해 들어갔다. 반장은 견디다 못해 말머리를 돌려 도망치기 시작했다. 황충은 '이때다' 하고 추격전을 벌여 상당수의 오군 병사들을 베고 돌아왔다.

돌아오는 도중 가세하러 오는 장포와 관흥을 만났다.

"황제 폐하께서 노장군님이 무리하실까 봐 걱정하고 계십니다.

노매무용(老邁無用)
'늙은이는 쓸모가 없다.'라는 뜻으로 유비가 관우와 장비의 복수를 위해 대군을 이끌고 강동을 칠 때 관흥과 장포의 무용을 칭찬하며 한 말이다. 이 말을 곁에서 들은 황충은 나이 먹은 장수도 활약할 수 있다는 것을 보이기 위해 싸움에 나섰다가 화살에 맞아 죽는다.

공을 세우신 이상 부디 본진으로 돌아가 주십시오."

하고 관흥이 말했으나 황충은 고개를 흔들면서,

"무슨 소리를 하는가? 내일도 싸워서 노익장의 본때를 보여 주겠다!"

하고 원기 왕성하게 소리쳤다.

다음 날, 반장이 먼저 싸움을 걸어 왔다. 황충은 오반과 장포, 관흥에게 구경하라고 소리치고는 맞받아 치고 나갔다. 그런데 반장은 몇 합도 싸우지 않고 등을 보이며 도망치기 시작했다.

"기다려라, 비겁한 놈아! 오늘이야말로 관장군의 원수를 갚아 주겠다!"

황충은 성난 목소리로 고함을 치며 뒤를 쫓아갔다.

30리 가량 조금도 늦추지 않고 쫓아가는데 갑자기 함성소리가 일어나고, 사방에서 복병이 일제히 치고 나와 황충을 에워쌌다. 서둘러 말머리를 돌려 후퇴하려고 할 때, 화살 하나가 날아와 황충의 목덜미를 깊숙이 꿰뚫었다. 황충은 필사적으로 말의 갈기에 매달려 간신히 낙마를 면했다. 함성소리가 차츰 멀어져 가더니 이윽고 황충은 정신을 잃었다.

그러고 나서 어느 정도 지났을까.

황충은 정신이 들었을 때, 본진의 침상 위에 누워 있는 자신을 발견했다.

유비가 자신의 등을 쓰다듬어 주고 있었다. 그 옆에 장포와 관흥이 서 있었다. 두 사람은 오군 속으로 돌격해 황충을 구해 내 본진까지 데려왔던 것이다.

"짐을 용서하라. 경솔한 말로 그대에게 자극을 주어 이런 지경을 당하게 만들었으니……."

유비는 얼굴을 가리며 눈물을 흘렸다.

"천만의 말씀이십니다. 저는 폐하 같은 분을 섬길 수 있어 행복했습니다. 그 이상 무엇을 바라겠습니까?"

황충은 그렇게 말하고 눈을 감더니 숨을 거두어 75세의 생애를 마감했다.

"이것으로 오호대장 가운데 세 명을 잃고 말았구나……."

유비는 깊이 슬퍼하며 황충의 유해를 관에 넣어 성도로 보냈다.

"이제는 하루라도 빨리 오군을 모조리 무찔러 관우와 장비의 원수는 물론 황충의 몫까지 갚지 않으면 안 된다."

유비는 앞장서서 대군을 이끌고 호정으로 쳐들어갔다.

주태와 한당이 유비의 촉한군을 맞서 싸웠으나, 순식간에 부하 대장 두 사람을 장포와 관흥에게 잃고 말았다.

"역시 호랑이의 자식에 개는 없구나!"*

호부무견자(虎父無犬子)
'호랑이 같은 아비에게 개 같이 한심한 자식은 없다.'라는 뜻으로 관흥과 장포가 오나라 장수들을 죽이고 한당과 주태를 물리치자 유비가 감탄하며 한 말이다.

유비는 크게 기뻐하면서,

"모두들 장포와 관흥을 본받아 용기 있게 싸워라. 지금이야말로 원수놈들을 모조리 쓸어 없애야 한다!"

하고 전군을 독려하니 촉한군이 사기가 크게 올라 일제히 함성을 지르며 돌격해갔다.

그 기세에 오군은 마치 커다란 파도에 삼킨 것처럼 전체가 붕괴되어 도망치기 바빴다. 그 뒤에는 엄청난 시체가 남겨졌다. 오군 대장 감녕은 병 때문에 배 안에 누워 있다가 촉한군이 밀려왔다는 것을 듣고 벌떡 몸을 일으켜 말에 올라 탔으나, 때마침 날아온 화살에 머리가 꿰뚫려 목숨을 잃었다. 한때 조조의 본진에 불과 100기로 뛰어 들어가,

"강동에는 감녕이 있다!"

하고 소리치며 무용을 뽐내 그 이름을 떨쳤던 명장의 안타까운 최후였다.

유비는 그 기세를 타고 맹렬한 공격전을 벌여 호정을 함락시켰다. 그런데 성에 자리잡고 군사를 정비하면서 대장들의 보고를 듣고 있는 동안에, 관흥이 돌아오지 않았다는 것을 알았다.

"네가 가서 서둘러 찾아오라."

걱정이 된 유비는 장포에게 명했다.

3

그보다 조금 전, 관흥은 난전 속에서 관우가 예전에 쓰던 청룡언월도를 휘두르는 원수 중 하나인 반장을 발견하고 그 뒤를 맹렬하게 쫓고 있었다. 반장은 그 기세에 눌려 산 속으로 급히 도망 행방을 감춰 버렸다. 관흥은 산 속 깊이 쫓아 들어가 계속 반장의 행방을 찾았으나, 그 사이에 해가 저물어 길을 잃고 말았다.

관흥은 별빛과 달빛에 의지하며 산골짜기 오솔길을 더듬어 가다가 겨우 한 채의 초가집을 발견했다. 관흥은 안도의 한숨을 내쉬며 문을 두드렸다. 그러자 한 노인이 나왔다. 관흥이 하룻밤 묵어 갈 것을 청하자, 노인은 쾌히 승낙하고 안쪽에 있는 방으로 안내했다. 관흥이 들어간 방의 정면에는 조그만 단이 마련되어 있고 등불이 켜 있는데 거기에 관우의 화상(畵像=그림으로 나타낸 사람의 모습)이 걸려 있었다.

그것을 보자 관흥은 서둘러 화상 앞에 엎드려 절하면서 줄줄 눈물을 흘리기 시작했다.

"왜 그리 우시오?"

노인이 이상하다는 듯이 물었다.

"이 화상은 제 아버님입니다."

"그럼, 당신은?"

"차남 관흥입니다."

"그렇소이까? 이상한 인연이구려. 이 부근은 예전에 관우장군님이 다스리시던 곳으로 어느 집에나 이렇게 장군님의 화상을 모시고 기리고 있지요."

노인은 관우의 아들이라는 말에 몹시 기뻐하면서 술과 음식을 가져다 관흥을 대접하고 침소를 마련해 줬다.

한밤중이 지나 새벽이 가까올 무렵이었다. 갑자기 요란하게 문을 두드리는 소리가 났다. 관흥이 곤히 잠들었다가 놀라 깨어 들어보니 노인이 문을 열고 누군가를 맞이하는 것 같았다.

밖에서 소리가 들렸다.

"나는 오군 대장 반장이다. 길을 잃어 그러니 잠시 쉬었다 가겠다."

이 소리를 듣자 관흥은 벌떡 일어나 칼자루를 움켜쥐더니 방에서 뛰쳐나갔다.

"아버님의 원수, 꼼짝 마라!"

반장은 집 안으로 들어오다가 관흥의 모습을 보자 '앗' 하고 소리치며 몸을 돌려 밖으로 도망쳐 나갔는데, 갑자기 무엇을 보았는지 그 자리에 멈춰 섰다. 바로 눈앞에 붉은 대춧빛 얼굴에 길게 찢어진 눈을 하고 배까지 늘어진 수염을 기른 무장이 눈을 부라리며 반장을 무섭게 노려보고 있었던 것이다.

"관, 관우!"

반장은 그 자리에 얼어붙어 버렸다. 다음 순간 뒤따라온 관흥의 칼이 번뜩이면서 반장이 피할 사이도 없이 두 동강이를 내고 말았다. 관우의 망령은 그것을 보더니 만족스러운 듯이 웃고는 홀연 사라졌다.

관흥은 반장의 목을 베어 가지고 다시 방 안으로 들어가 관우 화상 앞에 놓고 절을 세 번 올리고 밖으로 나와, 반장의 목을 말 안장에 붙잡아 맸다. 그리고 반장이 갖고 있던 청룡언월도를 손에 들더니,

"고맙습니다, 노인장. 신세를 졌습니다. 후일 찾아 뵙겠습니다."

하고 노인에게 작별을 고한 후 서둘러 본진을 향해 말을 달려갔다.

몇 리 가량 말을 달려갔을 때, 동쪽에서 해가 떠오르는데 갑자기 앞길에 일단의 병사들이 가로막았다. 선두에 선 것은 반장의 부하인 마충(馬忠)이었다. 마충은 관흥의 말 안장에 붙잡아 매어진 반장의 목을 보더니,

"네 이놈, 잘도 우리 주인을 죽였구나!"

하고 맹렬히 덤벼들었다.

관흥도 뒤질세라 청룡언월도를 휘두르며 마주 싸웠으나 혼자였기 때문에 순식간에 마충의 부하들에게 에워싸여 고전을 면치 못했다.

그때 한 무리의 병사들이 달려와 마충의 병사들을 마구 베더니 관흥을 구해 냈다.

관흥을 찾으러 나온 장포였다.

두 사람은 나란히 본진으로 돌아와 반장의 목을 유비에게 바쳤다.

"원수 한 놈을 베었구나."

유비는 크게 기뻐하며 제단을 차리게 하고 다시 관우 영전에 반장의 목을 바쳤다.

반장이 관흥에게 패하여 목이 잘렸다는 소식이 오군 진영에 전해

졌다. 그렇지 않아도 패전을 거듭하며 낙심천만으로 기력을 잃고 있던 오군 병사들은 이 소식에 더욱 맥이 풀렸다.

그때 오군 진영에 몸담고 있던 옛날 관우의 부하였던 미방과 부사인 두 사람은 누구보다도 잔뜩 겁을 먹고 있었다.

"이대로 가다가는 손권 진영이 멸망당하고 말지 모르오."

"그때 제일 먼저 처형당하는 것은 관우를 배반한 우리들 두 사람일 걸세."

"어떻게 살아 날 길은 없을까?"

"반장이 죽었기 때문에 관우의 원수로 남아 있는 것은 마충뿐일세."

"마충이 적토마를 넘어뜨리고 관우를 포박했잖은가?"

"맞아! 그러니까 마충의 목을 베어 유비 황제에게 바치고 '우리들은 어쩔 수 없이 손권에게 항복한 것이며, 폐하께서 오신 것을 알고 사죄하러 왔습니다'고 용서를 빌면 아마 목숨은 살려줄 걸세."

"그렇게까지 하면 유비 황제는 마음이 넓으신 분이니까 우리들의 목숨까지 빼앗으려고는 하지 않을 거야."

미방과 부사인은 어떻게든 자신들만이라도 살아야겠다고 의논하고 항복할 준비를 서둘렀다. 그리하여 어느 날 밤, 틈을 보아 마충의 진지로 잠입해 들어갔다. 마충을 칼로 찔러 죽이고 목을 베어, 그 목을 가지고 호정에 있는 유비의 본진으로 달려갔다.

그러나 두 사람의 생각과 달리,

"너희들이 배신한 지 벌써 많은 시간이 흘렀다. 본심으로 잘못을 빌 생각이었다면, 좀더 일찍 찾아왔어야 했다. 보나마나 사태가 급박하게 돌아가니까 짐에게 매달릴 생각으로 달려왔을 것이다. 너희 같은 썩은 근성을 가진 인간들을 용서했다가는 저 세상에서 관우가 편히 눈을 감지 못할 것이다."

하고 유비는 냉정한 표정으로 좌우에 분부하여 미방과 부사인의 목을 베어 마충의 목과 함께 관우의 영전에 바치고 제사를 지내 혼령을 위로했다.

"이제 손권의 목만 남았다!"

촉한군은 강동 땅을 모조리 석권할 듯 기세등등해졌다.

'손권이 겁을 먹었다!'

오군 병사들 사이에 이런 소문이 돌 정도였다. 이런 촉한군의 사기 충천은 손권에게 전해져 오나라 전체를 공포에 떨게 했다.

육손의 화공과 유비의 최후

1

그날, 건업(建業 = 오나라의 도읍지. 현재의 강소성 남경)의 성안에 있는 대회의실에는 가슴 답답한 무거운 공기가 감돌았다.

회의실에는 오왕 손권을 위시하여 중신, 참모, 주요 대장들이 모여 호정에 진을 치고 있는 촉한의 황제 유비에게 파견했던 사자의 보고를 모두 듣고 난 참이었다.

사자의 보고 내용은 이러했다.

처음 마충의 목을 베어 가지고 유비의 본진으로 달려간 미방과 부사인이 유비의 용서를 받지 못하고 처형당했으므로, 손권 진영의 참모 보질의 의견대로 장비를 죽인 범강과 장달을 잡아다가 함거(檻車 = 죄인을 운송하는 호송차)에 가둬 장비의 목과 함께 유비에게 보내 화해를 구했다. 더해서 형주 땅을 다시 촉한에게 돌려주고, 돌아와 있는 손부인까지 되돌려 보낸다는 것이 포함되었다. 손권 진영으로서는 파격적인 양보였다. 이것으로 유비가 원한을 잊고 병력을 철수해 주기를 원했던 것이다. 그런데 유비는 범강과 장달의 목을 베고, 장비의 목을 받아들였으나 화해는 거절하면서 사자를 쫓아 버렸다.

"지금 와서 손권과 화친한다면 지하에 있는 동생들이 눈을 감지 못할 것이다. 우선 손권의 목을 치고 나서 조비를 물리쳐 한조의 세상을 만드는 것이 짐의 결심이다."

이제 손권 진영으로서는 국가 존망을 걸고 촉한군과 전면 대결을 하는 수밖에 없다. 그러나 승리할 가능성은 희박하다. 무거운 공기는 거기서 생겨나고 있었다.

그때, 답답한 공기를 가르듯 참모인 감택이 앞으로 성큼 나섰다. 일찍이 적벽 싸움 때, 황개의 밀서를 가지고 조조를 찾아가 설득한 그 감택이었다. 손권의 눈빛이 순간 반짝 빛났다.

"이번 위기를 돌파할 적합한 인물이 우리에게 있습니다."

"누구인가?"

"육손입니다."

감택이 대답한 순간 비웃는 듯한 웃음이 회의장에 있는 무리 사이로 퍼져 나갔다. 감택은 아랑곳하지 않은 채 말을 이었다.

"육손은 아직 연령으로 봐서 너무 젊고 그 이름이 일부 사람들에게만 알려져 있지만, 그 재능은 깊고 넓으며, 관우를 무찌른 것도 근본을 따지고 보면 육손의 계책에 의해서였습니다. 육손을 기용하신다면 반드시 이 난국을 타개할 수 있을 것입니다."

"오오, 그랬었구나. 육손이 있다는 것을 깜빡 잊고 있었다!"

손권은 구원을 받은 듯이 부르짖었다. 하지만,

"육손은 도저히 유비의 맞수가 되지 못합니다."

"육손은 아직 젊으며 인망을 얻고 있지 못하므로 대장은 물론 병사들까지 그의 말을 듣지 않을 것입니다."

"육손에게 그 정도의 재능은 아직 없습니다. 국가의 존망을 맡기는 것은 위험합니다."

하고 중신인 장소를 위시해서 참모 고옹과 보질이 모두 반대했다. 손권은 단호히 그들을 물리치고 육손을 불러들였다.

"육손의 뛰어난 지략과 재능은 내가 익히 알고 있다. 그대들은 여러 말 하지 마라."*

육손은 곧 지키던 형주성을 떠나 건업으로 올라왔다. 키가 크고 흰 피부를 갖고 있어 무장이라기보다는 학자와 같은 느낌이었다. 아직 나이도 40세가 채 되지 않았다. 분명히 수많은 싸움에서 온갖 경험을 다한 백전노장 한당, 주태 등과 같은 장수들을 지휘하기에 무리인 것처럼 보였다. 그러나 육손은 전군을 지휘하여 유비의 촉한 군을 격파한다고 하는 중대 임무를 사양하지 않았다.

"국내의 일은 내가 본다. 그대에게 외침을 막는 일체를 맡기겠다."

"명에 따르겠습니다."

손권은 그 자리에서 육손을 대도독에 임명하고, 인수(印綬)와

패검을 내려 주었다.

육손은 마침내 총사령관이 되어 서성(徐盛)과 정봉(丁奉)을 호위로 삼고 출진했다.

한편, 호정에서 촉한군과 상대하고 있던 오군의 진영에서는 육손이 대도독으로서 전군을 지휘한다는 것을 듣고 여러 무장들이,

"그런 풋내기가 무엇을 할 수 있겠는가?"

"육손에게 촉한군이 패한다면 내 목을 내놓겠네!"

하고 거리낌없이 비웃고 있었다.

그런 분위기 속에 육손이 도착하여 본진에 여러 대장들을 모아 놓고, 앞으로는 정면으로 치고 나가 싸우기보다 방비를 굳게 하고 절대로 공격해서는 안 된다고 엄하게 지시했다. 이것을 듣고 대장들 사이에서 불만의 소리가 터져 나왔다.

한당이 그들을 대표해 말했다.

"귀공은 대왕으로부터 대도독으로 임명되어 촉한군을 격파하는 임무를 부여받았소. 그렇다면 일각이라도 빨리 계략을 세우고 군세를 정비하여 진격해야 하지 않겠소? 그런데 우리 땅에 들어와 영채를 세우고 있는 침략군을 무찌르기보다 방비를 굳히라고 하니 그것

육손지재 불아주랑(陸遜之才 不亞周郎)
'육손의 재능이 주유에 못지 않다.' 라는 뜻으로 유비의 대군을 맞아 위기에 빠져 근심하고 있는 손권에게 감택이 육손을 천거하면서 한 말이다. 손권은 육손을 대도독으로 임명해 유비군의 공격을 물리치라고 분부한다.

이 도대체 무슨 말이오? 우리들은 죽음을 두려워하는 자들이 아니오. 즉각 공격을 명하시오!"

다른 대장들도 한당의 말에 대부분 찬성했다.

육손은 손권한테 하사받은 패검을 빼들고 목청을 높여 말했다.

"나는 대왕 전하로부터 난국을 돌파하는 데 있어 전권을 부여받았다. 군령에 거역하는 자는 우리 오나라의 장래를 위해 용서할 수 없는 일이다."

일동은 대도독* 육손의 주장에 맞대꾸할 수 없어 솟구치는 분노를 애써 억누른 채 물러갔다.

그 무렵, 유비는 장강 연안을 따라 장장 7백여 리에 걸쳐 수십 개의 영채와 보급로를 갖추고 있었다. 영채는 낮에 무수한 기지물(旗指物=옛날 싸움터에서 갑옷의 등에 꽂아 표지로 삼던 작은 깃발)이 해를 가릴 것처럼 빼곡히 꽂혀 펄럭거리고, 밤에는 화톳불이 하늘을 그으릴 것처럼 '활활' 불타고 있었다.

거기에 육손이 오군의 대도독으로 임명되어 총지휘를 맡게 되었다는 보고가 들어왔다.

"육손이라고? 짐이 일찍이 들어본 적이 없는 인물이구나."

유비가 고개를 갸웃거리자 참모인 마량(馬良)이 말했다.

"그다지 널리 알려져 있지는 않지만 젊은 나이에 상당한 재능을 가진 인물입니다. 지난번 관우 장군의 배후를 쳐서 형주를 빼앗아 간 것도 그 자의 계략이라고 들었습니다."

"그렇다면 관우의 원수 가운데 하나가 아닌가? 고약한 풋내기 녀석 같으니라구. 반드시 목을 베어 버리겠다!"

유비는 직접 선봉대를 이끌고 오군의 본진으로 쳐들어갔다.

촉한군의 깃발이 산과 들을 가득 메우고 유비 자신이 선두에 서서 쳐들어오자 한당은 유비를 잡을 좋은 기회라며 마주 치고 나갈 것을 건의했지만 육손은 허락하지 않았다.

"촉한군의 기세가 왕성한 지금 우리는 요새에 틀어박혀 방비를 튼튼히 하는 것이 낫다. 치고 나갔다가는 이기기 어렵다. 이쪽이 나가지 않으면 싸움이 되지 않으니 그들은 끝내 지쳐 물러날 것이다."

"글쎄요, 유비가 쳐들어와도 겁을 먹고 있는 우리에게 무슨 좋은 일이 있을까요?"

한당은 이렇게 비웃으며 코웃음을 쳤으나 육손은 화를 내지 않고 무슨 일이 있어도 치고 나가지 않도록 엄중하게 주의를 주고, 지금은 인내의 시기라고 병사들을 타일렀다.

결국 유비는 아무리 공격을 해도 육손이 응해 오지 않는 이상 작전을 쓸 재주가 없었다. 하는 수 없이 본진으로 돌아와 초조해하고 있는 동안에 봄이 지나가고 여름이 되었다. 그러자 풍습(馮習)이

대도독(大都督)
황제의 권위를 나타내는 황월(黃鉞)을 받아 여러 장군을 통솔했던 비상설(非常設) 직위. 그러나 대장군에 가까운 권위를 가졌다. 적벽대전 때 나오는 주유가 대도독 신분이었다. 하지만 정사(正史)에서는 이런 직책이 나오지 않는다.

보고를 해 왔다.

"요즘 심한 무더위가 계속되어 영채 안에 있으면 마치 불에 구어지고 있는 것 같아 병사들 모두가 기진맥진해하고 있습니다. 더군다나 마실 물도 부족합니다. 어떻게 하면 좋겠습니까?"

그래서 유비는 전군을 계류에 가까운 숲속의 그늘로 이동시켜 영채를 세우고, 선선한 가을바람이 불면 총공격을 하기로 했다. 영채 (말뚝 따위를 울타리로 삼아서 둘러친 군영)는 든든한 나무로 울타리를 쳐서 적군이 기습해 와도 마치 돌로 쌓은 성채처럼 견고하고 안전해 보였다.

그런데 마량은 이런 포진에 일말의 불안을 느꼈다.

"육손은 속셈을 헤아리기 쉽지 않은 인물입니다. 싸움을 하지 않은 채 버티고 있으니 오히려 우리 병사들이 싫증이 나서 사기가 떨어지기를 기다리고 있는지도 모릅니다. 다행히 지금 공명 승상이 멀지 않은 한중으로 나와 각지를 시찰하고 있다고 들었으니 일단 승상의 의견을 들어 보았으면 좋겠다고 생각합니다만……."*

"육손 같은 풋내기 따위에게 특별한 계책 같은 것이 있겠느냐? 기세가 오른 우리 군을 무서워하고 있을 뿐이다. 그 증거로 우리들이 진지를 이동할 때에도 아무런 움직임을 보이지 않았잖느냐?"

유비는 대수롭지 않게 대꾸했으나, 마량이 거듭 요청했기 때문에 그렇다면 공명의 의견을 물어보고 오라고 허락했다.

마량은 각 진지를 돌며 부근의 지형과 숲, 그리고 영채의 배치도면을 만들어 갖고 한중으로 향했다.

한편, 이릉에서 호정에 걸쳐 위나라의 첩자가 잠입하여 양군의 진지와 싸움 상황을 탐색하고 있었다. 유비가 전후 7백리에 걸쳐 영채를 세우고 보급로가 길어졌다는 것을 확인하자 즉시 낙양(洛陽)으로 파발마를 띄웠다.

"하하하! 유비는 병법을 모르는군."

보고를 받은 조비는 한껏 비웃었다.

"적을 눈앞에 두고 자국(自國)의 영토도 아닌 원정에서 그렇게 길게 진을 치다니 어리석기 짝이 없다. 전선이 지나치게 늘어나 각 진이 고립되어 버릴 뿐이다. 더군다나 산림 속으로 영채를 옮겼다면, 화공을 당할 것이다. 육손의 승리는 결정되었다. 앞으로 7일 이내에 육손은 전군을 동원하여 쳐들어갈 테니 그 틈에 우리는 오나라로 공격해 들어가면 이 기회에 강동 땅을 차지할 수 있을 것이다."

조비는 즉시 조인에게 유수로, 조휴에게 동구로, 조정에게 남군으로 향하도록 명하고, 자신은 직접 20만 대군을 이끌고 출진 준비를 갖추었다.

그 무렵에 마량은 말을 채찍질하여 한중으로 달려가 공명을 만나

겸청즉명 편청즉폐(兼聽則明 偏聽則蔽)
'여러 의견을 두루 들으면 밝게 보나, 한쪽 의견만 치우쳐 들으면 바로 보지 못한다.'라는 뜻으로 마량이 유비의 진법이 위험하다고 생각해 유비에게 한 말이다. 이에 유비는 제갈량에게 자신이 세운 영채와 군사 포진에 대해 의견을 묻고 오라고 한다.

촉한군의 진지를 그린 그림도면을 내밀고 의견을 구했다.

"아니, 누가 이런 포진을 권했는가?"

공명은 그림 도면을 보자마자 얼굴색이 확 달라졌다.

"폐하께서 직접 지시하셨습니다."

"아아, 촉한의 운도 다했단 말인가!"

공명은 참담한 표정으로 깊은 한숨을 내쉬었다.

"그것은 또 왜 그렇습니까?"

"산림 속에 영채를 세우면 화공을 당했을 때 꼼짝없이 당한다. 더구나 수백 리에 걸쳐 보급로를 늘이고 진을 치고 있다면, 서로 연락이 되지 않아 고립된 영채 하나가 적에게 공격받으면 맥없이 당할 것이다. 지금까지 육손이 치고 나오지 않은 까닭은 이것을 기다리고 있었던 것이다. 그대는 서둘러 되돌아가 폐하께 말씀드려라."

"만일 이미 때가 늦었다면요?"

"백제성으로 몸을 피하는 것이 좋을 것이다. 어복포에 복병을 두었으니까 육손이 거기까지는 쫓아오지 못할 것이다."

"저는 몇 번씩이나 어복포를 지나왔습니다만, 병사 같은 것은 단 한 번도 본 적이 없었습니다."

"나중에 다 알게 될 것이다. 어서 떠나라!"

공명은 마량을 떠나 보내고, 즉시 수행 중이던 조운을 불러 지원군을 이끌고 유비에게 가라고 지시하는 한편 자신은 성도로 돌아가 가세할 병력을 마련하기로 했다.

2

'때는 왔다!'

오군 총사령관 육손은 유비가 숲속으로 진을 모두 옮겼다는 것을 보고받자 회심의 미소를 지으며 대장들을 본진에 불러 모으고,

"지금까지 한 번도 싸움은 하지 않았으나 마침내 이길 기회가 찾아왔다. 여러분들도 있는 힘을 다해 활약하기 바란다."

하고 자신만만하게 말했다.

"이길 기회는 유비군이 진을 옮기기 시작했을 때 있었소. 그때 습격하면 쉽게 무찌를 수 있을 거요. 이제 유비군은 진지를 굳히고 방비도 엄하게 하고 있소. 영채는 단단한 나무로 성채처럼 되어 있어 공격을 해봤자 병사들만 희생시키지 않겠소?"

서성이 야유하듯이 육손을 바라봤다.

"그것은 하나는 알고 둘은 모른다는 것과 같소. 나의 계략을 꿰뚫어 보는 것은 공명밖에 없는데 다행스럽게 공명은 여기에 없소. 그야말로 하늘의 도움이라고 할 수 있소."

육손은 서성의 야유에 이렇게 대꾸했다. 그리고는 하나하나 명령을 내리기 시작했다.

"주연은 수군을 이끌고 배에 마른 갈대를 싣고 진군하라. 내일 오후에 바람이 불기 시작하면 북안으로 배를 갖다 대고, 갈대에 불을 붙여 적진을 불태워 버려라. 한당은 휘하의 병사들을 이끌고 북

안에, 마찬가지로 주태는 남안쪽 영채에 공격을 가하라. 병사 하나 하나에게 유황이나 연초(烟硝=연기를 내면서 타는 화약)를 속에 넣은 갈대와 불씨를 들려 적의 진영에 도달하거든 바람의 위쪽에서 나무 울타리에 불을 질러라. 유비군의 영채 가운데 하나씩 건너 불태우면 된다. 바람을 타고 불이 옮겨 붙을 테니까. 내일부터 모레에 걸쳐서 계속 공격을 한다. 각자 말린 밥(찐 쌀을 말린 비상 식량)을 준비하라. 유비를 잡을 때까지는 밤낮없이 추격을 할 것이다."

물 흐르듯이 거침없이 작전 지시를 내리는 육손의 지령을 듣고 있는 사이에 모든 대장들의 얼굴 모습이 확 달라졌다.

'화공전략이라면……'

성공의 기미가 보였기 때문이었다.

육손은 장장 700백리에 걸친 유비군의 진영을 뿌리까지 송두리째 불태워 버리고, 촉한군 병사들을 한 사람도 남김없이 불태워 죽일 작정인 것이다. 무시무시한 계략이었다.

적벽대전에서 비슷한 화공작전으로 100만 조조군을 일거에 무찌른 경험이 있는 그들이었다. 이제 육손을 비웃는 대장은 한 명도 없었으며 모두 지시에 따라 지금까지의 패배를 한 번에 만회하겠다는 듯이 재빨리 움직였다.

한편, 유비는 그때까지 아무것도 깨닫지 못하고 신선한 가을바람이 불기만을 기다리고 있었다.

다음 날. 정오가 지나면서부터 바람이 점차 강하게 불기 시작했다.

날이 저물 무렵, 거세진 강바람을 따라 오군이 움직이기 시작했다. 북안의 진지에서 신호처럼 불길이 치솟았다. 이어서 남안의 진지에서도 불길이 치솟기 시작했다.

유비는 본진에 있다가 불길이 일어났다는 보고를 받자 단속 소홀로 인한 화재로 여겨 대수롭지 않다는 표정으로 관흥과 장포에게 상황을 살펴보러 갔다 오라고 명했다.

그로부터 몇 시간 뒤, 바람이 더욱 거세지는가 싶더니 유비가 있는 본진의 왼쪽 영채에서 불길이 치솟아 올랐다. 불을 끄러 갈 사이도 없이 오른쪽 진영에도 불이 붙었다. 영채를 둘러싼 나무 울타리는 뜨거운 여름 태양을 쬐어 바짝 말라 있어 불붙기 시작하자 마치 불쏘시개처럼 활활 타오르고 순식간에 주위로 번져 군막을 태우고 병사들 쪽으로 계속 퍼져 나갔다. 마치 촉한군은 불구덩이 한복판에 있는 것 같았다.

"아이쿠, 뜨거워! 이러다가 불에 타 죽겠다."

촉한군 병사들은 불속에 갇혀 나올 수도 없고 피할 길도 없어 어찌할 줄 모르고 아우성만 질렀다.

본진도 좌우의 진영도 모두 극도의 혼란에 빠져 들어갔다. '탁탁' 하고 불꽃이 튀는 소리에 고함소리, 비명소리가 뒤섞였다.

뒤이어 이런 소란을 압도하듯이,

"와아!"

하고 함성소리가 사방에서 울려 퍼지며 오군이 일제히 공격해 들어왔다.

유비는 이에 대처할 마땅한 방법이 없어 서둘러 말에 뛰어올라 정신없이 달렸다. 전후좌우는 불바다이고, 게다가 오군 대장 서성이 뒤를 쫓고, 정봉이 앞길을 가로막았다. 어느 쪽으로 향해도 도망칠 곳이 없었다. 어찌할 바를 몰라 이리 뛰고 저리 뛰고 있는데 장포가 적의 모서리를 뚫고 말을 달려들어왔다.

"폐하, 어서 이쪽으로!"

장포는 유비를 구해 내자 도중에서 만난 대장 부동과 함께 마안산까지 도망을 쳤다.

산 언덕에서 유비의 일행이 바라보니 눈이 미치는 대부분의 촉한군 영채가 불이 활활 타올라서 마치 거대한 불감옥이 되어 있고, 그 속에서 갇힌 촉한군은 맥없이 쓰러져 가고 있었다.

"아아, 이 정도일 줄이야!"

유비는 탄식하며 얼굴을 감싸 쥐었다. 육손을 너무 얕잡아 보았기 때문에 이렇게 당한 것이었다. 모든 것은 자신의 자만심에서 비롯된 일이었다.

산자락에 육손의 대군이 밀려 들어오고 있었다. 육손은 산자락을 에워싸고 사방에 불을 질렀다. 불은 차츰 위로 올라왔다. 그러자 불길을 헤치고 관흥이 일대 병력을 이끌고 달려 올라오더니,

"폐하! 사방에서 불길이 솟구치고 있습니다. 이렇게 된 이상 맞받아 싸울 수가 없습니다. 오로지 피해야 합니다."

하고 비통하게 부르짖었다.

유비는 서둘러 산을 내려왔다. 관흥이 선봉, 장포가 중군, 부동이 후진을 맡아 유비를 경호하면서 도망치기 시작했다. 오군은 유비를 보자 앞을 다투어 덤벼들었다. 겨우 오군을 물리친 후, 유비는 추격대를 막으려고 병사들에게 명하여 갑옷이나 군복을 벗게 하여 길바닥에 쌓아 놓고 불을 붙였다.

그러나 그것도 임시방편이어서 오군의 추격은 멈출 줄을 몰랐다. 게다가 그들의 앞길에 또다시 주연이 이끄는 새로운 병력이 나타났다. 관흥과 장포가 있는 힘을 다해서 베고 찔러댔으나 비처럼 쏟아지는 화살을 맞고 두 사람 모두 중상을 입었으며 병사들은 픽픽 쓰러져 갔다.

'여기서 죽게 되는구나.'

비명과 함성이 교차하는 속에서 유비는 최후를 각오했다.

바로 그때였다.

"폐하, 제가 모시러 왔습니다!"

외침소리와 함께 조운이 창을 휘두르며 나타났다.

조운은 파군의 강주에서 공명을 수행하고 있다가 지시를 받고 다급하게 달려와 때마침 오군에게 에워싸여 있는 유비를 만난 것이다.

조운은 주연을 찔러 죽였다. 그리고는 유비를 포위망에서 구해 내 오군을 쫓아 보내면서 도망쳤다. 이때 마량이 달려왔다.

"어서 백제성* 으로 피하십시오."

유비 일행은 백제성 쪽으로 도망쳐 갔다.

유비가 백제성에 들어갔을 때, 따르는 자의 수효는 불과 수백 기에 지나지 않았다.

한편, 촉한군 진지를 모조리 불태워 버리고 눈부신 승리를 거둔 오군 총사령관 육손은 기세를 타고 계속 추격을 했다.

"유비를 놓치지 마라. 끝까지 쫓아가서 목을 베어라!"

오군은 유비가 도망쳐 들어간 뒤를 따라 진격해 갔다. 그때 육손이 말을 멈추고, 앞쪽 산을 등진 강기슭을 가리켰다.

"저 부근에 무시무시한 살기가 감돌고 있다. 아마도 복병이 숨어 있음에 틀림없다."

육손은 그곳에서 병력을 멈추게 하고 일단 진을 쳤다.

척후를 내보내 상황을 탐색하게 했는데 돌아와 보고하기를 강기슭에는 8, 90개의 커다란 돌무더기가 늘어서 있을 뿐 병사 같은 것은 한 사람도 보이지 않는다고 했다.

'거참 이상하다! 분명히 엄청난 살기를 느꼈는데.'

육손은 그 고장 사람을 데려오게 하여 심문했다.

백제성(白帝城)
이릉전투에서 패한 유비가 피신하여 영안궁(永安宮)으로 이름을 바꾸고 머물다 죽은 성. 현재는 장강 중류에 만들어진 삼협댐 건설로 성 주위가 수몰되어 현재는 마치 섬처럼 되었다.

"여기는 어디냐? 무엇 때문에 저 강기슭에 살기가 감돌고 있느냐?"

촌사람은 이렇게 대답했다.

"어복포라고 합니다. 오래전에 공명 군사가 파촉 땅으로 들어갈 때, 이곳에 머물며 병사들에게 돌을 날라다가 기슭에 늘어세우게 하고 갔습니다. 그 이후로부터 저곳에 요상스러운 기운 같은 것이 감돌게 되어 이 고장 사람들도 접근을 하지 않게 되었습니다."

이 말을 듣고 육손은 말을 타고 수십 기의 수행원과 함께 강기슭으로 다가갔다. 약간 높은 장소에 올라가 바라보니 돌은 모두 사람의 키보다 2, 3배 크기는 되는 것 같았다. 갖가지 모양을 하고 있었으나, 일정한 규칙에 따라 늘어서 있는 모양이고, 사방팔방에 문이 있었다. 아무래도 진(陣)을 만들어 놓은 것 같았다.

육손은 호기심이 일어 몇 명의 부하를 거느리고 안으로 들어갔다.

여기저기를 둘러보며 다니고 있는 사이에 날이 저물기 시작했다.

부하들이 서둘렀다.

"어두워졌습니다. 이제 그만 돌아가시는 것이 좋을 것 같습니다."

그제서야 육손도 말머리를 돌렸다.

"공연히 시간만 낭비했구나."

육손 일행이 진 밖으로 나가려고 한 순간, 갑자기 강한 바람이 몰아쳐 왔다. 작은 돌멩이들을 날려 보내고, '윙윙' 거리는 소리를 내면서 돌 사이를 미친 듯이 휘몰아쳤다. 때맞춰 강기슭을 때리는 파도가 높아지고 징이나 큰북소리가 되어 귀를 울리더니 우뚝 선 돌기둥이 거인의 병사가 되어서 덤벼드는 것 같은 착각을 불러일으켰다.

육손은 소스라쳐 놀라 부하들과 함께 사방으로 출구를 찾았으나, 번번이 그곳은 막다른 길이었다. 황급히 방향을 바꾸었으나, 조금 걸어가면 아까의 그 길이 나왔다. 다시 길을 바꾸니까, 완전히 다른 장소로 나가 버린다. 아무리 가도 출구를 찾을 수가 없고, 밖으로 나갈 수가 없었다. 석진 속에 갇혀 버린 것이다.

'큰일이구나! 공명의 함정에 빠졌으니……'

육손은 얼굴이 창백해졌다. 그때 노인 한 사람이 눈앞에 나타났다.

"장군님, 이쪽으로."

노인은 육손을 향해 손짓을 하고는 앞장서서 걸어가기 시작했다. 일동은 그 뒤를 따라가서 어렵지 않게 진 밖으로 나올 수가 있었다.

"덕분에 살았습니다. 노인장은 누구십니까?"

"이 근처의 산에서 살고 있는 황승언(黃承彦)이라는 사람입니다."

하고 노인이 이야기해 주었다.

"공명이 촉에 들어갈 때, 여기에 석진을 만들고 '팔진도(八陣圖)'라고 명명했습니다. 휴, 생, 상, 두, 경, 사, 경, 개 여덟 개의 문을 갖추었지요. 공명은 '언젠가 한 대장이 이 진으로 들어오는 일이 있겠지만, 내보내 주어서는 안 됩니다.' 하고 나에게 말했지요. 하지만 조금 전에 산 위에서 보고 있으려니까, 장군이 사문(死門)으로 들어갔기 때문에 이대로 내버려 두었다가는 죽을 수밖에 없다고 생각하여 생문(生門)으로 내보내 드린 것입니다. 공명에게는 안 됐지만, 눈앞에서 장군이 목숨을 잃는 것을 그냥 보고 있을 수가 없었습니다."

육손은 노인에게 깊이 감사하고 본진으로 돌아왔다.

그때 틈을 노려 오나라로 쳐들어가려고 한 조비였으나, 육손이 추격을 멈추었다는 사실을 알고 어쩔 수 없이 병사들을 되돌렸다.

3

유비는 그대로 백제성에 머물러 지친 몸을 쉬는 한편, 이곳을 영안궁(永安宮)이라고 이름을 바꾸고 거주했다.

이 싸움에서 촉한의 수많은 대장들과 수십만 병사의 대부분이 목숨을 잃었다. 어떤 자는 오군에게 항복을 권유받았으나 거절하고 힘껏 싸우다가 죽었다. 또 어떤 자는 적에게 등을 보인 것을 수치스럽게 생각하고 스스로 목을 찔러 죽었다. 또한 오나라에 항복한 자들도 헤아릴 수 없이 많았다.

비축해 놓았던 무기나 군량은 모조리 오군에게 빼앗겼다. 더욱이 오나라에 있던 손부인은 이 싸움에서 유비가 불타 죽었다는 헛소문을 듣고 깊이 슬퍼하다가 장강에 몸을 던져 죽었다.

이렇듯 참담한 일을 겪은 유비는 점차 심신(心身) 양면으로 쇠약해져 갔다.

"공명을 어서 부르도록 하라."

고 부하에게 분부했을 때는 최후를 직감하고 있었다.

즉시 사자가 성도로 달려 갔다. 공명은 태자 유선(劉禪)을 성도에 남겨 놓고, 차남 유영과 삼남 유리를 데리고 이엄 등과 함께 영안궁으로 달려왔다.

공명은 유비의 수척한 얼굴을 보고 놀라 침상 앞에 부복하면서 눈물을 흘렸다. 유비는 공명을 일으켜 침상 옆에 앉게 하더니, 그 등을 쓰다듬으면서 말했다.

"짐은 그대 덕분으로 이렇게 촉한을 세우고 제위에 오를 수가 있었네. 그러나 어리석게도 그대의 말을 듣지 않았던 탓으로 대패하고 말았네. 후회를 해봐도 되돌릴 수 없고, 이미 짐의 목숨도 얼마 남지 않았네. 그대에게 후사를 부탁해 두려 하네."

"폐하, 부디 다시 한번 건강한 모습을 우리들에게 보여 주십시오. 그리고 천하를 호령하여 백성들을 괴로움에서 구해 주십시오."

공명은 눈물로 얼굴을 적시면서 호소했다. 유비는 고개를 흔들었다. 그리고는 문득 옆에 대기하고 있던 마량의 동생 마속(馬謖)[*]이 밖으로 나가자 공명에게 말했다.

"짐이 보기에 마속은 탁상공론만 즐기니 큰일은 맡길 수가 없네.

마속(馬謖)
유비는 제갈량에게 '마속은 말이 앞서고 몸이 뒤따르지 않으니 큰일을 맡겨서는 안 된다.'라고 하지만 제갈량은 그의 재주를 높이 사 수시로 의견을 나누었다.

조심해서 기용하는 것이 좋을 것이네."

하고는 가신 일동을 병실로 불러들였다. 뒤이어 종이와 붓을 가져오게 하고, 유언을 써서 공명에게 건네주고는 그 손을 잡고 말했다.

"이제 시간이 얼마 없네. 짐의 마지막 말을 들어 주기 바라네."

"폐하, 무슨 말씀이십니까?"

"그대의 재능은 조비의 10배는 될 것이네. 손권 따위는 발 밑에도 미치지 못하네. 만일 태자 유선(劉禪)이 어리석어 나라를 제대로 이끌 수 없다고 판단한다면, 그대가 대신 제위에 올라 평화로운 세상을 실현하도록 힘을 기울여 주게나."

유비의 대담한 말에 공명은 온몸에 식은 땀을 줄줄 흘리며 급히 바닥에 부복하여 피가 나올 정도로 몇 번씩이나 이마로 바닥을 때리며 울부짖었다.

"저는 온몸을 바쳐 폐하의 성은에 보답하겠습니다. 다른 말씀은 하지 마옵소서."

유비는 공명을 위로한 뒤, 어린 두 황자를 옆으로 불러 자신이 죽은 뒤에 공명을 아버지로 모시도록 명했다. 이어 조운을 불렀다.

"그대하고도 오랫동안 몹시 어렵고 고단한 생활을 함께 해 왔는데 좋은 시절을 보내지 못하고 이것으로 이별일세. 아이들의 일을 잘 부탁하네."

조운은 울면서 그 자리에 엎드렸다.

"관우와 장비의 원수를 갚으려고 성도를 떠났으나 짐이 어리석었기 때문에 두 사람의 원수를 갚지 못했다. 두 사람에게는 저 세상에 가서 사죄를 하겠다. 그대들과는 이것으로 이별이다. 모두 힘을 합쳐 촉한을 부흥시켜 나가기 바란다."

그렇게 말하고는 숨이 끊어졌다. 장무 3년, 4월 24일의 일로 유비의 나이 63세였다.

공명은 유비의 관을 모시고 성도로 향했다. 17세인 태자 유선은 장례식을 치르고 난 뒤, 즉위하여 제위에 오르고 연호를 건흥(建興)으로 바꾸었다. 유비는 '소열(昭烈) 황제'라는 시호를 받고 성도 교외에 있는 혜능(惠陵)에 안장되었다.

오로(五路) 대작전

1

유비의 죽음은 위나라의 조비를 몹시 기쁘게 했다.

"유비가 죽었기에 촉한은 혼란에 빠져 있을 것이 분명하다. 이 틈을 노려 쳐들어가는 것이 어떻겠는가?"

조비는 참모들을 불러 모아 놓고 의견을 물었다.

"유비가 없어도 파촉 땅에는 공명이 있습니다. 더구나 천험의 지리적 이점이 있습니다. 후계자 유선은 그렇다 쳐도 많은 인재들이 있습니다. 경솔하게 공격하는 것은 현명하지 않습니다."

책사 가후* 가 반대 의견을 내놓았다. 그러자,

"아니, 이 기회를 놓치면 두 번 다시 파촉 땅을 손에 넣을 수 없을 것입니다."

하고 큰소리로 반박하면서 나온 자가 있었다. 누군가 하고 보니 가후와 함께 조조로부터 후사를 부탁받고, 지금은 조비의 측근 책사로서 무게를 더해 가고 있는 사마의(司馬懿)였다.

"사마의인가? 계책이 있으면 말해 보라."

"우리의 힘만으로는 가후님이 지적한 대로 험난한 파촉의 지형과 공명의 지모를 생각하면 쉽지 않을 것입니다. 여기서는 책략을 써서 오로(五路=다섯 개의 길, 즉 다섯 방면)의 대군(大軍)을 일으켜 촉한을 다방면으로 공격을 가해야 합니다."

"'오로의 대군'이란 어떤 것인가?"

"그것은 북방의 선비국(鮮卑國=중국 동북부의 이민족 나라)에 사자를 보내 국왕에게 금은보화를 선물하고, 10만 병사를 일으켜 육로로 촉한 북쪽의 국경지대에 있는 서평관(西平關)을 공격하게 하는 것입니다. 이것이 제1로입니다. 그리고 칙사를 남만(南蠻)* 으로 보내, 남만왕 맹획에게 작위와 선물을 주고 10만 군세를 가지고 촉한 남쪽을 공격하게 합니다. 이것이 제2로입니다."

"과연. 그리고 제3로는?"

"오나라에 사자를 보내 영토를 나누어 준다는 약속을 하고, 10

가후
'책략에 실수가 없고 사태의 변화를 꿰뚫고 있다.'는 평을 들었고 임기응변에 능했다. 조조의 책사가 된 후 여러 차례 묘책을 제시해 공을 세웠다. 그러나 그는 자신의 재능에 남들이 경계심을 품지 않도록 조용히 생활했고, 사적인 만남을 피했으며, 자녀들의 결혼 상대로 명문 가족을 고르지 않는 등 처세가 매우 조심스럽고 빈틈이 없었다.

남만(南蠻)
현재 중국의 운남성 일대. 중국에서 가장 많은 수의, 그리고 가장 많은 종류의 소수민족이 살고 있다. 물산이 풍부하여 제갈량은 북벌을 하기 전에 이곳을 먼저 평정해 군수물자를 조달했다.

만 병사를 움직여 장강 연안을 공격하게 하여 부성을 함락하게 하는 것입니다. 또 항복해 온 맹달에게 명하여, 10만 군세를 가지고 상용에서 한중을 공격하게 합니다. 이것이 제4로입니다. 이와 같이 수배한 연후에 조진(曹眞)님을 대도독으로 임명하여, 10만 병사를 이끌고 장안으로부터 진격해서 양평관을 함락시키고 성도로 쳐들어가게 합니다. 이것이 제5로입니다. 모두 합쳐서 50만 대군으로 다섯 방면에서 쳐들어간다면 강동에서 대패한 촉한의 힘으로 막을 수는 없을 것입니다."

사마의가 내놓은 장대한 공격 계획은 조비를 비롯한 일동을 감탄하게 만들었다. 아무도 반대하는 자가 없었다. 조비는 기뻐하면서 곧 실천에 옮기도록 명했다.

그때, 촉한에서는 유선이 즉위한 지 4개월이 지났다. 공명의 지휘 아래 힘을 합쳐 일했으므로 조금의 동요가 없었다.

그런데 국경으로부터 뜻하지 않은 보고가 들어왔다.

위나라가 오로의 대군을 일으켜 일제히 쳐들어온다는 것이었다. 깜짝 놀란 유선은 즉시 공명을 부르러 시종을 보냈다. 그런데 시종이 돌아와서 보고하기를 공명은 병 때문에 집 안에 틀어박혀 얼굴을 내보이지 않는다는 것이었다.

유선은 몇 번씩이나 공명의 저택에 사자를 보냈다. 그러나 그때마다 공명을 만나지 못하고 돌아왔다. 그대로 며칠이 지나갔다. 조정 안에서는 극도의 불안감이 퍼져 나갔다. 참다 못한 유선은 직접 공명의 집으로 찾아갔다. 문지기는 유선을 보더니 황급히 그 앞에 넙죽 엎드렸다.

"폐하!"

"승상은 어디에 계시는가?"

"어디에 계시는지는 모르오나, 조정 사람들 어떤 분도 문 안에 들여보내지 말라고 엄명을 내렸습니다."

유선은 수레에서 내려 혼자 문 안으로 들어갔다. 공명은 뜰의 연못가에서 대나무 지팡이를 짚고 무엇을 생각하는지 골똘히 연못의 물고기를 바라보고 있었다.

"승상, 병은 이제 모두 나았는가?"

유선이 말을 걸었다. 공명은 뒤를 돌아다보고 깜짝 놀라 지팡이를 내던지더니 엎드려 절했다. 유선은 그 손을 잡고 부축해 일으켜 세웠다.

"조비가 오로의 대군을 일으켜 국경으로 육박해 오고 있다고 하오. 일각이라도 빨리 대책을 세우지 않으면 안 된다고 보는데 승상의 생각은 어떠 하오?"

"그 일이라면 안심해 주십시오. 4로는 이미 손을 써 놓았으니까요. 마지막 방법은 지금 막 생각이 났습니다."

공명은 안도하는 표정으로 유선을 안채의 조용한 방으로 안내했다.

"우선 선비국의 경우 우리 오호 대장 중 한 사람인 마초를 보냈습니다. 그는 선조 대대로 서량 사람이어서, 그쪽의 병사들에게는 마치 신과 같은 위엄을 떨치고 있습니다. 마초가 간다면 걱정하실 필요 없습니다. 남만왕 맹획에 대해서는 위연을 보내 적을 교란시키는 의병(疑兵＝적을 의혹시키기 위하여 거짓으로 병력이 많은 것처럼 꾸미는 일)의 계략을 일러 놓았습니다. 남만의 병사들은 무용은 있으나 단순하니, 반드시 의병의 계략에 걸려들 것입니다. 그 때문에 이쪽도 안심입니다. 한중으로 향해 오는 맹달은 예전에 이엄과 생사를 함께 하자고 맹세한 사이입니다. 그래서 제가 문장을 만들고, 그것을 이엄에게 쓰게 해서 맹달에게 전하게 했습니다. 이것을 읽으면 맹달은 양심의 가책을 느끼고 꾀병을 부려 더 이상 진격하지 않을 것입니다. 양평관으로 공격해 온 조진에 대해서는 조운을 보내 놓았습니다. 방비를 굳게 하고 치고 나가지 말도록 명해 놓았으니까 조진도 결국에는 어쩔 수가 없어 얼마 있다가 철수할 것이 틀림없습니다."

공명은 거기서 잠시 멈추었다가 다시 말을 이었다.

"나머지는 오나라의 움직임입니다만, 손권은 조비로부터 요청이 있더라도 당장에 움직이지 않을 것입니다. 그는 다른 곳의 움직임을 두고 볼 것입니다. 그 동안에 이쪽에서 사자를 파견해 화친하도록 한다면 걱정이 없어집니다. 그 사자감으로 적당한 사람을 찾지 못했기 때문에 지난 며칠 동안 집 안에 틀어박혀 궁리하고 있었던 것입니다."

"역시 승상은 선제의 신뢰를 저버리지 않는 분이오."

공명의 설명을 듣고 난 유선은 악몽에서 깨어난 것처럼 환하게 웃었다.

이윽고 유선은 밝은 얼굴로 공명의 집을 나서 수레에 올랐다. 배웅 나온 공명은 수행하는 신하 가운데 후한의 명장 등우의 자손인 등지(鄧芝)*가 있는 것을 보았다. 젊지만 그는 배짱이 두둑하고 재능이 있는 인물로 알려져 있었다.

공명은 등지를 붙잡고 대문 안으로 들어가더니 다짜고짜 물었다.

"조비와 손권 중 어느 쪽을 우리가 먼저 공격해야 하는가?"

"위나라는 한의 천하를 도둑질한 국적이지만 강대해서 장래에는 모르겠지만 지금은 안 될 것입니다."

하고 등지는 서슴없이 대답했다.

"그것보다 선제의 원한을 말끔히 잊어버리고 손권 진영과 화친을 하는 것이 선결문제라고 생각합니다."

"좋다. 그대에게 오나라에 갈 사자 임무를 부탁하겠다."

공명은 만족스러운 듯이 등지를 바라보았다.

한편, 오나라의 손권은 육손에게 병사의 지휘권을 맡기고, 개원(改元=연호를 새로 바꾸는 것)하여 황무(黃武) 원년으로 했다. 얼마 후 조비의 사자가 찾아왔다. 사자는 얼마 전의 공격을 사과하고 촉한의 영토를 절반씩 나누는 것을 조건으로 오로군에 가세를 요청하는 조

등지(鄧芝)
오나라와 국교 회복을 위해 사자로 나선 촉의 문신. 손권이 등지에게 '만약 천하가 태평하게 되면 오와 촉이 천하를 둘로 나눠가질 것이다.'라고 하자 '하늘에는 두 개의 태양이 없고 땅에는 두 사람의 군주가 없다.'고 대답하여 손권을 감탄시키고 촉오동맹을 성립시켰다.

비의 말을 전했다.

손권은 어찌할까 궁리하는데 육손이,

"위나라와 촉한의 움직임을 끝까지 보고난 뒤에 태도를 정해도 늦지 않습니다."

하고 권유하므로 일단은 사자에게 가세하겠다는 구두 약속만 하고 돌려 보냈다.

얼마쯤 지나 위나라의 작전 결과가 차츰 드러났다. 서평관으로 향한 선비국의 군사는 마초의 모습을 보자 무서워서 되돌아갔으며, 남만의 맹획은 위연의 계략에 걸려서 허둥대다가 돌아갔다. 또 상용의 맹달은 촉한 경계까지 진군하다가 갑자기 병에 걸려 움직이지 않고, 조진은 양평관을 지키는 조운이 치고 나오지를 않기 때문에 그곳에 계속 머물러 있는 형편이라고 했다.

'육손이 말한 대로 어설프게 가담하지 않아 정말 다행이구나.'

손권이 안도의 숨을 내쉬고 있을 때 촉한에서 보낸 사자가 도착했다는 보고가 들어왔다.

"이것은 우리가 오로군의 일원으로 출병을 못하게 막으려는 공명의 계책임에 틀림 없습니다. 사자에게 겁을 약간 주어서 어떻게 나오는가 보지요."

장소가 의견을 내놓았다. 손권은 고개를 끄덕이고 준비가 갖추어지자 촉한 사자를 불러들였다.

등지는 호출을 받고 궁전 문까지 왔다. 그런데 보니까 손에는 큰 도끼, 장검, 단극 등을 든 수많은 무사들이 입구에서 손권이 있는 궁정 앞까지 두 줄로 주욱 늘어서 있었다. 날카로운 칼날이 햇빛에 반사되어 보기에도 살벌한 광경이었다.

그러나 등지는 조금도 주눅이 들지 않고 정확한 발걸음으로 무기의 숲속을 뚫고 앞으로 걸어갔다. 정전에 가까이 이르자 뜰에 커다란 세발 솥이 놓여 있는 것이 보였다. 솥에는 펄펄 끓는 기름이 넘쳐날 듯이 담겨 있었다.

힐끗 세발 솥에 시선을 준 등지는 입가에 미소를 띠우며 손권 앞으로 걸어 나가 가볍게 머리를 숙였을 뿐 엎드려 절하려고 하지 않았다.

"무례하구나. 어찌 엎드려 절하지 않느냐!"

"저는 촉한의 천자로부터 파견되어 온 사자입니다. 제 개인적으로는 대왕께 엎드려 절하고 싶으나, 임무상 작은 나라의 왕에게 엎드려 절할 수 없지 않겠습니까?"

등지는 태연히 대답했다.

"이놈, 가마솥에 던져 넣어 주겠다!"

"하하하! 칼 한 자루 없는 제게 무엇을 두려워하고 계신 겁니까?"

"네 놈은 공명의 지시로 우리 설득하러 왔지 않았느냐?"

"확실히 그 말씀대로입니다. 하지만 저의 세 치 혓바닥 설득이 두려워 무기를 든 무사들을 늘어세우고, 펄펄 끓는 기름을 넣은 세발 솥을 마련해서 겁을 주려고 하다니 참으로 도량이 좁은 졸렬한 처사 아닙니까?"

등지의 지적에 손권은 곧 무사들을 물러가게 했다.

"그대는 나를 설득하러 왔다고 하는데 촉한의 주인은 아직 나이가 어리다. 그래서 동맹을 맺는 것이 망설여진다."

"우리 촉한의 황제께서는 공명승상의 보좌를 받아 나라를 잘 다스리고 계십니다. 따라서 오나라와 잠시 동안의 오해를 풀고 예전처럼 화친한다면 위나라쯤 무서울 것이 없다고 여기십니다."

등지는 바로 이때라는 듯이 목청을 높였다.

"지금 대왕님께서는 위나라에 신하로서 복종하시고 계시는데 위나라의 거짓 우호는 얼마 전에 틈을 노려서 공격을 가해 온 것만 봐도 알 수 있을 것입니다. 아무리 우호를 맺고 친하게 지내도 작은 허점만 있으면 가차없이 공격하여 멸망시키는 것이 위나라의 진면목입니다."

"……."

"위나라를 따르고 있다가는 언젠가 무리한 요구를 들이대고, 거절하면 그것을 구실 삼을 것입니다. 그렇게 되면 대왕께서는 촉한에 좋은 조건을 약속하면서 구원을 청하게 됩니다. 결국 대왕님의 뜻보다는 다른 나라의 뜻에 의해 움직일 수밖에 없게 됩니다. 제가 말씀드리는 것이 틀렸다고 하신다면, 저는 이 자리에서 목숨을 끊어 두 번 다시 대왕님 앞에 모습을 나타내지 않겠습니다!"

등지는 뜰로 내려가 펄펄 끓는 가마솥 속으로 뛰어들려고 했다.

"기다려라!"

손권은 큰소리로 등지를 제지했다.

"그대의 성의는 잘 알았다. 이제부터 촉한과 손을 잡겠다."

등지는 촉한과 오나라 사이에 화해를 약속받고 성도로 돌아왔다.

첩자의 보고로 이 사실을 알게 된 조비는 격노했다.

"손권과 촉한이 손을 잡은 것은 협력해서 우리 위나라로 쳐들어 오려고 하는 속셈이다. 짐이 먼저 그들을 멸망시켜 주겠다."

하고 군사를 일으켜 오나라를 치도록 명했다.

가후를 비롯해 만류하는 자도 여럿 있었으나 조비는 듣지도 않았다. 이 무렵 조비에게 영향력을 갖고 있던 조인 등 원로들은 상당수 이미 병으로 사망하고 없었다.

위나라 황도 5년(224년) 8월, 조비는 병선 3천척 가량을 동원하여 조진을 선봉으로 삼고 장료, 장합, 서황 등을 부장으로 수륙 30만 군사를 이끌고 오나라로 향했다.

"위나라 황제 조비가 수륙 30만 대군을 이끌고 회수* 로 나왔습니다. 다시 광릉을 거쳐 장강으로 밀고 나올 모양입니다."

오나라의 도읍지 건업으로 파발마가 달려갔다.

광릉은 장강의 북안으로, 장강을 건너 건업으로 쳐들어가려는 조비의 1차 목표였다. 이 작전을 좌절시키려면 대안의 남서 지역에서 저지하지 않으면 안 된다. 손권은 촉한에 응원을 구하는 것과 동시에, 대장 서성을 남서로 보내 위군의 침공을 저지하도록 명했다.

서성은 손권의 조카인 손소(孫韶)와 정봉 등을 데리고 남서로 향했다.

"이곳에서 위군의 배가 북안에 모여드는 것을 기다렸다가 계책을 쓰겠다. 그때까지는 누구도 움직여서는 안 된다."

서성은 전군에 엄하게 지시했다.

그런데 혈기왕성한 젊은 손소는 조비가 장강 가까이 오기 전에 강을 건너가 마주 쳐나가야 한다고 반발하고, 은밀히 부하와 병사들을 이끌고 북안으로 건너가고 말았다.

"제멋대로 구는군!"

서성은 혀를 찼으나, 손소에게 만일의 일이 생긴다면 손권을 볼 면목이 없다. 그래서 정봉에게 3천 병력을 주어 북안으로 보내 손소에게 가세를 하도록 했다.

한편, 조비는 광능에서 병선을 이끌고 장강으로 나왔다. 북안에는 선봉인 조진이 이미 도착해서 진을 치고 있었다.

"적의 방비는 어느 정도인가?"

조비가 기함으로 찾아온 조진에게 물었다.

"그것이 척후선을 내서 탐색을 해보았습니다만, 남안에는 사람의 그림자도 없고 깃발조차도 보이지 않는다고 합니다."

조비는 배 위에서 멀리 남안을 바라보았다. 확실히 아무런 움직

회수(淮水)
중국 중부에서 장강으로 흘러 들어가는 강. 예로부터 중국의 중부 지역을 남과 북으로 나눈 경계로 많이 이용되어 회남이라고 하면 회수의 이남 지역을 지칭했다. 북방 세력과 남방 세력이 부딪혀 곧잘 싸웠던 지점이기도 했다. 회하(淮河)라고도 한다.

임도 없었다.

그날 밤에 조비는 강가에 배를 대놓고 오군의 상황을 엿보았다. 달은 없었지만 북안은 위군 선단이 켜 놓은 등불이 강 위를 환히 비췄고, 강기슭에 있는 위군 진영의 화톳불이 이어져 대낮같이 밝았다. 이것에 비해 대안은 한 점의 빛도 없이 완전히 암흑이었다.

"우리 군의 위세에 놀라 모두 도망친 것이 아닐까?"

조비는 코웃음을 쳤다.

날이 밝을 무렵, 강 위에 안개가 잔뜩 끼었다.

서로 얼굴을 가까이 가져가도 보이지 않을 정도였으나, 이윽고 해가 중천에 떴을 때에는 안개도 완전히 개어 있었다.

그때였다. 마치 무대의 막이 올라간 것처럼, 남쪽 대안에 십리는 족히 될 듯 싶은 기다란 성벽이 출현했다. 수십 개의 성루에서는 무수한 창과 칼이 햇빛에 반짝거리고 있었고, 깃발들이 빈틈없이 늘어서서 바람에 펄럭이고 있었다.

'으음, 이것은……'

큰소리를 치던 조비의 얼굴이 창백해졌다.

이는 서성의 계략이었다. 중간에 목재로 성채를 세우고, 지푸라기 인형을 만들어 푸른 옷을 입히고, 깃발들을 등에 꽂아서 종이로 만든 성벽이나 성루를 연결시켜 늘어놓게 한 것이었다. 그것이 멀리 떨어진 대안에서 볼 때 생생한 실물처럼 보였다.

"오군에 저 정도의 준비가 있을 줄은 미처 몰랐다!"

"자칫 잘못 쳐들어갔다가는 큰일 나겠다."

조비와 대장들은 간담이 서늘해졌다.

그때, 갑자기 강한 바람이 불어 왔다. 강 위에는 물결이 크게 일어 기함을 위시한 병선들이 뒤집힐 것처럼 심하게 흔들렸다. 조비는 문빙의 부축을 받아 작은 배로 옮겨 타고 선착장으로 상륙했다.

'휴우' 하고 한숨 돌리고 있으려니 파발마가 도착했다. 촉한의 조운이 양평관에서 치고 나와 장안을 향하여 진격하고 있다는 것이었다.

"큰일이다. 장안을 공략당하면 안 된다."

조비는 전군에게 총퇴각을 명했다.

북안으로 건너가 있던 손소의 병사들이 위군에게 공격을 가해 온 것은 바로 그때였다. 퇴각의 혼란 속에서 허를 찔린 위군은 많은 병사들을 잃었다. 물에 빠져 죽은 자도 적지 않았다. 조비는 대장들의 도움을 받아 겨우 기함으로 피신하여 돌아올 수 있었다.

2

이후 촉한과 화친을 맺은데다 조비가 이끄는 위군까지 물리쳤기 때문에 오나라는 평안하고 무사했다. 이때 촉한의 승상 공명은 국내의 정치를 안정시키고 국력의 충실에 힘썼다.

그런데 건흥 3년(225년) 3월, 남만왕 맹획이 남쪽 국경지대에 쳐들어와 반란의 무리와 손을 잡고 촉한의 여러 성을 공격한다는 급보가 성도에 올라왔다. 건녕군의 태수 옹개가 맹획에게 가세하여, 상가군의 태수 주포와 월준태수 고정을 항복시키고, 영창태수 왕항을 맹렬히 공격하는 중이라고 했다.

촉한의 남방(오늘날 중국 운남성 일대)에는 이민족이 지배하는 지역이 펼쳐져 있었다. 한나라 시대부터 조정에 복종하고는 있으나 무슨 일만 있으면 반란을 일으켜 이번의 맹획처럼 공격을 일삼곤 했다.

공명은 남만 정벌을 결심했다. 남방이 안정되지 않으면, 안심하고 병력을 동원하여 중원(中原)으로 진출할 수가 없기 때문이었다.

맹획의 남만을 평정하라!

공명은 이엄, 마초, 장포, 관흥 등에게 뒤를 맡기고, 조운, 위연, 왕평, 장익 등 수십 명을 대장으로 삼아 20만의 대군을 이끌고 남방으로 향했다.

한편, 건녕군의 옹개*는 공명이 직접 대군을 이끌고 쳐들어온다는 것을 알자, 주포와 고정 등과 함께 각각 5만의 병사들을 거느리고 맞서 싸우기로 했다.

촉한의 대군은 건녕군의 경계에 진을 쳤다. 그러자 옹개와 고정이 양쪽으로 나뉘어서 공격을 해 왔다. 공명은 위연을 시켜 병사를 매복시켜 놓았다가 옹개와 고정의 병력 태반을 사로잡았다.

위연이 포로들을 본진으로 끌고 오자, 공명은 옹개의 병사와 고정의 병사를 따로따로 다른 장소에 수용했다. 그리고 양쪽에 촉한의 병사를 비밀리에 잠입시키고 소문을 퍼뜨리게 했다.

"고정의 부하들은 용서받지만, 옹개의 부하들은 죽는다."

소문이 충분히 퍼져 나갔을 때쯤 해서 우선 옹개의 병사들을 끌어내 문초를 시작했다.

"너희들은 누구의 부하냐?"

"고정님의 부하입니다."

옹개의 병사들은 한결같이 그렇게 대답했다.

"그러냐? 그러면 용서해 주겠다."

공명은 병사들에게 술과 식사를 나누어 준 다음에 앞으로는 반역하지 말라고 타이른 후 풀어주고 자기들 진지로 돌아가게 했다. 그다음에는 고정의 병사들을 끌어냈다.

"우리들이야말로 진짜 고정님의 부하입니다."

그들은 묻기도 전에 모두가 한결같이 주장했다.

"알았다. 고정은 충의의 사람이라는 것을 내가 잘 알고 있다. 이번에는 옹개의 감언이설에 넘어간 것이리라. 그 옹개가 나에게 고정과 주포의 목을 바치며 항복하겠다고 청해 왔다. 고정이 불쌍해 견딜 수가 없구나. 하여간 너희들이 고정의 부하라는 것을 알았으니,

옹개(雍闓)
유비가 죽자 월수군의 고정, 장가군의 주포와 함께 건녕군에서 촉나라에 반기를 들고 오나라에 귀순한다. 나중에 제갈량의 이간책에 걸려 아습을 받고 살해된다.

용서해 주겠다. 두 번 다시 옹개처럼 반역하지 말아라."

공명은 병사들을 잘 타이르고 풀어 주었다.

"옹개가 나를 배신했다고?"

돌아온 병사들한테 이 얘기를 들은 고정은 반신반의했다. 좀더 확실한 정보를 얻으려고 첩자를 옹개의 진지에 잠입시켰다.

그런데 이 첩자가 도중에 붙잡히고 말았다. 고정이 첩자를 보낼 것이 틀림 없다고 예상하고, 공명이 수배를 해 둔 것이었다.

고정의 첩자가 끌려오자 공명은 옹개의 부하라고 착각한 척했다.

"네 주인은 고정과 주포의 목을 베어 가지고 항복하러 오겠다고 약속해 놓고서는 무엇을 꾸물거리고 있는 거냐?"

공명은 첩자가 대꾸할 틈도 주지 않고 혼자 한바탕 떠들어대고는 한 통의 밀서를 써서 건네주었다.

"이것을 옹개에게 건네주고 빨리 약속대로 하라고 전하라."

첩자는 밀서를 받아들고는 진지로 돌아가 고정에게 바쳤다.

'옹개가 배신한 것이 사실이었구나.'

거짓 밀서를 읽은 고정은 화가 머리끝까지 치밀어 그날 밤으로 병력을 총동원하여 옹개의 본진을 습격했다. 옹개의 병사들은 고정 편을 들면 공명의 도움을 받게 될 것이라고 여겨 항복했기 때문에 옹개는 싸움 한 번 제대로 못해 보고 목이 날아갔다.

고정은 옹개의 목을 들고 공명의 진으로 찾아와 항복했다.

그러나 공명은 눈을 부릅뜨고 소리쳤다.

"이 놈을 끌어내 목을 쳐라!"

고정은 기절초풍하며 항의했다.

"승상님께서는 저의 충의를 인정하고 계시다면서 왜 목을 치라고 하시는 것입니까?"

"네가 거짓으로 항복했다는 것을 나는 익히 알고 있다. 만일 네가 정말로 항복할 생각이라면, 주포의 목도 베어 가지고 오너라."

고정은 고개를 끄덕이고 공명 앞에서 물러 나와 주포의 진을 공격하여 주포의 목을 베어 가지고 다시 공명 앞으로 나왔다.

"이것으로 되었습니까?"

"나는 그대의 항복을 조금도 의심하지 않았다. 그대에게 공을 세우게 할 작정으로 일부러 노한 척 말한 것이다."

공명은 '껄껄' 웃으면서 고정을 건녕태수로 임명하고, 동시에 월준과 상가군도 함께 다스리도록 명했다.

이렇게 해서 세 곳의 반란은 모두 평정되었다. 영창태수 왕항은 공명을 기꺼이 성으로 맞이했다.

왕항과 함께 영창의 성을 지키고 있던 여개는 오래전부터 남만에 대해서 관심을 갖고 상세한 그림지도를 만들어 놓고 있었다. 여개가 그것을 바치자 공명은 살펴보고 나서 크게 기뻐했다. 그리고 여개를 안내역으로 삼아 남만왕 맹획의 영내로 병력을 진격시켰다.

남만왕 맹획

1

　남만왕 맹획은 본거지를 떠나 촉한군이 진격해 오는 국경 부근으로 이동하여 진을 치고 있었다. 옹개 일행이 공명에게 패했다는 것을 알게 된 맹획은 부하 금환삼결, 동다나, 아회남을 불렀다.
　"촉한의 승상 공명이 대군을 이끌고 우리 땅으로 쳐들어왔다. 너희들 세 사람은 세 방향으로 나누어 가서 맞서 싸워라. 놈들을 보기 좋게 쫓아 버린다면 동주(洞主)로 삼겠다."
　남만에서 동이라는 것은 촌락을 의미하는데, 크고 작은 동이 많이 있고, 그 중에서 가장 큰 은갱동을 다스리는 맹획이 각동의 동주를 거느리고 남만왕을 칭하고 있었다. 따라서 동주라고 하면 남만에서는 상당한 지위였다.
　"촉한의 조무래기들 따위는 한방에 날려 버리겠습니다."

"공명에게 우리 실력을 따끔하게 보여 주겠습니다."

"대왕, 길보를 기다려 주십시오."

세 사람은 동주를 시켜준다는 약속에 병력까지 얻자 신바람이 나서 출동했다.

"맹획 놈, 먼저 부하들을 내보냈단 말이지?"

공명은 보고를 받고 웃었다. 그리고 왕평*과 마충에게 좌우로 나뉘어 맞받아 치도록 명하고, 다시 장의와 장익을 불러 계책을 일러 주고는 출발하게 했다.

"승상님, 우리들을 잊으셨습니까?"

조운과 위연이 불만스러운 듯이 투덜거렸다.

"그대들은 지리를 모르기 때문에 움직이지 않는 것이 좋다."

공명은 퉁명스럽게 대꾸했다.

두 사람은 마지못해 물러갔으나, 왕평 등에게 선봉을 빼앗겨서는 면목이 서지 않는다고 여겨 조운과 위연이 힘을 합쳐 남만의 척후병을 사로잡아 안내자로 앞세우고는 그날 밤에 휘하의 병력을 이끌고 남만군의 중앙 진지에 야습을 가했다.

남만 병사들은 새벽녘에 출진준비를 하고 있던 참이었다. 당황해

왕평(王平)
원래 서황의 부하였으나 한중전 때 서황이 간언을 듣지 않자 유비에게 투항한 후 제갈량의 신임을 받아 남만 정벌에 나가 맹획의 처 축융부인을 잡고 북벌에서는 위나라의 하후무를 생포하는 등 군공을 세웠다. 글자는 몰랐지만 말한 것을 받아 적게 해 문서를 만들면 그 뜻이 명확할 만큼 뛰어난 인재였다고 한다.

하면서 응전했으나, 금환삼결이 조운의 창에 찔려 죽자 퇴각하지 않을 수 없었다. 일차전에서 승리를 거둔 두 사람은 부대를 둘로 나누어 위연이 동다나의 진지로 향하고, 조운은 아회남의 진지로 향해 갔다. 그곳에 앞서 왕평과 마충이 각각 쳐들어갔었다. 동다나와 아회남은 무참하게 패해 도망쳐 버렸다.

조운과 위연이 두 진지에 갔을 때는 모두 도망친 뒤였다. 두 사람은 서둘러 철수를 한 다음에 공명 앞으로 나가,

"금환삼결은 목을 베었으나 동다나와 아회남은 어디론가 도망쳐서 그만 놓쳐 버리고 말았습니다."

하고 보고를 했다. 그러자 공명은 웃으면서,

"그 두 사람이라면 이미 붙잡아 놓았다."

하므로 두 사람이 의아한 얼굴을 하고 있으려니 얼마 뒤에 장의와 장익이 동다나와 아회남을 새끼줄로 묶어 끌고 왔다.

공명은 여개의 그림지도를 보고 부근의 지형을 알았기 때문에, 산 속의 지름길에 미리 장의와 장익을 매복시켜 놓았던 것이다. 조운과 위연을 선봉에서 제외시킨 것도 두 사람을 분발하게 해서 중앙 진지로 돌입시키기 위한 것이었다.

공명은 동다나와 아회남의 포박을 풀어 주고 술과 음식을 대접한 후에 두 번 다시 촉한군과 싸우려 하지 말라고 타이르고 놓아 주었다. 두 사람은 감사하며 돌아갔다.

"내일은 맹획이 틀림없이 공격해 올 것이다. 목을 베는 것은 간

단하지만, 훗날을 위해서 사로잡고 싶다."

공명은 계책을 알려 주고 맹획을 사로잡을 준비를 갖추었다.

그 무렵에 맹획은 세 명의 부하가 대패하고, 더군다나 그 가운데 금환삼결이 죽었다는 것을 알고 머리칼을 곤두세웠다.

"이놈 공명아, 그냥 놔두지 않겠다!"

이튿날, 맹획은 전군을 동원했다. 맞받아 싸운 것은 왕평의 군사였다. 맹획이 큰소리쳤다.

"공명, 공명하고 사람들은 모두 신처럼 두려워하는데, 듣는 것과 보는 것은 전혀 다르구나. 뭐야, 저 꼴은? 깃발들은 흐트러지고 대열도 뒤죽박죽이고, 무기도 우리들 쪽이 좋은 것을 갖고 있다. 누가 가서 촉한군 대장 놈을 사로잡아 오너라!"

"알았습니다."

망아장이라는 자가 앞으로 나왔다. 그리고 칼을 힘차게 휘두르면서 왕평에게 덤벼들었다. 왕평은 몇 합 싸워보지 못하고 도망치기 시작했다.

"생각한 대로 형편없는 약골들이다. 여봐라, 몰살시켜라!"

맹획은 자신만만하게 소리치면서 전군에 총공격을 명했다.

왕평이 도망친 것은 작전이었다. 20리 가량 후퇴하니 왼쪽에서 장의, 오른쪽에서 장익이 치고 나와 추격전을 벌이는 맹획의 퇴로를 끊어 버렸다. 그때 왕평이 병력을 되돌려 앞뒤로부터 맹획에게 협공을 가했다. 무참하게 패한 맹획이 더 이상 견디어내지 못하고 금대산을 향해 도망치는데 앞길을 조운이 가로막고 있었다. 맹획은 놀라서 좁은 산길로 도망쳐 들어갔다. 그러자 골짜기에서 북소리가 요란하게 울리더니 위연의 병력이 밀고 나와 순식간에 맹획을 사로잡고 말았다.

"부모 형제와 처자가 걱정하고 있을 것이다. 빨리 돌아가서 안심시켜 주거라."

공명은 차례차례로 잡혀 오는 남만군의 대장과 병사들의 포박을 풀어 주고는 술과 음식을 대접한 후에 쌀과 고기까지 들려서 보내주었다. 그들은 공명의 관대한 조치에 감사하고 돌아갔다.

공명은 맹획을 마지막에 데려오게 했다.

"어찌 촉한을 따르지 않고 반란을 일으켰느냐?"

"반란이라고? 우리 남만은 독립국이다. 너희들이 쳐들어왔지 우리가 반란을 일으킨게 아니다."

"우리 촉한에 충성할 의도는 없느냐?"

"한판 멋있게 싸워서 진다면 항복하마."

"그런가?"

공명은 웃으면서 맹획의 포박을 풀어 주었다.

"고맙다는 인사는 하지 않겠다. 촉한군 모두 목을 깨끗이 씻고 기다리고 있거라. 내가 반드시 베어줄 테니까!"

맹획은 이렇게 허세를 부린 후에 말의 옆구리를 차고는 뒤도 돌아다보지 않고 달려가 버렸다.

"겨우 붙잡은 남만왕을 놓아주면 남만의 평정은 오히려 더 어려워지는 것 아닙니까?"

"아니다. 맹획을 진심으로 항복하게 만들지 않으면 남만 평정은 절대로 이루어질 수가 없다."

공명은 고개를 좌우로 흔들었다.

한편, 맹획은 말을 달려 여수를 건너 본진에 도착하자 즉시 각동의 동주들을 불러 모았다. 동주들은 휘하의 병사들을 이끌고 달려왔다.

"나는 공명을 물리칠 계략을 생각해 냈다. 요컨대 싸우지 않고 수비만 하면 되는 것이다."

맹획은 모여든 동주들에게 설명했다.

"싸우게 되면 놈의 계략에 걸려 든다. 그래서 말인데, 배나 뗏목을 하나도 남김없이 강의 남안으로 철수시켜 버려라. 놈들이 건너 오려고 하면 죽음이 기다리고 있을 뿐이다. 어떠냐? 이렇게 하면 공명이라도 어떻게 해볼 도리가 없을 것이다."

동주들은 배나 뗏목을 남안에 매놓고, 기슭을 따라서 토성을 쌓더니 망루를 세우고 활과 석궁을 갖추어 방비를 굳혔다.

한편, 병사들을 전진시켜 여수까지 내려온 공명은 서늘한 곳에 진지를 세우고, 병사들을 쉬게 했다. 그러자 그곳에 마대가 3천의 병력을 이끌고 찾아왔다. 성도에서 보급품을 운반해 왔던 것이다.

"때마침 잘 와 주었다."

공명은 기뻐하며 그림지도를 보여 주면서 마대에게 명했다.

"지금 우리 군은 여수까지 왔으나, 맹획이 배와 뗏목을 남안으로 철수시켜 버렸기 때문에 건널 수가 없다. 다만 여기서 150리 가량 하류인 사구(沙口)라는 곳은 강물이 얕아 뗏목이 없어도 건널 수 있을 것이다. 그대는 그곳으로부터 대안으로 건너가 남만군의 양도(糧道=병량을 운반하는 수송로)를 끊어라. 그러면 맹획도 당황할 것이다. 그러는 사이에 목숨을 살려준 내 은혜를 느끼고, 동다나와 아회남이 배반해서 맹획을 잡아올 것이다."

"알았습니다."

마대는 즉시 병력을 이끌고 사구로 향했다.

그런데 얼마 뒤에, 파발마가 다급히 달려왔다. 사구에 도착하여 대안으로 건너려고 했더니, 강 한가운데서 병사들이 픽픽 쓰러지고 입이나 코로 피를 흘리고 죽어 버린다는 것이었다.

깜짝 놀란 공명은 그 고장 사람을 불러다가 물어보니,

"요즘 무더위 때문에 여수에는 독이 고여 있습니다. 한낮에 건너려고 하면 독기를 쐬서 죽습니다. 심야에 물이 차가워지고 독기가 가라앉은 다음에 건너면 걱정없습니다."

하고 말하는 것이었다. 공명은 즉각 마대에게 이 사실을 알렸다.

2

마대는 지시받은 대로 밤이 깊어지기를 기다렸다가 병사들을 이끌고 강으로 들어갔다. 대안에 도달할 때까지 독기에 쐰 사람은 하나도 없었다.

그림지도에 따르면, 남만군의 양도는 협산욕이라는 곳에 있었다. 마대는 병사들을 독촉하여 협산욕을 점령하고 숨어 있다가 아무것도 모르고 군량을 운반해 온 남만군을 습격하여 군량과 여물까지 몽땅 빼앗아 버렸다.

맹획은 독이 차 있는 여수를 촉한군이 건널 리 없다고 안심하고 있었다. 그런데 협산욕을 빼앗겼다는 연락을 받자 크게 놀라 급히 망아장을 협산욕으로 향하게 했다.

얼마 뒤에, 망아장의 부하들이 얼굴이 새파래져서 도망쳐 돌아왔다.

"망아장님은 촉한의 마대와 싸워 단 1합에 패하고 말았습니다."

"망아장, 칼솜씨가 형편없는 녀석이었군."

맹획은 핏발선 눈으로 부하들을 노려보았다.

"누구 마대라는 놈을 무찔러 줄 자가 없느냐?"

"제가 가겠습니다."

동다나가 자원했다. 맹획은 기뻐하면서 동다나에게 3천기를 내주고 출진시켰다. 마대는 협산욕에 진을 치고 있었다. 동다나가 쳐들어오는 것을 보고, 말을 타고 나가 큰소리로 욕을 퍼부었다.

"승상님께서 목숨을 살려 주었는데 그 은혜를 모르고 다시 싸우러 나서다니 이 염치 없는 놈아!"

동다나는 얼굴을 새빨갛게 상기되어 한마디도 반박하지 못한 채 그대로 말머리를 되돌렸다.

그리고는 본진으로 돌아가 맹획에게 허위로 보고했다.

"마대는 굉장히 센 놈입니다. 제 힘으로는 도저히 상대가 되지 않습니다."

"거짓말 하지 마라, 이 놈!"

맹획은 눈을 부릅뜨고 주먹으로 동다나를 때리며,

"돌아오는 것이 너무나 빨랐다. 너는 공명이 살려 주었다고 해서 싸우지 않고 그냥 돌아왔을 것이다. 이 배신자 같은 놈아! 이 녀석을 죽여 버려라!"

하고 아우성을 쳤으나, 다른 대장들이 만류를 했기 때문에 곤장 100대를 때리는 것으로 용서해 주었다. 동다나가 자신의 진으로 돌아오자, 여러 동주들이 위로차 찾아왔다.

"우리들은 특별히 촉한군과 싸우고 싶지 않네. 맹획에게 명을 받고 어쩔 수 없이 가세하고 있는 것뿐일세."

"맹획이 욕심을 부리지 않았다면 촉한군이 쳐들어오지 않았을 걸세."

"아예 맹획을 죽이고 공명에게 항복하여 남만 백성들의 괴로움을 덜어 주는 것이 어떻겠나?"

동주들은 제각기 한마디씩 했다.

동다나는 고개를 끄덕이고,

"나 역시 승상님께서 자비를 베풀어 살아났다. 부하들도 승상님의 은혜를 입고 있다. 이번 일은 내게 맡겨 달라."

하고는 공명에게 용서를 받고 돌아온 병사들 백명을 이끌고 본진으로 향했다.

그때 맹획은 홧김에 술을 잔뜩 마시고 곯아떨어져 코를 골면서 자고 있었다. 동다나는 숙소로 뛰어들어가 아무런 어려움 없이 맹획을 포박하여 병사들에게 꽁꽁 묶게 하여 여수의 기슭까지 끌고 가 배에 태우고 북안으로 저어 갔다.

척후가 이것을 보고해 왔기 때문에, 공명이 기다리고 있으려니 동다나가 들어와서 일의 자초지종을 설명했다.

"잘했다! 언젠가 남만을 평정하면 그대를 중히 쓸 것이다. 일단은 진지로 돌아가 있도록 하라."

공명은 동다나의 수고를 치하하고 돌려 보냈다.

뒤이어 맹획을 끌고 오게 했다.

"맹획, 약속은 잊어버리지 않았겠지?"

공명이 웃으면서 말하자, 맹획은 술에서 완전히 깨어나지 못한 탓인지 이빨을 드러내며 소리쳤다.

"잘난 체하지 마라. 나는 네 놈에게 진 것이 아니라 부하가 배신한 탓에 잡혀온 것뿐이다. 누가 항복 같은 것을 할 것 같으냐!"

"하하하! 여전히 위세가 당당하군. 그럼, 다시 한번 풀어 주겠다. 어떻게 하겠느냐?"

"나도 병법이라면 자신이 있다. 끝까지 싸운 다음에 그래도 패한다면 항복하고 두 번 다시 거역하지 않겠다."

"알았다. 그 말을 잊지 마라."

공명은 맹획의 포박을 풀어 주면서 술과 식사를 대접하고 진중을 안내하여 구경을 시켜 준 후에,

"나의 방비는 이처럼 철벽과 같다. 재주껏 부숴 보아라."

하고는 보내 주었다. 그 뒤 마대에게 사자를 보내 협산욕에서 빼앗은 군량을 본진으로 운반하고 철수하도록 명했다.

한편, 본진으로 돌아온 맹획은 심복 부하를 동다나와 아회남의 진으로 보내 공명의 사자가 왔다고 하여 불러내 그대로 죽여 버렸다.

"이제 됐다! 저 놈들을 살려 두었다가는 언제 다시 배신할지 알 수가 없으니까 말이다."

이어서 동생 맹우를 불렀다.

"공명 녀석, 나를 얕잡아 보고 진중의 모습을 자랑하면서 보여 주었다. 나는 눈치채지 못하도록 대충 보는 듯하면서 세세한 곳까지 자세히 보았다. 그래서 말인데, 너는 이런 식으로 하거라."

맹획은 자신의 계획을 맹우에게 세밀하게 얘기해 주었다.

"이번에는 틀림없이 공명을 속여 넘길 수 있을 것입니다."

맹우는 손뼉을 치면서 기뻐했다.

다음 날, 맹우는 남만 병사 백 명 가량에게 금은과 보옥, 상아, 코뿔소의 뿔 등 예물을 잔뜩 들려 공명의 본진으로 찾아갔다.

"맹획의 동생은 무엇 하러 나를 찾아왔느냐?"

"저희 형인 맹획은 본진으로 돌아와 승상님께 더 이상 저항을 해 봤자 이길 수 없다는 것을 깨닫고 항복하기로 결심하였습니다. 그래서 일단 금은과 보옥 등을 병사들에게 내리는 은상에 보탬이 되도록 헌상하고 싶다고 하여 이렇게 갖고 왔습니다."

맹우는 공명 앞에 엎드려 정중한 어조로 덧붙여 말했다.

"지금 형님은 승상님께 바칠 진상물을 마련하기 위하여 본거지인 은갱동으로 갔습니다."

"그런가? 맹획이 항복하고 우리 촉한을 따라 준다면 남방은 안정된다. 좋은 일이다. 술이라도 마시고 편히 쉬다가 가라. 수행원들도 다 부르도록 하는 것이 좋겠다. 수고를 위로해 주고 싶으니까."

이윽고 짐을 운반해 온 남만 병사들이 불려 왔다.

공명은 모두에게 일일이 술을 따라주면서 따뜻하게 대접했다.

한편, 맹획은 본진에서 맹우로부터 연락이 오기를 이제나 저제나 기다리고 있었다. 그날 저녁 때, 가까스로 연락을 맡은 병사가 돌아와 맹우의 말을 전했다.

"공명은 아무것도 눈치채지 못하고, 헌상품을 받아들고 크게 기뻐하면서 수행원들까지 불러들여 주연을 베풀고 있습니다. 오늘 밤 이경(二更=하룻밤을 오경으로 나눈 둘째 부분으로 오후 9시에서 오후 11시)에 의논한 대로 대왕님은 밖에서 공격해 주십시오. 맹우님은 진내에서 소란을 피워 돕겠다고 했습니다."

"좋다, 일은 제대로 되었구나."

맹획은 즉시 3만 병력을 동원하고 각 동의 동주들을 불러 명했다.

"병사들에게 연초(煙硝)를 들려 화공 준비를 시켜라. 촉한군 진영에 도착하거든 신호를 기다렸다가 일제히 불을 붙여라. 나는 돌격대를 이끌고 공명을 생포할 것이다."

그날 밤, 9시가 지나 남만 병사들은 여수를 건넜다. 맹획은 심복 대장 백 명 가량을 이끌고 공명의 본진으로 전진해 가서 일제히 촉한군 본진으로 돌진해 들어갔다.

그러나 다음 순간, 맹획과 대장들은 모두 놀란 나머지 그 자리에 우뚝 서 버리고 말았다. 진영 안에는 환하게 불이 밝혀 있고, 맹우를 비롯하여 진상품을 메고 간 남만 병사들이 모조리 술이 떡이 되어 여기저기에 누워 있을 뿐이었다.

맹획은 황급히 말에서 내려 쓰러져 있는 맹우가 있는 곳으로 달려 갔다. 안아 일으키니 눈을 떴다. 술냄새가 진동하는데 죽지는 않은 모양이었다. 그러나 열심히 입을 손가락으로 가리키고 있었다. 아무래도 무엇인가 약에 취한 것 같았다.

"이런 제기랄! 또 술책에 빠졌단 말인가!"

맹획은 입술을 깨물었다.

그때 사방에서 함성소리가 일어나고 왕평, 위연, 조운의 병력이 무서운 기세로 밀어닥쳤다.

얼이 빠진 맹획은 맹우와 대장들을 모두 팽개치고 혼자 여수를 향해 달려갔다. 강기슭에 도달하자 운 좋게도 십여 명의 남만 병사가 탄 작은 배가 떠 있었다.

"나다, 어서 태워다오!"

악을 쓰면서 맹획은 말 위에서 작은 배로 뛰어올라 탔다. 그 순간, 배 안에 있던 남만 병사들이 일제히 덤벼들어 그를 꽁꽁 묶어 버렸다. 공명의 지시를 받은 마대가 부하들에게 남만 병사의 복장을 입히고 배를 띄워 맹획이 달려들어 오기를 기다리고 있었던 것이다.

3

맹획은 세 번째로 공명 앞으로 끌려 나갔다.

"어떻게 된 건가, 맹획? 병법에 자신이 있다고 하지 않았느냐?"

공명은 놀려대는 말투로 맹획을 조롱했다.

"나는 그대가 야습을 가해 오도록 하기 위해 일부러 진중을 구경시켜 주었던 것이다. 그것을 꿰뚫어 보지 못하다니 한심스럽구나!"

"동생 녀석이 염치없이 술 같은 것을 퍼마시고 미련하게 약을 먹은 탓이다. 그렇지만 않았다면 기습에 성공했을 것이다."

맹획은 분하다는 듯이 이를 '부드득' 갈았다.

"좋다. 다시 한번 풀어 주겠다. 단 이번에 또다시 붙잡히면 용서하지 않겠다. 나를 속여 넘길 수 있는 계략을 궁리하고서 찾아오너라."

공명은 맹획과 맹우 형제를 비롯해서 사로잡은 동주들과 병사들을 모두 풀어 주었다. 동주들과 병사들은 모두 사의를 표하고 돌아갔다.

맹획 일행은 주눅이 들어 본거지인 은갱동으로 돌아갔다.

공명은 본진을 떠나서 여수를 건너 병사들을 진격시켰다. 며칠 동안인가 남으로 계속 내려가니 한줄기의 강에 부딪쳤다. 그림지도로 확인해 보니 서이하라는 강이었다. 일단 강가에서 멈추고 첩자를 파견하여 맹획의 상황을 염탐케 했다. 은갱동에 돌아간 맹획은 주위의 추장들에게 금은과 보옥을 보내고, 몇 만의 병력을 빌린 다음, 서이하를 향해서 밀려 들어오고 있다는 것을 알 수 있었다.

"남만 병들이 한꺼번에 몰려 오는 것이 우리에게 유리하다."

공명은 서이하의 북안에 강을 따라 긴 흙성벽을 쌓고, 이어서 뗏목을 만들어 남안으로 건너가 그곳에 3개의 진지를 구축하고 맹획의 군사를 기다렸다.

한편, 맹획은 수십 군사를 이끌고 이번에야말로 공명을 무찔러야겠다고 노도처럼 서이하로 쳐들어왔다. 그런데 공명은 그 기세를 두려워해서인지 방비를 굳게 하고 치고 나오려고 하지를 않았다.

3일 동안 남만군이 계속 공격을 가했으나 촉한군은 전혀 상대를 하지 않았다. 4일째, 오늘이야말로 끝장내 주겠다면서 맹획은 분발하여 공격했다. 그러나 어찌된 일인지 촉한군 영채가 쥐 죽은 듯이 고요했다. 진문을 부수고 대담하게 들어가 보니 안에는 한 사람의 병사도 보이지를 않고, 군량과 여물을 실은 수레가 수백 대씩이나 내버려져 있었다. 다급하게 철수한 모양이었다.

"아무래도 국내에서 무슨 일인가가 일어나 서둘러 철수한 것 같구나. 그렇지 않고서야 이런 식으로 군량과 여물을 버리고 도망쳐 갔을 리가 없다. 서둘러라! 추격전을 벌여야겠다!"

맹획은 병사들을 독려하여 서이하의 기슭으로 달려갔다. 이미 공명은 강을 건넌 모양으로 북안을 바라보니 강을 따라 쌓아 올려진 흙 성벽 위에 깃발들이 빈틈도 없이 빽빽이 늘어서 있었다.

"저것은 공명이 우리의 추격이 무서워 허세를 부리고 있는 것이다. 앞으로 2일쯤 지나면 철수하기 바쁠 것이다. 그때를 노려 공격하면 무찌를 수가 있다!"

맹획은 대장들에게 그렇게 말하고, 남안에 병력을 머물게 했다.

다음 날 새벽, 갑자기 강한 바람이 불기 시작했고, 사방에서 불길이 치솟아 오르며 북소리가 요란스럽게 울려대는가 싶더니 어디선가 촉한군 대부대가 나타나 일제히 덤벼들었다. 진지를 버리고 강을 건넌 것처럼 보이게 하고, 주력 부대는 남안에 있는 산골짜기에 숨어 있었던 것이다.

허를 찔린 남만 병사들은 당황하여 갈팡질팡하면서 같은 편끼리 서로 짓밟으며 도망치기 시작했다. 맹획도 싸울 의지를 잃고 도망쳤다. 그러나 조운에게 앞을 가로막히고, 마대에게 추격을 당해 여기저기로 도망쳐 다니고 있는 사이에 울창하게 우거진 숲 앞으로 나갔다. 그러자 숲 사이에 수십 명의 병사가 한 대의 4륜 수레를 호위하고 기다리고 있었다. 수레 위에는 푸른 두건을 쓰고 학창의를 걸친 공명이 앉아 있었다.

"맹획아, 기다리고 있었다!"

공명은 우선(羽扇)*을 손에 들고 '껄껄' 웃었다.

"이놈, 공명아!"

머리로 피가 솟구쳐 오른 맹획은 큰 칼을 휘두르며 공명을 향해 말을 맹렬히 몰았다. 그러나 갑자기 앞에서 곤두박질치며 그 모습이 지상에서 사라졌다. 함정에 떨어진 것이다. 숲속에서 위연의 병사들이 달려오더니 맹획을 끌어 올려 새끼줄로 꽁꽁 묶어 공명 앞으로 데려갔다.

"네 번째로구나, 맹획!"

공명은 자신 앞으로 끌려온 맹획을 불쌍하다는 듯이 바라보았다.

"나의 인내심도 여기까지다. 이 놈을 당장 끌어내 목을 베어라!"

맹획은 깜짝 놀란 듯 얼굴을 들었다.

"잠깐 기다려 주시오! 다시 한번만 보내 주시오. 다시 한번 잡히면 그때는 진심으로 항복하겠소."

"좋다. 다시 한번 싸울 기회를 주겠다."

공명은 맹획의 포박을 풀어 주었다.

학창의(鶴氅衣)와 우선(羽扇)

학창의는 덕망이 높은 학자나 고위 관리가 입던 옷으로 위진남북조 시대에는 학의 깃털로 만들기도 하여 신선이 입는 옷이라고도 했다. 길게 늘어져 있고 희거나 약간 푸른 빛을 띤 천으로 만들었다. 우선은 깃털로 만든 부채로 지휘봉 대신으로 쓰였다. 제갈량을 상징하는 물건이기도 하다.

칠종칠금

1

 공명에게 네 차례나 붙잡혔다가 풀려난 맹획은 풀이 죽어 살아남은 병사들을 모아 남만의 깊숙한 지역으로 내려갔다. 도중에 은갱동에서 새로운 군사를 이끌고 형을 도우러 달려온 맹우와 만났다.
 "공명과 네 차례나 싸워 모두 패했다. 우리 힘으로는 도저히 상대가 되지를 않는다. 어떻게 하면 좋겠느냐?"
 기세등등하게 소리쳤던 맹획도 주눅이 들어 있었다. 그러자 맹우가 맹획의 눈치를 살피며 말했다.
 "여기서 서남쪽 깊은 곳에 독룡동이라는 동이 있습니다. 동주(洞主) 타사대왕은 의리도 있고, 상당한 지혜를 갖고 있다 하니까 그 힘을 빌리면 어떻겠습니까?"
 "음, 타사대왕의 이름은 나도 들어서 잘 알고 있다."

맹획은 고개를 끄덕였다.

두 형제가 길을 물어 독룡동을 찾아가니 타사대왕은 처음 보는 사이인데도 반갑게 맞이하고 협력을 약속했다.

"안심하시오, 맹획대왕. 촉한군이 아무리 많이 와도 이곳에는 한 발자국도 들어올 수 없으니 말이오."

"오지 못한다니 무슨 말씀이시오."

"이 독룡동으로 통하고 있는 길은 두 개 밖에 없소이다. 하나는 대왕이 지나온 동북으로부터 오는 길이고, 하나는 서북으로부터 오는 길인데 험악한 산길인데다 심한 독기로 가득 차 있지요. 또 도중에 4개의 독이 있는 샘도 그들을 막아줄 것이오. 첫 번째는 아천(啞泉)이라고 하는데, 이 물은 맛은 있지만 마시면 말을 할 수 없게 되고 10일 이내에 죽지요. 두 번째는 멸천(滅泉)이라고 하는데, 보통의 온천물이지만 이 물을 끼얹으면 피부와 살이 전부 문드러져서 죽지요. 세 번째는 흑천(黑泉)이라고 하는데, 이 물에 손발을 담그면 새카맣게 되어서 죽지요. 네 번째는 유천(柔泉)이라고 하는데, 이 물을 마시거나 손대면 몸이 솜처럼 흐물흐물해져서 역시 죽지요. 옛날에 한나라의 복파장군, 마원* 이 지나간 일이 있다고는 하지만, 그 후로 아무도 지나간 자가 없소. 그래서 동북의 길에 나무와 돌을

마원(馬援)
후한의 초대 황제인 광무제와 2대 황제인 명제를 섬긴 영웅.

잔뜩 쌓아 올려서 지나갈 수 없도록 만들어 놓으면 촉한군은 싫어도 서북의 길로 향할 수밖에 없소이다. 도중에 물이 없기 때문에, 목이 마르면 반드시 4개의 샘물을 마실 수밖에 없을 테고요. 그렇게 하면 백만 대군이 몰려 온다고 하더라도 싸우지 않고 몰살시킬 수 있소."

"맞소. 공명에게 어떤 계략이 있든 간에, 그런 상황이면 손을 쓸 수가 없을 것이오!"

맹획은 손뼉을 치면서 기뻐했다.

그날부터 맹획은 타사대왕과 여유 있게 술잔을 나누면서 공명이 쳐들어오는 것을 전혀 걱정하지 않았다.

그 무렵, 공명은 서이하를 뒤로 하고 다시 남쪽으로 병사들을 진격시키고 있었다. 때마침 찌는 듯한 더운 여름이어서 촉한군은 지글지글 내리 쬐는 태양 아래서 불에 태워지는 것 같은 괴로운 행군을 했다. 병사들과 말들은 지칠 대로 지쳐 쓰러지는 자가 속출했다.

염탐하러 갔던 척후병이 돌아왔다. 맹획은 멀리 독룡동에 틀어박혀 있으며, 입구로 통하는 길은 나무와 돌로 막혀서 지나갈 수 없도록 만들어 놓았다고 했다. 동으로 통하는 길은 서북에 또 하나 있지만, 산길이어서 험악하기 짝이 없으며 통과하기가 몹시 곤란하다고 했다. 그 길은 그림지도에도 없고, 안내역인 여개도 잘 모르는 것 같았다.

"맹획은 혼쭐이 나서 두 번 다시는 모반하는 일은 없지 않겠습니까? 병사들과 말들이 지쳐 있으니 이 즈음에서 성도로 돌아가시는 것이 어떨까 생각합니다만."

참모로서 종군하고 있는 장완(蔣琬)*이 말했다.

"그것이야말로 맹획이 바라고 있는 바다. 맹획은 우리가 철수하면 더욱 기고만장해질 테고 반드시 추격해 올 것이다."

공명은 고개를 흔들고, 왕평에게 명해 서북의 산길을 정찰하고 오도록 했다.

왕평(王平)은 병사들을 이끌고 정찰을 나갔다가 길을 확인하고 돌아왔다. 그러나 진지에 도착한 순간, 모두들 말을 할 수 없게 되어 버렸다. 깜짝 놀라는 공명에게 왕평은 손짓으로 목이 말라서 전원 샘물을 마셨다는 것을 전했다.

"그렇다면 독이 들어 있는 샘일 것이다."

공명은 수십 기의 수행원을 데리고 현장으로 달려갔다.

모두들 험악한 산길을 헐떡거리며 올라가 목이 바짝 말라 있을 때, 나무나 풀이 하나도 없는 바위 틈에서 샘물이 솟아오르고 있는 것을 보았다. 누구나 목이 말라 자연히 입을 대고 마실 것 같은 맑은 샘물이었다.

깎아지른 바위로 에워싸인 사방에는 을씨년스러운 공기가 감돌

장완(蔣琬)
촉의 명신으로 제갈량을 따라 남만 정벌에 참가하고 북벌 때는 도읍 성도에 남아 후방을 지켰다. 제갈량이 죽은 후 승상의 자리를 이어받아 촉을 이끈다.

고, 새소리 하나 들리지 않았다. 오른쪽 바위산의 중턱에 누군가를 모신 사당이 있는 것이 보였다.

"이런 험난한 곳에 누구를 모셨을까?"

공명은 바위를 타고 사당 쪽으로 올라갔다.

사당 안에는 나무로 조각한 사람의 장군 좌상이 모셔져 있었다. 옆에 세워져 있는 석비에 의하면, 한나라의 복파장군 마원이었다. 마원이 남만 정벌을 하기 위해 이 땅에 왔을 때 이 고장 사람들이 상을 조각하여 모신 것이라고 쓰여 있었다.

공명은 사당으로 들어가 무릎을 꿇고,

"저는 선제 폐하로부터 후사를 위탁받고 남만의 평정을 위해 이 땅에 병사들을 이끌고 왔습니다. 남만을 평정한 다음에는 위나라를 멸망시켜 한조를 다시 부흥시킬 각오입니다. 그런데 지금 병사들이 독이 있는 샘물을 마시고 말을 할 수 없게 되었습니다. 제발 한조의 자손인 저희들을 불쌍히 여기시고, 영험을 보여 주시기 바라나이다."

하고 열심히 빌었다. 기원을 마치고 일어나 사당을 나오려고 하는데,

"잠깐 기다리시오."

하고 누군가가 불러 세웠다. 돌아다보니 지팡이를 짚은 한 노인이 서 있었다.

"좋은 것을 가르쳐 주겠소. 여기서 서쪽으로 향해 20리 가량 가

면, 만안계(萬安溪)라고 하는 골짜기가 있소. 그 골짜기 옆에 한 사람의 은자가 살고 있소. 그 은자를 만나서 사정을 얘기하면 힘을 빌려 줄 것이오. 얼른 가 보시오."

그렇게 말하고 노인은 어디론가 사라져 버렸다.

'아마 산신이겠구나. 복파장군이 영험을 보여 주신 것이다.'

공명은 즉시 말을 할 수 없게 된 왕평과 병사들을 이끌고 산신이 가르쳐 준 만안계로 향했다.

골짜기에 도착하여 좁은 길을 한참을 걸어가니, 소나무와 떡갈나무가 우뚝 솟아 있고, 대나무 숲으로 둘러싸인 초막이 한 채 보였다. 가까이 다가가니 좋은 향기가 흘러나왔다. 그 향기를 맡으니 마음이 맑아지고 상쾌한 기분이 되었다.

"이곳이야말로 산신이 가르쳐 준 은자의 집이 틀림 없다."

공명은 기뻐하면서 주인을 찾으니, 누런 머리칼에 파란 눈을 한 노인이 나왔다.

"어떤 도움이 필요하신가요?"

"샘물을 마시고 말을 못합니다."

"알았습니다. 병사들이 마신 물은 아천의 샘인데, 그것을 마시면 말을 할 수 없게 됩니다. 그 밖에 세 개의 샘이 또 있는데, 모두 독이 있는 샘입니다. 하지만 여기에 있는 안락천의 물을 마시면 곧 치료됩니다."

노인은 그렇게 말하고 왕평과 병사들을 집 뒤쪽으로 안내했다.

그곳에 맑은 샘이 있었다. 왕평과 병사들이 그 샘물을 마셨더니 모두들 침을 질질 토해 내고는 다시 말을 할 수 있게 되었다.

게다가 노인은 샘 주위에 돋아 있는 풀잎을 따서 병사들에게 먹였다. 그러자 모두 기분이 맑아지고 다시 소생한 듯한 기분이 들었다.

"이것은 '해엽운향'이라는 풀입니다. 이 풀잎 한 개를 입에 물고 있으면 독기에 취하는 일이 없습니다. 필요한 만큼 가지고 가십시오. 또한 먹는 물은 우물을 파서 솟아오르는 물만 마시도록 하면 안전합니다."

"덕분에 살았습니다. 당신은 생명의 은인입니다. 부디 성함을 알려 주십시오."

공명은 깊이 감사하고 노인의 이름을 물었다.

"나는 맹획의 형, 맹절(孟節)이라고 합니다."

노인은 웃으며 대답했다.

"우리들은 3형제입니다. 부모님이 돌아가신 뒤, 동생은 내 말을 듣지 않고 횡포한 행동만 하기 때문에 나는 이곳에 숨어 살기로 했습니다. 이번에는 동생의 서툰 야심 때문에 승상님께 폐를 끼치고 있는 것을 깊이 사과드립니다."

"노인장이 맹획의 형님이란 말씀입니까?"

이상한 인연에 공명은 놀라움을 금치 못했다.

공명은 맹절에게 감사하고 작별을 고했다. 진으로 돌아오자 병사들에게 명하여 우물을 파게 했다. 공명은 그 물을 크고 작은 통에 담게 하여 병사들에게 운반하게 하고는 진격을 명했다.

이렇게 해서 촉한군은 먹을 물에 대한 곤란을 받는 일없이, 또한 독기에 의한 피해를 입는 일없이 서북의 산길을 넘어 독룡동의 정면으로 나가 그곳에 진을 쳤다.

기겁을 하고 놀란 것은 맹획보다 타사대왕이었다.

"여기까지 무사히 오다니 그야말로 귀신 같은 놈들이구나!"

타사대왕은 겁에 질렸다.

"이렇게 되면 어쩔 수 없소. 촉한군의 진지에 돌격을 감행하고 죽든 살든 한판 붙는 수밖에 없소."

맹획은 용기를 북돋았다. 타사대왕* 도 각오를 정했다. 막 출진을 하려고 할 때, 이웃의 은야동 추장 양봉(楊鋒)이 5명의 아들과 함께 병사들을 이끌고 가세하러 달려왔다.

"그대들이 가세해 준다면 이긴 것이나 마찬가지요!"

크게 기뻐한 맹획은 양봉 부자를 위하여 주연을 베풀었다.

거나하게 술이 취했을 때, 양봉이 손에 들고 있던 술잔을 휙 하니 천장으로 던졌다. 그 순간, 5명의 아들들이 맹획과 맹우에게 달려들어 손발을 꽁꽁 묶었다. 깜짝 놀라 도망치려고 한 타사대왕은

타사대왕(朶思大王)
남만 독룡동의 동주(洞主). 제갈량은 그를 체포하지만 굴복하지 않자 석방하였다.

양봉에게 붙잡히고 말았다.

"우리들은 제갈 승상한테 목숨을 구원 받았기 때문에 그 은혜를 갚을 기회를 기다리고 있었다. 너무 섭섭하게 생각하지 말라."

양봉은 맹획 일행을 포박하여 공명 앞으로 끌고 갔다.

"에잇! 나는 항복하지 않는다. 공명아, 배신자의 손 같은 것을 빌리지 말고 정정당당하게 나하고 승부해 보자!"

맹획은 공명이 뭐라고 말을 꺼내기 전부터 악을 써댔다.

2

공명은 또다시 맹획을 풀어 주었다. 그리고 맹우와 타사대왕도 용서해 주었다.

"그대의 본거지인 은갱동에서 승부를 내주겠다. 그것이라면 불만이 없겠지?"

공명은 웃으면서 말했다.

맹획은 타사대왕과 함께 밤새껏 말을 달려 은갱동으로 돌아왔다. 돌아오자마자 즉시 일족들과 심복 부하들을 모아 놓고 공명을 무찌를 대책을 협의했다.

"여기서 서남쪽에 있는 팔납동의 추장, 목록(木鹿) 대왕에게 부탁하면 어떻겠습니까?"

맹획의 처남, 대래(帶來) 동주가 의견을 내놓았다.

"목록대왕은 신비한 도술로 바람이나 비를 부를 수가 있습니다. 또 호랑이나 표범, 들개, 늑대, 독사, 전갈 등을 자유자재로 조종합니다. 거기다가 용맹한 병사들을 3만 명이나 거느리고 있으니까, 목록대왕이 힘을 보태 준다면 공명 따위는 두려워할 필요가 없습니다."

맹획은 크게 기뻐하고 대래동주에게 부탁하는 편지를 들려서 목록대왕에게 보냈다.

며칠 후 촉한군은 지체없이 은갱동으로 쳐들어가 타사대왕을 죽이고 맹획은 허를 찔려 갈팡질팡하다가 겨우 피신할 수 있었다.

"목록대왕은 아직 안 왔느냐? 대래동주는 무엇을 하고 있는 거냐!"

같은 말을 수없이 되풀이하면서 집 안을 이리저리 돌아다녔다.

대래동주가 목록대왕을 데리고 돌아온 것은 그로부터 이틀 뒤였다.

"안심하십시오. 내가 촉한군을 쫓아내 보겠소."

목록대왕은 자신만만하게 말했다.

다음 날, 목록대왕은 기묘한 병력을 이끌고 출진했다. 병사들은 모두 상반신을 벌거벗고, 갑옷도 입지 않고, 네 자루의 짧은 칼을 차고 있었다. 그 뒤에는 호랑이, 표범, 들개, 늑대와 같은 맹수의 무리가 끈에 묶여서 따라오고 있었다. 2, 3일 동안 먹이를 주지 않은 탓인지 모두 배 근처가 움푹 들어가 있었다. 대왕 자신은 허리에 두 자루의 보검을 차고, 손에는 돌기가 달린 종을 들고 흰 코끼리를 타고 있었다.

"나는 오랜 동안 싸움터를 헤집고 돌아다녀 보았으나 이런 군대를 만나는 것은 처음일세."

"어떻게 싸워야 좋을지 알 수가 없군 그래."

맞받아 치고 나선 조운과 위연은 어리둥절하여 서로 얼굴을 마주 바라보았다.

이것을 보고 목록대왕이 무엇인가 주문을 외우며 '땡그렁땡그렁' 종을 울려댔다.

그 순간, 갑자기 회오리바람이 일어나더니 모래와 자갈들이 미친 듯이 하늘로 날아 올라갔다. 거기에 '뿌우뿌우' 하고 뿔피리 소리가 울려 퍼졌다. 그리고 맹수들을 묶어 놓았던 끈을 풀어 주니 굶주렸던 호랑이, 표범, 들개, 늑대의 무리가 어금니를 드러내고 군침을 흘리면서 촉한군에게 달려들었다.

겁을 먹은 병사들은 조운과 위연의 명령도 듣지 않은 채 서로 앞을 다투어 도망치기 시작했다.

조운과 위연은 패잔병을 수습하여 진지로 돌아가 싸움의 상황을 공명에게 보고했다.

"이것은 그대들의 힘으로는 안 된다. 남만에 호랑이나 표범을 부리는 자가 있다는 것은 나도 들어서 알고 있었다. 따라서 그 준비도 해놓았다."

공명은 그렇게 말하고 성도에서 그곳까지 운반해 온 검정색과 주홍색을 칠한 20량 가량의 상자 수레 가운데 주홍색을 칠한 것 10량을 끌고 오게 했다.

상자 속에서 나온 것을 조립하니 거대한 목각 괴물이 되었다. 온몸은 화려하게 채색이 되어 있고, 쇠로 된 이빨과 발톱까지 달려 있었다. 깜짝 놀란 대장들에게,

"내일은 짐승끼리 싸우게 되겠군 그래!"

하고 말하면서 공명은 '껄껄' 웃었다.

이튿날, 공명은 4륜수레에 타고 선두에 서서 은갱동으로 쳐들어갔다. 목록대왕도 코끼리에 올라타고 마주 밀고 나왔다. 공명을 보자 목록대왕은 주문을 외우면서 종을 울려댔다. 그러자 회오리바람과 함께 모래와 자갈이 말려 올라가고 날카로운 이빨을 드러낸 맹수들이 뛰어나왔다.

그 순간 공명이 깃털 부채를 높이 들고 부채질을 했다. 그러자 바람의 방향이 목록군 쪽으로 바뀌었다. 그때 촉한군 진지에서 거대한 목각 괴물 수십 마리가 입에서 불을 뿜고, 코에서 검은 연기를 뿜으면서 달려 나왔다. 그 안에는 10명의 병사들이 들어가 있어 유황이나 연초를 태워 불을 뿜고 발로 움직이고 있었다.

살아 있는 맹수들은 목각 괴물들에게 놀라 겁을 먹고 방향을 바꾸어 도망치기 시작했다. 목록군은 큰 혼란에 빠져들었다. 겁을 먹은 맹수들이 누구고 할 것 없이 물어뜯고, 할퀴고, 내동댕이쳤던 것

이다. 그 기회를 놓치지 않고 촉한군이 일제히 공격하여 끝까지 추격해 들어갔다. 목록대왕은 혼전 중에 칼에 맞아 죽고, 맹획과 그 일족은 궁전에서 도망치는 도중에 붙잡혔다.

"본거지를 잃으면 허전할 것이다. 다시 한번 기회를 줄 테니까 잘 생각해 보거라."

공명은 무슨 생각을 했는지 또다시 맹획을 풀어 주었다. 여섯 번째였다.

3

은갱동을 점령한 공명은 배고픈 자들에는 군량을 나누어 주고, 환자들에게는 약을 주었다. 병사들에게 그 고장 사람들의 경작을 도와주게 하고, 우물을 파고 관개용수를 끌어다 주었다. 그러자 주민들은 공명을 진심으로 따랐다.

어느 날, 맹획의 근황을 탐색하러 보냈던 첩자가 돌아왔다.

"맹획은 이곳에서 동남쪽으로 700백리 떨어진 곳에 있는 오과국(烏戈國)으로 도망쳐 그곳의 국왕 올돌골에게 구원을 청했습니다. 지금 오과국의 군사들과 함께 도화수(桃花水)의 나루터까지 와 있습니다."

보고를 들은 공명은 여개에게 물었다.

"오과국이라는 나라를 알고 있는가?"

"얘기로는 들어서 알고 있습니다. 집을 짓지 않고 굴 속에서 살고 있는 미개 민족입니다. 국왕인 올돌골은 살아 있는 뱀이나 짐승을 잡아먹고, 몸에는 비늘이 돋아 있다고 합니다. 이런 미개인은 설사 평정한다고 해도 무익합니다. 이제 그만 철수하는 것이 좋을 줄 압니다."

"여기서 철수했다가는 지금까지 한 고생이 헛수고가 된다. 끝까지 밀고 나가야 한다."

공명은 여개의 의견을 물리치고 도화수까지 진군하여 나루터에서 50리 떨어진 곳에 진을 쳤다.

올돌골은 촉한군이 대안에 진을 쳤다는 것을 알자 병사들을 이끌고 강을 건너 공격해 왔다. 위연이 맞서 싸웠다. 강궁 사수를 늘어세워 일제히 화살을 쏘았으나, 놀랍게도 오과국 병사들의 갑옷에 맞자 모두 튕겨져 나와 힘없이 땅바닥에 떨어지고 말았다. 칼로 내려쳐도 창으로 찔러도 그들이 입은 갑옷에 전혀 먹혀들지를 않았다. 그래서 촉한군은 대패하여 퇴각하지 않을 수 없었다.

공명은 그 고장 사람을 불러 물어보았다.

"그들은 '등갑군(藤甲軍)'이라고 합니다. 오과국 병사들의 갑옷은 등나무 줄기를 엮어서 만든 것으로 절벽에 돋아 있는 등나무 줄기를 잘라다가 반년 동안 기름에 담가 둡니다. 그리고 이것을 햇볕에 말립니다. 마르면 다시 기름에 담가 둡니다. 이것을 10번 가량 되풀이하고 나서 비로소 갑옷으로 만드는 것입니다. 이 갑옷을 입고 강을 건너면 결코 가라앉지 않고 물에 들어가도 젖지 않고, 창과 칼로도 벨 수가 없습니다."

공명은 설명을 듣자 좋은 방도가 있다며 기뻐했다.

다음 날, 공명은 그 지방 사람을 안내자로 세우고 주위의 지형을 살핀 후, 반나절 가량 있다가 돌아와서는 마대와 조운을 불러 명령을 내렸다. 마지막으로 위연을 불렀다.

"그대는 병사들을 데리고 가서 도화수의 나루터에다 진을 쳐라. 적이 쳐들어오거든 일부러 패한 체하고 도망쳐라. 적이 다시 공격해 오거든 다시 진을 버리고 흰 깃발이 있는 곳까지 도망쳐라. 이것을 되풀이하여 오늘부터 보름 동안 15번을 번 싸워 모두 패하고 7개의 진지를 버려라. 알겠는가?"

"알겠습니다."

위연은 재미없다는 듯한 표정을 지었으나 어쩔 수 없이 고개를 끄덕였다.

위연이 나루터에 진을 치자, 올돌골이 등갑군을 이끌고 맹획 일행과 함께 강을 건너 쳐들어왔다. 위연은 명령 받은 대로 적당히 싸우다가 도망치기 시작했다. 흰 깃발이 있는 곳까지 도망쳐 가니까, 진지가 만들어져 있었다. 올돌골은 복병이 있을까 봐 경계하여 쫓아오지는 않았지만, 그 이튿날 다시 진지까지 쳐들어왔다.

이렇게 해서 위연은 15차례의 싸움에 계속 패하고, 7개의 진지를 버리고 도망쳤다. 처음 얼마 동안은 경계하고 있던 올돌골은 촉한군이 도망치는 이유가 자신들이 강하기 때문이라고 착각하고, 신바람이 나서 계속 쫓아 들어왔다.

16일째 되는 날이었다. 위연이 군세를 갖추어 치고 나가자 올돌골도 등갑군을 이끌고 맞받아 나왔다. 올돌골은 코끼리 위에 올라타고 주옥 목걸이를 짤랑짤랑 거리면서 선두에 섰다.

위연은 언제나처럼 잠깐 싸우다가 이내 도망치기 시작했다. 앞쪽에 가늘고 긴 골짜기가 보였다. 양쪽에는 나무와 풀이 없는 바위산이 우뚝 솟이 있고, 한가운데에 한줄기의 길이 나 있었다. 그 길 끝에 흰 깃발이 서 있었다. 위연은 주저하지 않고 골짜기 안으로 들어갔다.

쫓아 온 올돌골도 그 뒤를 쫓아 골짜기로 들어왔다. 골짜기의 중간쯤에 검게 칠한 상자 수레가 수십 량 놓여 있었다.

"저것은 촉한군의 보급품 수레일 것이다. 도망치는데 바빠 버리고 간 것이 틀림 없다."

올돌골은 코웃음을 치면서 계속 위연을 뒤쫓아 갔다.

위연의 병사들 끝머리가 골짜기를 빠져 나왔다. 그때, 바위산 위에서 거목과 암석이 '와르르' 하고 떨어져 내려 골짜기 입구를 막았다. 올돌골은 그제서야 심상치 않음을 느끼고 급히 되돌아 가려고 하니 돌연 산 위에서 불붙은 횃불이 우박처럼 쏟아졌다. 횃불이 땅바닥에 닿자 '탁탁' 소리를 내면서 불꽃이 뱀처럼 땅바닥을 달려가 굉음과 함께 폭발하는데 쇳덩어리가 차례차례로 퉁겨 나와 사방으로 흩어졌다. 뒤이어 상자 수레가 폭발했다. 안에 있었던 것은 보급품이 아니라 화약이었던 것이다.

눈 깜짝할 사이에 불바다가 된 골짜기 속에서 올돌골과 3만 명의 등갑군은 꼼짝없이 전멸했다. 기름을 스며들게 한 갑옷이 불을 빨리 번지게 하고, 폭발로 튀어나간 쇳덩어리가 그들의 얼굴과 머리를 박살냈던 것이다.

쇳덩어리는 공명이 고안하여 상자 수레로 운반해 온 일종의 지뢰였다. 이것을 마대에게 명하여 골짜기에 묻어 놓고, 대나무의 마디를 뚫어서 만든 도화선으로 연결해 놓았다. 거목이나 암석을 떨어뜨리고 횃불을 던져 넣은 것은 조운이었으며, 위연이 15차례의 싸움에 패해서 도망친 것은 등갑군을 이 골짜기까지 유인해 끌어들이기 위한 작전이었다.

이윽고 조운과 공명이 바위산 위에 모습을 나타냈다.

"물에 강한 것은 불에 약하다. 그래서 이 작전을 생각해 낸 것인데, 이렇게 엄청난 살육을 행한 이상 하늘도 노했을 터, 나의 수명도 길지 않을 것이다."

대승을 거뒀음에도 공명의 얼굴에는 기뻐하는 빛이 전혀 없었다.

한편, 맹획은 후방의 진지에서 올돌골로부터 연락이 오기를 기다리고 있었다. 그곳에 1천 명 남짓한 남만 병사들이 달려왔다. 올돌골이 공명을 궁지에 몰아넣었으니까 빨리 와서 몰살시키라는 것이었다. 이 남만 병사들은 은갱동에서 공명에게 항복한 자들이었다. 그것을 모르는 맹획은 뛸 듯이 기뻐하며 일족과 함께 서둘러 출발했다.

그러나 도중에 매복하고 있던 장의의 복병에게 사로잡혀 공명 앞으로 끌려 나가고 말았다.

공명은 맹획을 보자 혀를 끌끌 차며 포박을 풀게 했다.

"자아, 맹획아, 일곱 번째 대면이구나. 뭔가 할 말이 있느냐?"

"……."

맹획은 잠자코 머리를 떨구고 있었다.

"내가 잘못 생각한 것 같구나. 그대에게는 인간으로서의 인정도, 은혜를 느끼는 마음도 없는 듯하다. 나도 이제는 단념했다. 풀어 줄 테니까 어디든지 좋을 대로 가도록 하라."

공명은 체념했다는 듯이 말하고 나서 돌아섰다.

"잠깐 기다려 주십시오!"

맹획이 외치면서 그 자리에 엎드렸다.

"일곱 번 사로잡았다가 일곱 번을 놓아 준다(七縱七擒)는 얘기는 옛날부터 지금껏 들어본 적이 없습니다. 배운 것 없어 막된 저이지만 인정도 알고, 은혜를 느끼는 마음도 갖고 있습니다. 부디 용서해 주십시오."

공명이 가던 걸음을 멈춰 섰다.

"그렇다면 진심으로 따르겠단 말인가?"

"네, 두 번 다시 거역하는 일을 하지 않겠습니다."

제갈량이 남만 원정을 떠난 속뜻은…….

맹획이 남쪽 경계지대에서 반란을 일으켰다는 보고를 받자 제갈량은 즉시 원정에 나설 뜻을 밝혔다. 이때 한 사람이 나서며 말했다.

"승상께서 몸소 원정을 가시다니 그게 무슨 말씀이오. 남방은 불모지이며 무서운 열병이 있는 곳입니다. 승상께서는 국가 대사를 맡고 있는데 대단치도 못한 부스럼 딱지 정도에 지나지 않는 그들을 소탕하는 데 몸소 가실 것까지 없습니다. 우리 장군 중에서 한 분을 보내도 충분할 것입니다."

그러자 제갈량이 자신의 뜻을 밝혔다.

"남만은 중화의 통치를 받아 보지 못한 미개한 나라로, 싸워서 항복 받기가 아주 까다롭소. 내가 직접 가서 강하게 맞서고 부드럽게 달래야 겨우 말귀를 알아들을 것이오. 이번 싸움은 하찮은 것 같지만 국가의 앞날에 아주 중대한 일이라 다른 장군에게 부탁할 수가 없는 입장이라는 것을 이해하셔야 하오."

하고는 제갈량은 바로 촉병 10만을 일으켜 남으로 출발했다.

즉 북벌에 나서기 전에 후방을 안정시키고 장차 남만의 자원을 활용하기 위해서였던 것이다.

출사표를 쓰다

1

남만왕 맹획은 마침내 진심으로 항복했다.

공명은 점령한 성채나 토지를 전부 맹획에게 돌려주고, 다시 남만을 다스리도록 주선해 주었다. 맹획은 공명의 배려에 깊이 감사하고, 두 번 다시 반란을 일으키지 않을 것을 굳게 맹세했다.

이렇게 해서 공명은 남만을 평정하고 귀국길에 올랐다.

맹획은 일족을 거느리고 국경까지 배웅했다. 그때 앞서가는 군사가 노수*에 이르니 때는 9월, 맑아야 할 가을 하늘에 검은 구름이 모여들고 광풍이 휘몰아쳐서 강을 건너지 못하고 있었다.

공명이 이 사실을 보고 받고 맹획에게 묻자,

"노수에는 미친 물귀신이 있어 제사를 지내고 건너야 합니다."

하고 대답하는 것이었다.

"제사를 지내야 한다니……."

"예부터 미친 물귀신이 난리를 치면 49개의 사람 머리와 검은 소, 흰 염소를 잡아 제사를 지내야 바람과 물결이 잔잔해졌습니다."

"본래 미친 물귀신이란 사람이 죽어 원귀가 된 것인데 어찌 산 사람을 죽인단 말인가! 내게 생각이 있다."

공명은 곧 음식 담당관을 불러,

"소와 말을 잡고 밀가루로 사람 머리처럼 만들어 그 속에 쇠고기와 염소고기를 다져 넣어라."

분부하고 이를 만두(饅頭)라고 했다.

그날 밤 공명은 노수 언덕에 제단을 세운 후 49개의 만두를 제물로 차려 놓고 등잔을 밝힌 다음 제사를 지내고 만두를 강물에 뿌리니 그때서야 구름이 걷히고 물결이 잔잔해져 병사들이 노수를 건널 수 있었다. 이때 공명이 만든 제사용 만두가 오늘날 우리가 먹는 만두의 유래다.

마침내 공명은 대군을 이끌고 성도로 돌아왔다. 유선(劉禪)은 성 밖 30리 되는 곳까지 마중나왔다가 수레를 나란히 하여 성내로 돌아왔다.

노수
중국 운남성을 흐르는 강으로 금사강(金沙江)이라고도 한다. 이 강을 건널 때 광풍이 불고 파도가 높이 쳐 제사를 지내야 했으므로 제갈량이 만두를 빚어 이곳 강변에서 제사상에 올렸다는 유래가 있는 강.

궁중에서는 남방 평정의 축하연이 성대하게 열리고, 싸움에 참가한 대장들과 병사들의 노고를 위로했다. 공명은 유선의 허락을 받아 남만 원정에서 목숨을 잃은 병사들의 유족에게 빠짐없이 은상을 내렸다.

그 이듬 해, 위나라의 황조 7년(226년) 5월, 위나라 황제 조비가 사망하고 아들 조예(曹叡)가 15세의 나이에 제위에 올라 조진, 조유, 화흠, 왕당, 사마의 등의 보좌를 받았다.

이때 사마의(司馬懿)는 서북 변경지대인 옹주와 양주의 병마 총독(군사령관)의 직이 비어 있었기 때문에 조예에게 청해 그 직에 오르고 급히 출발했다.

첩자가 보내온 정보로 이 사실을 알게 된 공명은 아연실색했다.

"조비가 죽고 조예가 제위에 오른 것은 그렇다 쳐도 사마의가 옹주와 양주의 군사 지휘권을 장악한 것은 보통 일이 아니다. 지금의 위나라에서 우리 촉한에 위협이 되는 인물은 사마의다. 사마의를 제거하지 않으면 앞으로 골치 아픈 일이 벌어질 것이다."

그러자 배석하고 있던 마속이 말했다.

"지금은 남만 원정에서 돌아온 지 얼마 되지 않았기 때문에 병사들과 대장들이 모두 지쳐 있습니다. 군사를 일으키는 것은 그만두는 것이 좋다고 생각합니다. 저에게 맡겨 주신다면, 조예를 속여 사마의를 매장시켜 버릴 계략이 있습니다."

공명은 마속의 계략을 실행하게 했다. 그로부터 얼마 뒤, 위나라의 업성과 낙양성 거리 곳곳에 괴벽보가 일제히 나붙었다.

조조가 오래전부터 후계자로 생각하고 있었던 인물은 3남, 조식이다. 그러니까 조비의 아들 조예가 황제에 오른 것은 조조의 유지(遺志=고인의 생전의 뜻)에 어긋난다. 사마의는 날을 정해서 새 황제를 맞이할 생각이다.

대략 이런 것이었다.

놀란 조예는 중신들을 불러서 의논했다.

"사마의가 옹주와 양주의 병마 총독 자리를 원했던 것은 그 때문이었을 것입니다. 즉시 불러들여 목을 베어야 합니다."

하고 화흠(華歆)이 주장했다.

"사마의는 군략에 통하고 병법에도 재주가 많은 인물입니다. 그가 반심을 품었다면 결코 그냥 둘 수 없는 일입니다."

왕랑도 맞장구를 쳤다.

"선제(조비)의 신뢰가 두터웠던 사마의가 모반을 일으킬 것이라고는 생각되지 않습니다. 어쩌면 사마의를 모함하려고 하는 적국의 계략일지도 모릅니다. 자세히 알아보고 처리해야 합니다."

하고 조진(曹眞)은 신중론을 내세웠다.

"폐하께서 사마의의 임지에 가까운 안읍으로 행차하신다면, 사마의는 반드시 마중을 나올 것이니 그때의 모습으로 판단을 내리시면 좋을 것 같습니다."

조예는 조진의 의견에 따라 근위병 10만 명을 거느리고 안읍으로 향했다.

황제의 행차가 지닌 의미를 모르는 사마의는,

'마침 잘 됐다. 내가 맡은 2개 주에서 양성한 군대의 위세를 천자께 보여 드리자.'

하고 군세를 갖추어 수만 명 병사들을 이끌고 마중하러 나왔다.

"큰일났습니다. 사마의가 수만 군세를 이끌고 밀어닥치고 있습니다. 모반이 틀림 없습니다!"

급보가 조예에게 날아들었다.

조예의 명을 받고 병사들을 이끌고 달려간 조휴(曹休)로부터 사정을 들은 사마의는 비로소 일이 꼬였음을 알게 되었다.

"무엇 때문에 제가 모반 같은 것을 하겠습니까? 이것은 우리 군신간을 이산실하려는 적국의 셰락입니다."

사마의는 조예 앞에 나가서 엎드려 절하며 눈물로 극구 변명했다.

그래도 조예의 의심은 사라지지 않았다. 결국 사마의는 관직을 박탈당하고, 고향인 완 땅으로 보내졌다.

첩자는 이런 사실을 성도로 파발마를 띄워 전했다.

"그대의 계략이 들어맞았구나!"

공명은 옆에 있는 마속을 보며 만족스러워했다.

"이것으로 위나라를 치는 것이 쉬워졌다. 드디어 선제의 유지를 실행할 때가 왔다!"

공명은 집에 틀어박혔다. 한 글자 한 글자에 마음을 담아 가면서 '출사표'* 라고 불린 상소문을 쓰기 시작한 것이다.

출사표(出師表)
출병할 때 그 뜻을 밝혀 군주에게 올리는 글. 제갈량은 황제 유선에게 전출사표, 후출사표 두 편의 출사표를 올렸는데 이 중 전출사표가 유명하다. 명문으로 소문난 이 글을 읽고 눈물을 흘리지 않는자가 없었다고 한다.

유비의 뒤를 이은 유선은 이미 20세가 되었으나, 유비처럼 사람을 끌어들이는 매력이 없었고, 신하들을 마음속으로부터 따르게 만드는 위엄도 전혀 없었다. 그때까지도 철부지 도련님에 불과했다.

위나라를 치고 오나라를 멸망시켜 천하를 통일하고, 유비가 이룩하지 못했던 한조 복원의 꿈을 실현하기 위해서는 공명이 정신을 바짝 차리지 않으면 안 되었던 것이다.

공명은 출사표에 이렇게 적었다.

선제께서는 한왕조 부흥의 큰 뜻을 품으시고, 그 실현에 힘을 기울이셨으나 중도에서 쓰러지셨습니다. 하지만 뒤에 남은 자들이 선제의 유지를 받들고 폐하를 위해 보답하려 필사적으로 노력하고 있습니다. 폐하께서는 충언을 잘 들어주시고, 뜻 있는 자들의 기상을 북돋우도록 마음을 써 주시기 바랍니다.

출사표는 구절구절 충의심으로 가득 차 있었다.

전한이 번성한 것은 조정을 생각하고 충성을 다하는 현명한 신하를 중용하고, 아첨을 하고 아부를 잘 하는 소인배를 멀리했기 때문입니다. 후한은 이와 반대로 소인배를 중용하고, 현명한 신하를 멀리하였습니다. 그 때문에 후한은 쇠퇴했습니다. 비의, 장예, 장완 등은 모두 성실하고, 목숨을 바쳐서 폐하를 섬기려고 노력하고 있는 신하들입니다. 폐하가 이들을 신뢰하시고 중용하신다면 한의 부흥도 그다지 먼 일은 아닐 것입니다.

공명은 유선에 대한 조언을 끝내고 화두를 바꾸었다.

저는 가난한 선비로 남양에서 직접 밭을 갈면서 오로지 난세에 목숨을 부지하는 것만 염려하고 영달을 구하여 제후를 섬기는 일도 하지 않고 생애를 한 사람의 농부로 지낼 생각이었습니다. 그런데 선제께서는 제가 보잘것없는 몸임에도 불구하고 세 차례나 초려를 찾아주시고, 천하의 정세에 대해서 의견을 구하셨습니다. 그래서 저는 선제의 높으신 뜻과 열의에 감동하여 진심으로 목숨을 걸고 섬길 것을 맹세하였던 것입니다.

공명은 붓을 멈추었다. 눈을 감자 융중의 거처에서 유비와 얘기를 나누었던 당시의 일이 어제 일처럼 되살아났다.
그때 유비의 마지막 말이 공명의 머리에 되살아났다.
'만일 유선이 어리석어서 제 구실을 할 수 없을 것 같으면 그대가 제위에 오르도록……'
공명은 퍼뜩 정신을 차리고 눈을 떴다. 고개를 심하게 흔들고는 다시 붓을 들었다.

저의 조심성 많은 성격을 알고 계셨던 선제께서는 최후의 시간을 맞아, 저에게 한조 부흥이라는 대사를 맡기셨습니다. 저는 아침, 저녁으로 이 일에만 마음을 쓰고 힘을 기울여 왔습니다. 다행히 이제 남방의 평정도 이루었기 때문에 군사를 이끌고 위나라를 쳐서 한조의 도읍이었던 낙양으로 폐하를 모시기를 희망하고 있습니다. 이것이야말로 선제의 신뢰에 보답하고, 폐하께 충성을 다하는 저의 임무입니다.

폐하시여! 저에게 위나라를 치는 것을 허락하소서. 실패한다면 저를 벌하여 선제의 영혼에게 보고하여 주십시오. 지금 먼 곳으로 향하려고 하면서 이 글을 쓰고 있습니다만, 눈물이 앞을 가려서 더 이상 말할 바를 모르겠습니다.

마지막에 그렇게 쓰고, 공명은 붓을 내려놓았다.

2

건흥 5년 (227년) 3월, '출사표'를 유선에게 바친 공명은 위나라 토벌의 군사를 일으켰다. 성도의 조정 안에서는 일부 반대도 있었으나,

"남만을 정벌하여 후방의 우려가 없어진 지금을 놓치면, 중원으로 진격할 기회가 두 번 다시 찾아오지 않을 것이다."

하고 공명은 물리쳤다.

정벌군 편성을 마쳤을 때 조운이 불만스러운 얼굴로,

"승상님, 무엇 때문에 제가 이번 위나라 토벌군에서 제외되었습니까? 나이를 먹었다고는 하지만 아직도 싸울 수 있습니다."

하고 항의하고 나섰다.

"아니, 내가 남만 원정에서 돌아온 뒤 마초가 병으로 죽었소. 오호 대장 가운데 남은 것은 그대 한 사람 뿐이오. 촉한의 무장으로서 상징인 그대에게 만일의 일이 생겨서는 안 되겠거니와 우리 군의 사기에도 관계가 크기 때문에 장군을 제외시킨 것이오."

하고 공명이 설명하자 조운은 한층 더 목청을 높였다.

"사나이로 태어나서 싸움터에서 죽는 것은 그것이야말로 숙원이라고 할 수 있습니다. 부디 선봉에 넣어 주십시오. 만일 안 된다고 한다면, 이 자리에서 머리를 돌에 부딪쳐 죽겠습니다."

그렇게까지 강경하게 주장했기 때문에 공명은 등지를 부대장으로 하여 조운에게 선봉을 명했다.

조운을 먼저 출발시킨 뒤, 공명은 20만 가량의 대군을 이끌고 성도를 출발하여 한중으로 향해갔다.

한편, 공명에게 척후로부터 첫 보고가 들어왔다. 촉한이 북벌을 시작했다는 보고가 낙양에 이르자, 위나라 황제 조예가 하후연의 아들 하후무를 대도독에 임명하고 촉한군을 맞서 싸우도록 명해 하후무가 20만 정도의 군세를 모아 장안에서 진격해 온다는 것이었다.

이 보고를 듣고 위연이 앞으로 나섰다.

"저에게 정병 5천을 맡겨 주십시오. 하후무가 공격해 오는 틈을 노려 자오도를 지나 장안을 급습하겠습니다. 그렇게 하면 단숨에 승리를 거둘 것입니다."*

한중에서 장안으로 나가려면 진령산맥이라고 불리는 험준한 산줄기를 넘어가지 않으면 안 된다. 이 진령산맥을 넘는 데는 네 개의 길이 있었다. 이 가운데 장안에 이르는 가장 가까운 것은 동쪽 끝에 있는 자오도(子午道)이지만, 이 길은 너무나 험하고 구불구불했기 때문에 대군이 통과하기에는 무리였다. 만일 적에 발각되면 몰살당하기 쉬웠다.

"그것은 너무나 위험하다. 만에 하나 운 좋게 장안을 함락시켰다 하더라도 군량을 보급할 수가 없다. 그러는 사이에 고립되어 위군에게 포위되어 버릴 것이다."

공명은 고개를 흔들며 위연의 진언을 물리치고 선봉인 조운에게 전령을 보내 병사들을 전진시켜 하후무를 맞서 싸우도록 명했다. 위연은 불만스러운 얼굴로 물러났다.

한편, 하후무와 조운은 국경에 가까운 남안군의 봉명산에서 격돌했다. 위군에는 서량에서 병사들을 이끌고 달려온 한덕(韓德)이라는 맹장이 있었다. 한덕은 네 아들을 좌우에 거느리고 나왔다.

한덕의 네 아들들은 모두 무용이 뛰어난 자들이었으나, 조운과 겨루어서는 도무지 상대가 되지 않았다. 장남과 삼남과 사남 셋이 조운의 창에 찔려 목숨을 잃고, 차남은 생포되고 말았다. 또한 자식의 원수를 갚겠다며 눈에 불을 켜고 큰 도끼를 휘두르면서 조운에게 도전한 한덕은 단 3합을 싸워 보지도 못한 채 조운의 창에 찔려 죽고 말았다.

"조운이 옛날 당양의 장판파에서 우리 10만 대군 속을 혼자 휘젓고 다녔다고는 했으나 나는 믿지 않았다. 그러나 오늘 비로소 그것이 사실이라는 것을 알았다."

하후무는 나이를 먹었어도 쇠하지 않은 조운의 무용을 실제로 눈으로 보고 나서는 겁을 집어먹었다.

조운과 정면으로 상대해서는 승산이 없다고 하는 부하의 권고를 받아들여 다음 날, 하후무는 산골짜기에 복병들을 숨겨 놓고 조운을 유인하러 나섰다.

조운은 전날에 이긴 싸움에 의해서 어느 정도는 자만하고 있었다. 패하고 도망치는 위군 병사를 쫓고 있는 사이에 부대장 등지와 멀리 떨어져 버리고 말았다.

'아뿔싸! 지나치게 깊이 쫓아 들어온 것 같구나.'

조운이 되돌아 가려고 했을 때, 좌우의 산골짜기에서 '와아!' 하는 함성소리가 들려오더니 숨어 있던 위군이 일제히 습격을 가해 왔다.

장안일격론(長安一擊論)
제갈량이 농서 지방을 거쳐 차츰차츰 장안으로 진격하는 정공법으로 위나라를 치려고 하자 위연은 자오도를 이용해 바로 장안을 공략하자는 의견을 내놓았다. 그러나 신중한 제갈량은 설사 위연의 계책대로 장안을 점령해도 후속 조치를 취하기 어려워 고립될 위험이 크다고 여겨 받아들이지 않는다.

순식간에 조운의 병사들은 위군에 에워싸여 버리고 말았다. 오른쪽으로 달리면 오른쪽에서, 왼쪽으로 달리면 왼쪽에서 나타난 적군에 가로막혀 포위망을 돌파할 수가 없었다. 그러는 동안에 비처럼 쏘아대는 화살들을 맞고 촉한군이 픽픽 쓰러져 갔다. 마침내 병사들 거의 모두 화살에 맞아 죽고 백여 기만 남게 되었다.

"나도 나이를 먹었구나. 이런 곳에서 죽어야 하다니……."

백전노장(百戰老將) 조운도 절망의 한숨을 내쉬었다.

그때, 뒤쪽에서 새로운 함성소리가 터져 나오더니 위군의 일각이 무너져 내리고, 일단의 병력이 무섭게 돌진해 들어왔다. 맨 앞에 선 대장은 장팔사모를 든 장포였다.

"승상님께서는 노장군께 만일의 일이 있으면 큰일이라며 저에게 가세를 하라고 명하셨습니다. 이제 걱정하실 것 없습니다."

말이 끝나자마자 장포는 장팔사모를 휘두르며 덤벼드는 적을 무찔러 나갔다.

그때 또다시 위군의 다른 일각이 무너지면서 청룡언월도를 치켜든 관흥이 돌진해 왔다.

"승상님의 명령에 의해 가세를 하러 왔습니다!"

큰소리로 외치며 관흥도 앞을 가로막는 위군을 좌우로 베어 넘어뜨리며 나아갔다.

조운은 두 사람이 맹활약하는 모습에 장비와 관우의 옛날 모습이 겹쳐 보여 자기도 모르게 눈물을 흘렸으나,

'저 젊은이는 내 입장에서 보면 조카나 다름없는 녀석들이다. 나도 아직은 지고 있을 수야 없지.'

하고 퍼뜩 정신을 가다듬고 위군 속으로 말을 달려들어갔다. 이 싸움에서 위군은 대패하여 하후무는 불과 몇 백 기만을 이끌고 남안군 쪽으로 패주했다.

조운은 장포와 관흥과 함께 하후무의 뒤를 따라 남안성으로 쳐들어갔다. 하후무는 성안으로 도망쳐 들어가서 성문을 굳게 닫고 방비를 강화했다. 세 사람은 맹공격을 가했으나 좀처럼 함락할 수가 없었다.

마침내 공명이 중군을 이끌고 달려와 성 주위를 둘러보고는 본진으로 와서 대장들에게 말했다.

"이 성은 해자가 깊고 성벽도 높기 때문에 함락하는 데는 시간이 걸린다. 이곳만을 공격하고 있는 동안에, 적이 병력을 쪼개 한중으로 공격해 들어오면 우리 군이 위태롭다. 이곳은 계략에 의해 함락시키자. 잘만 되면 서쪽의 천수군, 북쪽의 이웃인 안정군과 함께 한꺼번에 3개 군을 손에 넣을 수 있을 것이다."

공명은 위연, 관흥, 장포를 차례로 불러 무엇인가를 지시하고 각자 출발시켰다.

한편, 안정군 태수 최량(崔諒)은 하후무가 남안성에 틀어박혀 촉한군에게 에워싸여 있다는 것을 알고 급히 4천 병사들을 모아 방비를 굳건히 했다. 그곳으로 기마병 한 사람이 달려왔다.

"저는 하후 도독의 부하, 배서라는 사람입니다. 도독의 명으로 적의 포위망을 뚫고 원군을 청하러 왔습니다. 즉각 병사들을 동원해 적군의 배후를 찔러주십시오."

기마병은 최량을 만나자 숨넘어가듯이 말했다.

"도독의 서장(書狀)은 갖고 왔는가?"

하고 최량이 물었다. 배서라는 하후무의 사자는 품 안에서 땀에 흠뻑 젖은 서장을 꺼내 얼핏 보이고는 품 안에 집어넣더니 지금부터 천수군으로 구원을 청하러 가는 길이라고 하며 급히 말을 달려갔다.

실은 공명이 보낸 가짜 사자였으나 최량은 의심하지 않고 곧 성 안의 병력 모두를 이끌고 남안으로 향했다. 왜냐하면 조조의 딸을 아내로 맞이한 하후무는 이른바 황제의 일족이었으니 못 본 체했다가는 나중에 큰 벌을 받을 위험이 있기 때문이었다.

그러나 남안성 못 미처 50리 되는 곳에서, 최량은 앞뒤를 장포와 관흥에게 차단당했다. 당황해하며 지름길을 따라 안정으로 다시 도망쳐 돌아오니 성은 이미 위연에게 점령당해 있었다. 할 수 없이 천수군으로 도망가려고 하니 이번에는 앞길을 공명이 가로막았다. 어쩔 수 없게 된 최량은 항복했다.

"남안군의 태수는 그대와 친한 사이인가?"

공명은 최량을 본진으로 맞아들이고 술을 대접하면서 물었다.

"네. 양릉님과는 매우 친하게 지내고 있습니다."

"그렇다면 수고스럽지만 지금부터 남안성으로 들어가 하후무를 사로잡도록 양릉을 설득해 줄 수 있겠는가?"

"알았습니다."

최량은 고개를 끄덕였다.

그래서 공명은 성을 에워싸고 있는 병력을 20리 가량 후퇴시킨 다음, 최량을 남안성으로 들여보냈다.

최량이 돌아온 것은 2시간 가량 지나서였다.

"양릉님이 말하기를, 실패하면 안 되니까 성문을 열고 아군을 맞아들인 연후에 하후무를 사로잡고 싶다고 합니다."

공명은 몹시 기뻐했다.

"그렇다면 항복한 그대의 병사들이 있으니까 백 명 가량을 데리고 다시 한번 성으로 들어가 주지 않겠는가? 내 심복 대장 2명도 데리고 가기 바란다. 성안에 숨겨 놓았다가 내가 성으로 들어가는 것을 신호로 하후무를 생포토록 하겠다."

이윽고 날이 저물었다. 최량은 자신의 부하였던 병사 백 명을 데리고 남안성 아래로 향했다. 관흥과 장포가 그 가운데 끼어 있었다. 성문까지 오자 최량은 신호인 편지 화살을 쏘았다.

공명은 두 명의 대장을 감시하기 위해 나를 따라오게 했다. 알아차리지 못하도록 성안으로 들어가면 은밀히 죽여 버려라.

✝ 1차 북벌진행도

형주

영안　파동군

한중군

조진군

장안　진창

사마의, 장합군

조예군

옹주

북벌(北伐)

제갈량이 한나라를 중흥시키겠다고 한 유비의 뜻을 이어받아 위나라를 다섯 차례에 걸쳐 공격한 싸움. 그러나 군사력의 열세와 식량 부족, 수비에 치중하는 사마의의 장기전에 말려들어 결국 실패한다.

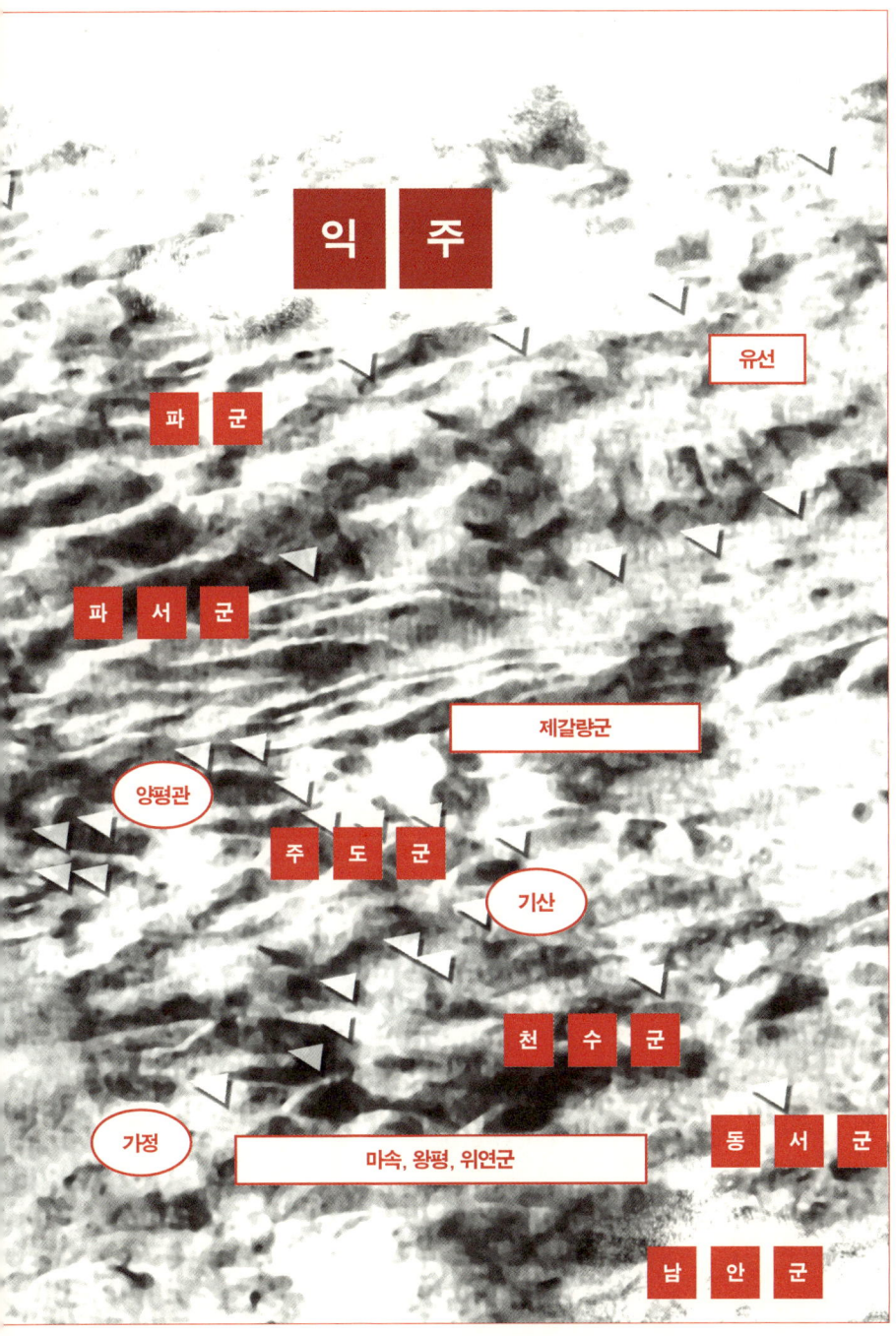

출사표를 쓰다 139

편지에는 그렇게 써 있었다.

"공명 놈, 제대로 걸려들었구나!"

편지를 읽은 하후무와 양릉은 서로를 바라보며 회심의 미소를 지었다. 그리고 준비를 갖추자, 성문을 열게 했다. 관흥이 앞에 서고, 장포가 뒤를 따라 적교를 건넜다. 양릉이 성문까지 마중을 나왔다. 그러자 관흥이 다짜고짜 칼을 뽑아 양릉을 베어 버렸다. 장포는 황급히 도망치려는 최량을 향해,

"바보 같은 녀석! 네 놈의 항복이 거짓이라는 것을 승상님께서는 벌써부터 꿰뚫어 보고 계셨다."

하고 '껄껄' 웃고는 장팔사모를 휘둘러 한번에 찔러 죽였다.

그 사이에 관흥은 성루로 뛰어 올라가 신호의 봉화불을 올렸다. 그것을 보고 촉한군이 일제히 성안으로 뛰어 들었다. 하후무는 혼비백산(魂飛魄散=혼백이 흩어짐. 즉 몹시 놀라 어쩔 줄을 모름)하여 남문으로 도망쳤으나, 기다리고 있던 왕평에게 생포되고 말았다.

3

공명은 남안성에 입성하자 조운에게 병사들을 주어 천수군으로 향하게 했다. 이 즈음이면 가짜 사자에게 속아 천수군 태수 마준이 병력을 이끌고 성을 나올 무렵이었다. 그 틈에 성을 점령한다는 계

략이었다.

그런데, 조운은 성 밖에 숨어 있던 복병들에게 허를 찔려 많은 병력을 잃고 도망쳐 돌아왔다.

"아무래도 누군가가 태수 마준에게 계책을 귀띔해 준 자가 있는 모양으로, 적은 가짜 사자에게 속아 넘어가지 않고 거꾸로 우리들을 치려고 매복하고 기다렸던 것 같습니다."

공명은 깜짝 놀랐다.

"나의 계략을 간파하는 자가 있으리라고 생각하지 못했다. 도대체 누구일까?"

"그것은 아마도 강유(姜維)*일 것입니다."

항복한 남안군의 병사가 말했다.

"천수군의 기현을 맡고 있는 인물인데, 아직 30세도 되지 않았지만 효도가 지극하고 문무에 뛰어나며 지모도 출중한 인물입니다."

"으음, 그런 자가 있으리라고는 예상치 못했을 걸……."

공명은 한참 동안 골똘히 생각하고 있다가 다시금 남안군 출신 병사에게 물었다.

"강유의 부모는 어디에 살고 있는가?"

강유(姜維)
원래 위나라 장수였으나 제갈량의 1차 북벌 때 촉에 귀순했다. 제갈량은 그의 재능을 아끼고 총애해 자신이 평생 배운 것을 전수해 후계자로 삼았다. 제갈량이 죽자 군사를 이끌고 위나라를 공략에 힘썼으나 큰 성과는 없었고 망국의 장수가 되었다.

"아버지는 안 계시고 어머니는 기현의 성에 살고 있습니다."

고개를 끄덕인 공명은 위연을 불러 계책을 일러 주고는 기현으로 떠나게 했다.

얼마 뒤에, 촉한군이 기현을 공격하고 있다는 보고가 천수성에 날아들었다. 이를 전해 듣고 강유는 마준 앞으로 나가 청했다.

"저의 어머니는 지금 기현에 계십니다. 들으니까 촉한군이 기현성을 공격하고 있다고 합니다. 어머니가 걱정되어 잠이 잘 오지 않습니다. 제가 구원하러 가야겠습니다."

마준이 이를 허락했기 때문에, 강유는 3천 기를 이끌고 기현으로 달려갔다. 현성에 가까이 가자, 위연이 이끄는 촉한군이 앞길을 가로막았다. 강유가 덤벼들자, 위연은 일부러 패한 척하고 도망쳤다. 강유는 추격하지 않고 성으로 들어가 방비를 굳게 했다.

한편, 공명은 생포해 놓은 하후무*를 끌어내 물었다.

"지금 천수의 강유가 기현을 지키고 있는데, 강유에게 찾아가 항복하도록 설득하면 목숨을 살려 주겠다. 어떠냐?"

"목숨을 살려 준다면 어떤 일이라도 하겠습니다."

하후무는 두말 하지 않고 승낙했다.

공명은 의복과 말을 내주고 하후무를 풀어 주었다.

'공명 놈, 헛 약았군 그래. 내가 강유에게 항복을 권할 것이라고 믿고 있는 모양이지!'

하후무는 마음속으로 쾌재를 부르며 기현으로 서둘러 갔다. 강유와 함께 성에서 농성을 하며 공명을 혼내 줄 생각이었다.

하후무가 달려가는 도중에 기현 쪽에서 피난 오는 많은 사람들을 만났다. 가재도구를 수레에 싣고, 노인이나 아이들의 손을 잡고 피난 가고 있었다. 물어보니 모두 기현의 주민들로 강유가 항복하여 촉한군의 대장 위연이 성안으로 들어와 약탈을 하기 때문에 도망쳐 왔다는 것이었다.

실은 이 피난민들이야말로 공명이 돈을 주고 고용한 사람들이었으나, 그런 줄도 모르는 하후무는,

'안 되겠다. 이대로 기현으로 갔다가는 나는 다시 포로가 되고 말 것이다.'

하고 방향을 바꿔, 천수군으로 향했다.

천수군에 도착하여 마준의 마중을 받은 하후무는 강유가 촉한군에 항복했다고 비난했다.

"설마 강유가 적진에 항복을 하다니!"

마준은 한숨을 크게 내쉬었다.

하후무가 천수성으로 들어간 것을 확인한 공명은 병력을 이끌고 기성으로 공격해 들어갔다. 강유는 방비를 더욱더 굳게 하였으나 아

하후무(夏侯楙)
위나라 장수 하후연의 양자로 하후연이 죽자 조조가 부마로 삼았다. 제갈량의 제1차 북벌 당시 위나라 대장군으로 군사를 이끌고 방어전에 나섰으나 기량이 부족하여 생포되는 등 큰 곤욕을 치렀다.

무래도 군량이 부족했다. 망루에서 촉한군 진영의 모습을 엿보니 치중대가 수레를 총동원하여 군량을 싣고 가는 것이 보였다.

강유는 병사들을 이끌고 치고 나갔다. 치중대를 습격하자 촉한군은 수레를 버리고 달아났다. 강유는 서둘러 군량을 빼앗아 성으로 돌아가려고 하는데 장익이 이끄는 병력이 앞을 가로막았다. 그리고 왕평이 병사들을 이끌고 가세하러 달려왔다. 필사적으로 그것을 뚫고 성으로 돌아와 보니 이미 성은 위연에게 점령되어 있었다.

"틀렸구나. 천수군으로 가자."

할 수 없이 강유는 얼마 안 되는 병사들을 이끌고 천수성을 향해 도망쳤다.

그러나 천수성에서는 강유가 달려 오는 것을 보자,

"이놈, 배신자야, 무엇 하러 왔느냐!"

하고 마준이 욕지거리를 퍼부으면서 화살을 쏘아댔다.

영문을 알 수가 없었으나 그대로 서서 죽을 수는 없는 일이라 강유는 서둘러 그곳을 떠나 장안으로 향했다. 그러자 몇 리쯤 간 곳에서 함성소리가 일어나더니, 관흥이 수천의 병사들을 이끌고 앞을 가로막았다. 도망치려고 말머리를 돌리니 4륜수레에 탄 공명이 병사들의 호위를 받으면서 앞으로 나왔다.

"강유, 도망칠 곳이 없다. 항복하라!"

공명이 말을 걸었다. 이미 주위는 촉한군이 에워싸고 있어 어디에도 빠져나갈 곳이 없었다. 강유는 결국 말에서 내려 공명 앞에 무륶을 꿇었다.

"나는 융중을 떠난 이래 내 뒤를 이어 줄 인물을 목마르게 찾고 있었다. 지금 그대를 만나 겨우 그 소망이 이루어졌다."*

공명은 수레에서 내려 강유의 손을 잡고 부축해 일으키며 진심을 털어놓았다. 공명의 호의에 감격한 강유는 천수성 안에 있는 친근한 두 대장에게 밀서를 보내 내통하게 했다. 두 대장은 성문을 열고 촉 한군을 성안으로 끌어들였다.

이렇게 해서 공명은 강유를 얻고, 세 개의 군을 점령할 수 있었다. 하후무와 마준은 도망쳐 나와 허둥지둥 강족(羌族 = 서쪽의 이민족)의 땅으로 향했다.

방압이득봉(放鴨而得鳳)
제갈량은 기현 싸움에서 사로잡은 하후무를 풀어 주는 대신 기재가 출중한 강유를 얻는다. 강유를 얻고 나서 조조의 사위인 하후무를 놓아준 것을 장수들이 아쉬워하자 '오리를 내어주고 봉황을 얻었는데 얼마나 기쁜가.' 하고 말하는데 흔히 작은 것을 잃고 큰 것을 얻었다는 의미로 쓰인다.

사마의, 복권되다

1

이제 초전에서 완벽하게 승리한 촉한군의 기세는 승승장구하여 멈출 줄을 몰랐다.

하후 도독을 격파한 공명은 천수군과 안정군과 남안군 3개의 군을 손에 넣고 주변 지역을 평정한 뒤, 양주의 기산으로 군사를 진출시켜 선봉은 위수(渭水=황하 최대의 지류)의 서안을 바라볼 수 있는 지역까지 진출해 있습니다.

파발마의 보고를 받자 위나라의 조정은 크게 동요했다. 조예는 조진*에게 20만 대군을 주어 즉시 기산으로 가게 했다.

공명은 조진이 오는 방향에 매복을 설치하여 앞뒤로 기습을 가했다. 조진은 힘 한번 제대로 써 보지 못한 채 패하고, 조조 때부터 교분이 있는 서강(西羌＝강족이 사는 서쪽 땅)의 국왕에게 구원을 청했다.

서강의 국왕인 천리길은 쾌히 승낙하고 병사 15만을 파견했으나 이 역시 공명의 계략에 걸려 완패당해 꼬리를 내리고 본국으로 도망쳐 돌아갔다.

원군을 청하는 조진으로부터의 사자에게서 전황을 파악한 낙양의 조정은 동요했다.

이렇게 된 이상 황제인 조예 스스로가 출진하여 국력을 총동원해 대결하지 않으면 국가존망의 위기를 피할 수 없다고 하는 비장한 분위기가 감돌고 있을 때 중신 종요가 건의했다.

"여기에 한 사람, 촉한군을 물리칠 수 있는 인물이 있습니다. 이 사람을 쓰실 것을 아룁니다."

"그런 인물이 누구냐?"

조예가 다급히 물었다.

"사마의입니다. 제가 보기에 제갈량이 두려워하고 있는 장수는 사마의라고 생각합니다. 그 때문에 우리나라를 쳐들어오면서 모반 운운의 소문을 퍼뜨려 사마의를 폐하로부터 멀어지게 만든 것입

조진(曹眞)
조조의 일족으로 위나라의 대장군이 되어 제갈량의 공격을 막는데 온갖 노력을 다 하나 계속 농락당한다.

니다."

"으음, 그 일에 대해서는 짐도 크게 후회하고 있다. 그런데 사마의는 지금 어디에 있는가?"

"고향 땅인 완성에 머물고 있다고 들었습니다."

"알았다. 지금 당장 완성으로 사자를 보내라. 그를 총사령관으로 임명할 테니까 남양 일대의 군사를 모아 장안으로 향하도록 전하라. 짐도 장안으로 가겠다. 그곳에서 사마의와 만나겠다."

조예는 할애비 조조를 닮아 총명하고 기지도 있으며 결단이 빨랐다.

즉시 칙사가 완성으로 향해 말을 달렸다.

한편, 공명은 기산의 본진에서 새해를 맞이하고 있었다. 연전연승으로 기세가 오른 촉한군의 진영은 마치 장안을 점령이라도 한 듯이 흥분으로 들끓고 있었다.

공명도 이런 식이라면 장안을 점령하는 것도 가까운 장래라며 기뻐하고 있었다. 또 한 가지, 공명이 결정적으로 즐거워하는 일이 있었다.

맹달로부터 사자가 온 일이었다.

맹달(孟達)은 본래 유비 휘하의 대장이었다.

관우가 여몽의 계략에 걸려 맥성으로 쫓겨 들어가 있었을 때, 구원을 청해 왔으나 이것을 거절하고 그 뒤 유비의 추궁이 두려워 위나라에 항복했다.

위나라에서는 조비의 마음에 들어 신성(新城) 태수로 임명되어 상용과 금성의 방비를 맡고 있었다.

그러나 조예가 즉위하고부터는 지금까지의 우대를 다른 신하들이 시기해 더 이상의 출세 전망도 없어지고 있었다.

이를 눈치 챈 공명이 출사표를 바치고 한중으로 출발할 때, 맹달에게 비밀리에 편지를 보냈었다.

'이제 고국의 품 안으로 돌아오지 않으려는가? 선제께서 이미 돌아가신 지도 오래고 위 조정도 예전 같지가 않을 것이 아닌가!'

당시 맹달은 공명의 편지를 받고 심정이 복잡해졌다.

'다시 촉한으로 돌아선다? 기회는 좋다. 공명과 원수진 일도 없다.'

맹달은 결국 이 기회를 놓쳐서는 안 된다고 생각하여 금성 일대의 군사를 모아 위나라에 반기를 들고 낙양으로 쳐들어갈 뜻이 있다고 공명에게 답장을 보낸 것이었다.

'맹달이 우리 편으로 돌아 서서 낙양을 공격하고 내가 장안을 점령한다면 위나라를 멸망시킬 수 있다.'

공명은 생각하는 것만으로도 기뻐 어쩔 줄 몰랐다.

그러나 맹달에게 답장을 보낼 사자가 출발하기 전에 공명의 기쁨을 반감시키는 소식이 날아들었다.

조예가 사마의를 복권시켜 군사를 모아 장안으로 오도록 명하고, 스스로 장안으로 출발했다.

'조예가 드디어 사마의를 다시 발탁했구나!'
듣는 순간, 공명은 하늘을 우러러보며 한숨을 크게 내쉬었다.
"승상님, 무엇 때문에 그렇게 낙담하고 계십니까?"
하고 곁에 있던 마속이 물었다.
"조예 따위는 두려울 것이 없잖습니까? 장안으로 나오면 생포해 버리면 됩니다."
공명은 침통하게 대꾸했다.
"내가 두려워하고 있는 것은 사마의다. 자칫 잘못하면 맹달의 모반이 사마의에게 간파당하고 말 것이다. 그렇게 되면 이 좋은 기회가 허사가 된다. 하지만 어쨌든 맹달에게 조심하라고 전해 주어야겠다."
마음을 가다듬은 공명은 서둘러 맹달에게 보내는 편지를 써서 사자에게 주어 돌려 보냈다.
얼마 뒤, 맹달의 답서를 지참한 사자가 공명에게 돌아왔다. 공명은 얼른 펼쳐 보았다. 거기에는 이렇게 써 있었다.

사마의가 저의 모반을 간파할지도 모르니 조심하라고 하는 당부는 알겠습니다만, 설사 그렇다 하더라도 걱정할 필요가 없을 것입니다. 사마의가 있는 완성에서 이곳 신성까지는 수백 수천 리나 떨어져 있습니다.

더군다나 장안으로 올라가 위제를 만나 허락을 받을 테니 여기까지 오려면 한 달은 족히 걸릴 것이 틀림없습니다. 그 동안에 저는 군사를 정비하고 낙양 방면으로 출동할 것을 준비하고 있겠습니다. 만일 사마의가 찾아오면 그때는 제가 무찌르겠습니다.

"이런 어리석은 자가 다 있나!"
공명은 읽고 나자 답장을 땅바닥에 내동댕이쳤다.
"맹달은 사마의에게 당할 것이 틀림없다."
"어째서 그런 말씀을 하시는 것입니까?"
마속이 놀라 물었다.
"사마의는 평범한 장수가 아니다. 그는 장안으로 가지 않고 우선 병사를 모으는 즉시 신성으로 쳐들어갈 것이다. 늦어도 10일이 채 걸리지 않을 것이다. 그러니까 맹달은 군사를 정비할 사이도 없이 당하고 말 것이다."
공명은 맹달의 사자를 불렀다.
"맹달에게 전하라. 모반의 건은 설사 절친한 친구라 하더라도 결코 누설하지 말라고. 누설하면 반드시 일이 꼬이게 된다고 말이다."
그렇게 말하고 서둘러 사자를 맹달에게 돌려 보냈다.
이 무렵에 사마의는 완성의 저택에서 칩거하며 위군이 촉한군의 공세에 계속 패하고 있다는 소식을 듣고 혼자 탄식하고 있었다.
사마의에게는 두 아들이 있었다. 장남은 사마사(司馬師)이고,

차남은 사마소(司馬昭)*다. 두 아들 모두가 큰 뜻을 품고 열심히 병법서 등을 읽으며 기량을 연마하고 있었다.

어느 날의 일이었다. 사마의가 나라의 장래를 염려하며 한숨을 짓고 있으려니 큰 아들 사마사가 물었다.

"아버님, 왜 그리 걱정이 많아 보이시며 한숨까지 짓고 계시는 것입니까?"

"아니, 너희들은 아직 모를 일이다."

사마의는 딴전을 피웠다.

"알고 있습니다. 천자님께서 아버님을 써 주지 않는 것을 안타까워하고 계시는 것이지요?"

곁에 있던 동생 사마소는 웃으면서,

"그 일이라면 별로 걱정할 필요가 없습니다. 머지않은 장래에 천자님께서 아버님을 부르실 것이 틀림없습니다."

하고 자신만만하게 말했다.

"너희들이!"

사마의가 자식들의 예리한 직감에 놀라고 있는데 아니나 다를까, 칙사가 오고 있다는 전갈이 들어왔다. 형제는 서로의 얼굴을 쳐다보았다.

칙사는 사마의에게 조예의 조칙을 전했다.

사마의는 사방에서 병력을 모으기 시작했다. 그때 금성태수 신의의 부하가 은밀히 면회를 요청해 왔다. 만나 보니 맹달이 모반을 꾀하고 신의와 상용의 태수 신탐을 동지로 삼으려 획책하고 있다는 것이었다.

신의는 모반에 가담했다가 실패하면 일족이 몰살당하는 것이 두려워 신탐과 의논하여 표면상으로는 맹달을 따르며 몰래 사마의에게 알리기로 한 것이었다.

"이것이야말로 천자님의 복이시다!"

사마의는 손뼉을 치며 기뻐했다.

"아마도 맹달은 공명과 내통하고 있을 것이다. 서둘러 치지 않으면 큰일이 벌어진다."

"그렇다면 천자님께 말씀드려 군사를 움직일 허가를 받아야 하잖습니까?"

사마사가 말하자, 사마의는 고개를 흔들었다.

"그런 절차를 밟고 있다가는 때가 너무 늦는다. 천자님께는 나중에 잘못을 빌면 된다. 큰 애는 이 사실을 장안에 알리는 일을 맡거라. 둘째는 나와 함께 가고."

사마의는 즉각 사마사를 장안으로 보내고, 모여든 병사들에게 출발을 명했다. 늦은 자는 참수하겠다고 엄명하여 이틀 걸리는 거리를

사마사 (司馬師)와 사마소 (司馬昭)
사마사는 우아한 풍채에 침착하고 지략이 뛰어나 명성이 높았다. 사마씨를 반대하는 세력 싸우다가 공격을 받고 놀란 나머지 눈알이 튀어나오고 얼마 후에 죽는다. 사마소는 촉나라를 멸망시키고 진(晋)나라를 세우기 전에 갑자기 죽는다.

하루로 줄여 신성으로 급행했다.

도중에 서황을 만났다. 그는 젊었을 때부터 조조를 섬겼던 용장이다. 사마의는 서황에게 선봉으로 명하고 둘째 아들을 후군으로 삼아 계속 길을 서둘렀다.

그 무렵, 신성의 맹달은 신의와 신탐을 동지로 삼아 날을 정해 낙양으로 진격할 준비를 착착 진행시키고 있었다. 신의와 신탐은 맹달을 따르는 체하면서 군사를 모아 훈련을 하고 있었으나 무기와 군량을 마련하지 못했다고 둘러대며 모반의 날짜를 자꾸만 뒤로 미루고 있었다. 하지만 맹달은 시간이 넉넉하다고 여겨 아무런 의심도 품지 않았다.

그런 어느 날, 사마의가 보낸 사자가 맹달을 찾아왔다.

"사마 대장군님께서는 이번에 천자님의 조칙을 받들고 촉한군을 격퇴하기로 했으니 태수님도 병사들을 모아 가세하도록 하라는 말씀이십니다."

이것은 맹달에게 안심을 시켜 모반을 서두르지 못하게 하려는 사마의의 계책이었다. 맹달은 여지없이 걸려들어 사자에게 물었다.

"그러면 대장군님은 언제 출발하시는가?"

"지금쯤은 완성을 출발하여 장안으로 향하고 계실 것입니다."

이 말을 듣고 맹달은 속으로 회심의 미소를 지었다.

'내가 생각한 대로구나. 사마의는 아무것도 모르고 있다. 공명은 쓸데없는 걱정을 하고 있다니까.'

맹달은 사마의의 사자에게 곧 병사를 일으켜 호응하겠다고 일러 보낸 후, 신의와 신탐에게 사자를 보내 3일 후에 군사를 일으킬 테니 준비해 놓으라고 전했다.

일단의 병력이 황토먼지를 일으키며 성 아래로 육박해 온 것은 그 다음 날이었다. 맹달이 망루에 올라가 상황을 살펴보니 대장 하나가 해자 옆으로 달려 오고 있었다. 서황이었다.

"서황이 어떻게 이곳에?"

깜짝 놀란 맹달은 활을 집어 들어 시위를 메겨 한 발을 쏘았다. 화살은 일직선으로 날아가 서황에게 명중했다.

병사들이 서둘러 서황을 부축해 후퇴했다. 그러나 그 뒤편으로 먼지 구름이 뭉개뭉개 피어 오르면서 엄청난 수의 병력이 나타나 파도처럼 밀려 들어왔다. 빈틈 없이 늘어선 깃발에는 커다랗게 '사마의'라는 글자가 새겨져 있었다.

"앗차! 잘못되었구나. 공명이 말한 대로였구나!"

신음하듯이 한마디를 내뱉고 맹달은 비틀거리며 망루에서 내려와 성문을 철저히 단속하고 농성에 들어갔다.

서황은 그날 밤에 죽었다. 그때 나이 59세였다. 사마의는 관을 낙양으로 보내 장사지내도록 명하고 성을 빈틈없이 에워쌌다.

다음 날, 맹달은 성벽으로 올라가 주위를 둘러보았다. 사마의가 이끄는 대군이 빽빽하게 성을 둘러싸고, 그 끝이 까마득히 멀어 보이지 않을 정도였다.

가슴이 미어지는 심정으로 바라보고 있으려니 두 개 부대의 병사들이 포위망을 뚫고 성으로 달려들어오는 것이 보였다. 신의와 신탐의 깃발이 펄럭이고 있었다.

"오오, 신의와 신탐이 가세를 하러 와 주었구나!"

맹달은 다시 기운을 차렸다. 성문을 열고 두 사람을 맞아들였다. 신의와 신탐은 '우르르' 성안으로 뛰어들어 오더니,

"배반자, 각오해라!"

하고 큰소리를 지르며 맹달에게 달려들었다.

'앗!' 하고 기겁을 한 맹달이 도망치려고 하는데 신탐이 창으로 그의 등을 꿰뚫었다.

2

맹달은 목이 잘리고 성의 병사들은 항복했다. 사마의는 전군에 약탈을 금하여 주민들을 안심시키고 나서 신의와 신탐을 데리고 장안으로 향했다. 장안에는 이미 조예가 도착해 사마사로부터 자세한 보고를 받은 후였다.

사마의는 맹달을 치기 위해 허락을 받지 않고 멋대로 병력을 움직인 것을 조예에게 사죄했다. 조예는 오히려 사마의를 크게 칭찬하고, 새로 20만 병력을 더해 주며 장합을 선봉으로 하여 촉한군을

무찌르라고 명했다.

명령을 받은 사마의는 데리고 온 병력까지 합쳐 30여만 대군을 이끌고 장안을 떠나 요충지인 가정(街亭)으로 향했다.

그 무렵, 공명은 기산의 본진에서 맹달로부터 거병했다는 연락을 초조하게 기다리고 있었다.

때마침 신성에 잠입시켜 놓았던 첩자가 돌아왔다. 첩자는 맹달이 완성으로부터 달려온 사마의에게 죽임을 당하고 사마의는 장안을 거쳐 이미 출진했다는 것을 고했다.

"맹달은 방심하고 있었기 때문에 사마의에게 당한 것이다. 어쩔 수 없는 일이다."

공명은 다른 사람들 앞에서 미간을 약간 찌푸리며 짧게 말했지만, 마음속에는 걷잡기 어려운 충격이 일어나고 있었다.

'아! 절호의 기회를 그만 잃었구나.'

더하여 사마의가 장안을 떠났다고 하니 가정[*]이 마음에 걸렸다. 지금까지는 조진이 눈독을 들이지 않아 병력을 보내지 않았으나, 사마의라면 당연히 이곳의 중요성을 헤아려 점령하러 올 것이다.

"누군가 가정을 방비하러 갈 자 없는가?"

가정(街亭)
위나라가 촉으로 들어올 때 반드시 거치게 되는 전략적 요충지. 1차 북벌에서 이곳을 마속이 점령했다가 사마의의 부장 장합에게 빼앗기자 제갈량의 작전 구도가 허물어지게 되었고, 이 일로 마속은 참수당했다.

공명의 말에 응하여 마속이 앞으로 나섰다.

"저에게 명해 주십시오."

"마속이냐? 가정이 보기에는 하잘 것 없는 장소같지만 그곳을 빼앗기면 문자 그대로 우리 군의 숨통이 끊어져 버린다. 그대가 끝까지 지켜낼 수 있겠는가?"

공명은 망설였다. 마속은 한걸음 더 나섰다.

"저는 어렸을 때부터 병법서를 읽어 싸움의 임기응변이나 진퇴는 물론 진법을 터득하고 있습니다. 반드시 지켜 내겠습니다."

"사마의가 직접 올지도 모른다. 그는 지략이 뛰어난, 용이하지 않은 인물이다."

"누가 오든 크게 두려울 것 없습니다. 싸워서 이기지는 못해도 지켜 낼 수는 있습니다. 만일 끝까지 지키지 못한다면 목을 베셔도 상관 없습니다!"

공명은 고개를 끄덕이고 나서 왕평을 불러 말했다.

"그대의 신중한 성격과 상황을 보는 안목을 믿고 부대장으로 명한다. 마속과 협력하여 가정을 끝까지 지키도록 하라. 지형이나 도로를 잘 보고 진을 쳐라. 진지의 구축이 끝나거든, 그림도면을 만들어 나에게 보내도록 하라. 부디 경솔한 행동을 하지 않도록, 알았느냐?"

"명심하겠습니다."

왕평의 대답을 받은 공명은 이어서 마속에게 타이르듯이 지시했다.

"반드시 왕평과 상의하여 매사를 처리하라."

이윽고 마속과 왕평은 공명에게 작별을 고하고 출발했다.

공명은 그래도 걱정이 되는 모양으로 고상(高翔)을 불렀다. 가정 부근에 있는 열류성으로 1만 기를 이끌고 가서, 가정에 만일의 일이 생기면 때를 놓치지 말고 가세하도록 명했다.

그리고 위연을 불러 역시 1만 병력을 내주며 가정의 배후에서 진을 치도록 했다. 이것으로 겨우 안심한 공명은 조운과 등지를 불렀다.

"나는 지금부터 병력을 이끌고 야곡에서 나가 미성에 공격을 가할 것이다. 그대들은 기곡에 은신하고 있다가 적이 오면 정면승부를 가리려 하지 말고 치고 빠지거나 계속 이동하거나 하면서 끝까지 적을 붙잡아 두고 현혹시켜라."

모든 수배가 끝나자 공명은 강유(姜維)를 선봉으로 하여 야곡으로 진격할 준비를 하기 시작했다.

한편, 왕평과 함께 가정에 도착한 마속은 주위의 지형을 살펴보고, 우습다는 듯이 소리 내어 웃기 시작했다.

"하하하! 정말이지 승상님은 걱정이 너무 많으신 분이야. 이런 황량한 산골에 위나라 군사들이 올 턱이 없다."

마속이 말하는 대로 그곳은 성채는 물론 예전에 영채조차 세워 본 적이 없는 외따로 떨어진 산 속의 황무지였다. 산줄기의 기슭을 누비며 5개의 방향으로 갈라진 길이 달리고 있을 뿐이다. 한 채의 인가도 없었다.

"분명히 위군은 오지 않을지도 모르지만 이 다섯 갈래로 갈라진 길에 목책을 치고 만일의 경우에 대비하는 것이 좋을 것입니다."

하고 왕평이 의견을 내놓았다.

"그것보다 이 오른쪽 산은 주위 산들과 떨어져 있는데다가 나무도 무성하게 우거져 있다. 자리잡기 좋은 요새다. 저 산 위에 진을 치자."

"위험합니다. 만일 위군에게 기슭을 포위당하면 어떻게 하시겠습니까?"

"산 위에서 밀고 내려와 쫓아 버리면 된다."

"식수 문제도 있습니다. 물을 산기슭에서 길어 올려야만 합니다. 위군에게 물길을 차단당하면 어떻게 할 도리가 없어집니다."

"그렇게 되면 병사들은 필사적으로 싸울 것이다. 한 사람이 백 명 분의 활약을 하게 될 것이다. 그러면 위군은 시체의 산더미를 쌓게 될 것이 틀림없다."

"그러나……."

"그대는 말이 많구나. 내가 병법에 통하고 있어 승상님도 종종 내 의견을 물으시는 것을 알고 있잖은가. 내가 시키는 대로만 하면 틀림없다!"

왕평은 그래도 납득하지 않았다. 마속이 꼭 산 위에 진을 쳐야겠다고 한다면, 자기는 병사들을 나눠 받아 산기슭을 지키겠다고 했다.

"병법의 기초도 모르는 무식한 자 같으니라구!"

마속은 마침내 화를 내며 욕설 비슷하게 내뱉았다.

이 말은 왕평에게 치명타였다. 그가 글을 알고 병법서를 읽을 줄 알았더라면, 대단한 장수가 되었을 만큼 성실하고 전세를 읽는 눈이 밝았지만 글을 읽지 못하는 문맹이었던 것이다.

결국 왕평은 자신의 약점을 꼬집히자 대꾸도 못한 채 뒤로 물러서고 마속은 자신의 뜻대로 산 위에다 진을 쳤다.

사마의가 병력을 진격시켜 가정 방면에 나타난 것은 며칠 후였다. 사마의는 우선 둘째 아들, 사마소에게 정찰을 하게 했다.

"가정에는 이미 촉한군이 진을 치고 있습니다."

보고를 받은 사마의는 대단히 놀랐다.

"내가 가정으로 진출할 것을 재빨리 꿰뚫어 보고 병력을 먼저 보내다니 그야말로 공명은 귀신같은 솜씨로구나."

그러나 촉한군이 먼저 왔다고 단념할 수는 없다. 사마의는 그날 밤, 불과 백여 기를 이끌고 자신이 직접 정찰을 하러 나갔다.

구름은 없고 달이 휘영청 밝은 속을 사마의는 촉한군이 진을 친 산기슭까지 말을 몰고 주위를 꼼꼼이 정찰하고 철수했다. 돌아오는 도중에 사마의는 기쁨에 가득 차 어쩔 줄 몰라했다.

"어찌된 일입니까, 아버님?"

"누군지 모르지만 가정을 지키는 촉한군의 대장이 산 위에 진을 치다니……. 병법을 몰라도 한참 모르는 것 같구나."

"어째서 그렇습니까?"

"산기슭을 에워싸 물의 공급을 차단당하면 만사가 끝장 아니냐!

저렇게 어리석은 자를 보내다니."

사마의는 말을 멈추고 진지한 얼굴로 변했다.

"이것이야말로 하늘이 우리에게 내려준 더할 수 없는 행운이다. 가정은 우리 군의 것이 될 것이다."

본진으로 돌아오자 사마의는 장합을 불러 산기슭 일대의 진로를 모조리 차단하도록 명하고, 또한 신의와 신탐에게는 산 위로 통하는 모든 길에 병력을 배치하여 철저히 방비하도록 명했다.

다음 날 아침, 날이 밝는 것과 동시에 장합을 비롯한 대장들이 병사들을 이끌고 출발했다.

뒤이어 사마의가 대군을 이끌고 밀고 나갔다. 가정에 도착한 위군은 산을 사방으로 에워쌌다.

마속은 산 위에서 이런 모습을 보고 있었다. 위군 병사들이 산기슭과 길가에 가득했다. 대열이 흐트러지지 않고 깃발도 움직이지 않았다. 공격해 올라오는 것이 아니라 그냥 산을 에워싸고 움직이지 않은 채 그 자리에 문지기처럼 서 있었다. 함성도 지르지 않았다.

삼일 째가 되어 밤이 깊도록 위군은 산을 포위하고 움직이지 않았다. 산 위의 촉한군 진영에는 물이 한 방울도 남지 않게 되었다. 물을 길러 산을 내려간 병사들은 모두 죽거나 포로가 되어 한 사람도 돌아오지 못했다. 물이 없으면 취사를 할 수가 없었다.

굶주림과 목마름에 지친 병사들이 동요하기 시작했다. 3명씩, 5명씩 무리를 지어 산에서 내려가 위군에 항복하기 시작했다.

그날 자정이 가까워질 무렵, 때가 되었다고 판단한 사마의는 산기슭에 불을 질렀다. 불은 뱀처럼 구불구불 산 위를 향해서 타올라갔다. 마속은 더 이상 진지를 지킬 수 없다는 것을 깨달았다.

병사들을 독려하여 산에서 뛰어내려가 위군 속으로 돌진해 들어갔다. 사마의는 일부러 한쪽 길을 열어 놓아 마속을 도망치게 하고는 그 뒤를 장합에게 추격하게 했다.

장합이 30리 가량 쫓아가니 위연이 달려 나와 마속을 도망치게 하고 장합에게 달려들었다. 장합은 말을 돌려서 도망치기 시작했다. 위연이 추격을 하니 오른쪽에서 사마의, 왼쪽에서 사마소가 치고 나왔다. 장합도 되돌아 와서 위연을 에워쌌다. 왕평이 달려왔다. 위연과 왕평은 위군의 포위망을 뚫고 열류성으로 도망쳤다. 도중에 고상을 만났다. 고상은 가정을 빼앗겼다는 보고를 듣자 열류성의 전군을 동원하여 구원하러 달려오는 길이었다.

"이대로는 승상님을 뵈올 낯이 없다."

세 사람은 이렇게 합의하고 가정을 다시 탈환하려고 되돌아갔다. 그러나 사마의가 매복시켜 둔 위군에게 기습당해 많은 병사들을 잃고 다시 열류성으로 쫓겨 왔다.

그런데 어느 틈엔가 성루에는 위나라의 깃발이 휘날리고 있었다. 위군의 별동대가 고상이 성을 나간 뒤에 점령해 버린 것이다. 세 사람은 하는 수 없이 양평관으로 퇴각했다.

승리를 거둔 사마의는 군사를 재정비했다.

서성은 기산 부근에 있는 조그만 현이었으나, 촉한군의 군량이 저장되어 있는 곳이었다. 또한 남안·천수·안정군의 3개 군으로 통하는 길이 합쳐지는 지점이기도 했다. 사마의는 이곳을 점령하면 촉한군에게 빼앗겼던 3개의 군을 되찾을 수 있다고 판단했다.

울면서 마속을 베다

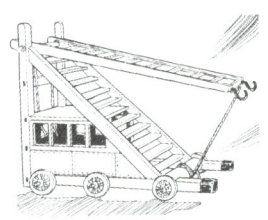

1

'마속을 기용한 것은 전적으로 나의 실수였다.'

도망쳐 온 병사들로부터 가정과 열류성을 모조리 사마의에게 빼앗겼다는 보고를 받자, 공명은 피가 스며나올 정도로 입술을 깨물었다.

"가정을 빼앗겼다면 군량을 보급할 수가 없다. 군량 보급을 할 수 없으면 장안을 공격하는 것은 불가능하다. 한중으로 철수하여 다시 시작하는 수밖에 없다."

공명은 철수하기로 결단을 내렸다. 전군에 총퇴각을 명하고 철수를 서두르도록 지시했다. 또 관흥, 장포, 마대, 강유 등을 불러 각자에게 계책을 일러 주고 병력을 나누어 출발시키고, 자신은 5천 기를 이끌고 서성으로 급행했다.

서성에는 군량이 비축되어 있었다. 공명은 병사들에게 명하여 그 군량들을 빨리 한중으로 실어 나르게 했다. 대충 운반을 끝냈을 때 파발마가 달려들어왔다. 사마의가 대군을 이끌고 서성을 향해서 밀려 들어오고 있다는 것이었다.

공명은 아연실색(啞然失色 : 놀라 입을 벌이고 얼굴빛이 달라짐)했다. 주위에는 대장이 한 사람도 없고 병력이라고 해봐야 군량의 수송을 위한 치중대와 약간의 호위병이 전부였기에 성안에 있는 사람을 다 합쳐야 2천 5백 명 정도뿐이었다.

공명이 성루에 올라가 보니 까마득히 먼 곳에서 모래먼지가 피어 오르더니 뭉게구름처럼 차츰 커지고 있었다. 공명은 성루에서 내려와 허둥지둥하는 병사들을 불러 모아 지시를 내렸다.

"깃발은 한 개도 남김없이 숨겨라. 병사들은 자신의 위치를 떠나서는 안 된다. 움직여 돌아다니거나 큰소리를 내거나 하는 자는 베겠다. 사방의 문을 열어 놓고, 문마다 병사 20명씩 배치하고 길을 깨끗이 쓸도록 하라. 위군이 코 앞에 와도 떠들거나 해서는 안 된다. 조용히 하고 있으면 위군은 물러날 것이다."*

말을 끝내자 공명은 흰 학창의를 입고, 머리에 관건을 쓴 후 두 명의 동자와 함께 가야금을 들고 성루로 올라갔다. 그리고 난간 앞

공성계(空城計)
36계 중 32계로 아무런 방비가 없는 것처럼 상대에게 보여 의심하게 만든 후 공격을 모면하는 계책. 가정을 빼앗기고 군사를 후퇴시키면서 제갈량은 성문을 열고 성루에 올라가 거문고를 뜯으며 사마의를 속여 위기를 모면했다.

에 앉아 향을 피우고 조용히 가야금을 뜯기 시작했다.

얼마 뒤에, 위군이 성 아래로 쇄도해 왔다.

"뭐라고? 공명이 성루에서 가야금을 뜯고 있다고? 그런 가당치 않은 일이 있을 수 있는가?"

척후로부터 보고를 받은 사마의는 자신이 직접 확인해 보려고 성문 앞까지 말을 달려갔다.

보니까 분명히 성루 위에서 공명이 조용히 가야금을 뜯고 있었다. 향이 피워져 있었고 좌우에 두 명의 동자가 서 있었다. 왼쪽의 동자는 보금을 받쳐 들고 있고, 오른쪽의 동자는 불자(佛子 = 짐승털을 묶어서 자루를 단 의식 때 쓰는 소도구)를 들고 있었다. 성벽에는 한 개의 깃발도 서 있지 않고, 활짝 열려 있는 성문 앞을 주민들이 태평스럽게 빗자루로 쓸고 있었다.

성안은 쥐 죽은 듯이 고요하고 인기척도 들리지 않았다. 공명이 울려대는 가야금 소리만이 스며들 듯이 흐르고 있을 뿐이었다.

무엇을 생각했는지 사마의는 전군에 퇴각을 명했다.

"아버님, 여기까지 공격해 와서 왜 퇴각을 하는 것입니까?"

둘째 아들 사마소가 물었다.

"성루 위에서 일부러 가야금을 뜯고, 성문을 일부러 활짝 열어 놓은 것은 우리를 격동시켜 유인하려고 하는 속이 환히 들여다보이는 함정이다."

사마의는 아들에게 설명해 주었다.

위군이 떠나간 것을 안 공명은,

"내가 사마의였다면 과연 퇴각하지 않고 공격했을까?"

하고 머리를 갸웃뚱하고는 즉각 한중으로 철수해 갔다.

한편, 사마의는 산골짜기의 지름길로 군세를 진입시켰으나, 미리 공명에게 명령을 받고 복병으로 숨어 있던 장포와 관흥에게 허를 찔려 상당한 수의 병사를 잃고 가정으로 퇴각했다.

그 후, 가정에서 군세를 재정비한 사마의는 촉한군이 후퇴했다는 보고를 받고, 재차 서성으로 향했다. 남아 있던 주민들에게 물어보니 그 당시 공명의 수하에는 문관들과 2천여 명 밖에 안 되는 병사들이 있었고 복병 같은 것은 없었다는 것이 밝혀졌다.

'그러고 보니까 공명이 연출한 공성(空城)의 계책이었구나. 깜쪽 같이 속아 넘어갔구나!'

사마의는 공명의 지략을 높이 평가하고는 일단 촉한군이 퇴각하였으므로 병력을 거두어 돌아갔다.

그 무렵, 여러 갈래로 진격했던 촉한군이 속속 한중으로 철수하고 있었다.

이를 보면서 공명은 자신의 신뢰를 저버린 마속에 대해서 심한 분노를 느끼고 있었다.

공명은 우선 왕평을 불러내 엄하게 추궁했다.

"그대는 마속의 부대장으로서 소임을 다하라고 특별히 함께 보냈는데도, 무엇 때문에 가정을 빼앗기는 실패를 저질렀는가?"

"저는 산 위에 진을 치는 것은 위험하다고 몇 번씩이나 마속님에게 만류했습니다. 하지만 마속님은 제가 말하는 것 따위는 아무것도 들어 주지 않았습니다. 심지어……."

"심지어라니? 무슨 말인가?"

"병법을 모르는 무식한 자라고 욕까지 했습니다. 저로서는 더 이상 어쩔 수 없었습니다."

"알았다. 그대에게는 죄가 없다. 물러가도 좋다."

왕평을 물러나게 한 공명은 화가 치밀어 부들부들 떨었다. 자신이 부대장으로 딸려 보낸 왕평을 모욕한 것만으로도 용서할 수 없는 일이었다. 공명은 분노를 억누르며 마속을 불러들였다.

"그대는 어릴 때부터 병법서를 읽고 여러 가지로 배워 왔을 것이다. 그런데 어째서 산상에다 진을 쳤는가? 내가 가정은 아군에게 중요한 곳이라고 그처럼 주의를 주었잖은가?"

"죄송합니다. 산 위에 진을 친 것은, 그렇게 하면 병사들이 죽기를 무릅쓰고 싸울 것이라 생각했기 때문이었습니다. 병법서에도 궁지에 몰리면 죽기살기로 싸운다고 쓰여 있었습니다."

"닥쳐라! 책만의 지식은 응용할 수가 없으니까 이번과 같은 실패를 하는 것이다. 더구나 자신의 재능을 과신하여 왕평의 권유를 받아들이지 않았잖느냐? 심지어는 부대장을 모욕하고! 결국에 가정을 잃고 전군을 철수시키게 만든 그대의 죄는 말할 수 없이 무겁다. 군법에 따라 처벌하겠다. 원망하지 말라."

공명은 거기까지 말하고 나서 마속의 목을 치라고 좌우의 부하에게 명했다.

"각오하고 있었습니다. 무엇 때문에 승상님을 원망하겠습니까? 다만 제 자식놈을 부탁드립니다."

하고 말한 후 마속은 소리 내어 울었다.

"나는 그대를 동생처럼 생각하고 있었다. 그대의 자식은 나의 자식이기도 하다. 뒷일은 걱정하지 말라."

이윽고 마속은 진문 밖으로 끌려나갔다. 형리가 목을 치려고 하는 순간, 성도에서 사신으로 온 장완이 보고 놀라,

"잠깐 기다려라. 잠시만 기다려라!"

하고 외치고 서둘러 공명에게 달려와 말했다.

"지금은 한 사람이라도 장수가 필요한 때입니다. 마속과 같은 유능한 인물을 잃는 것은 참으로 아까운 일이잖습니까?"

"그것은 나도 잘 알고 있다. 그러나 마속의 목을 치는 것은 어쩔 수가 없다."

공명은 눈물을 흘리면서 말했다.

"인정으로 마속을 용서한다면 군법을 짓밟는 것이 된다. 그렇게 되면 누가 군법을 지키겠는가? 군법을 따르는 자가 없으면 어떻게 군을 움직이고 싸움에 이기겠는가?"

얼마 뒤, 마속의 목이 공명 앞에 바쳐졌다.

"선제 폐하께서는 '마속에게 중요한 임무를 맡겨서는 안 된다'고

유언을 하셨다. 참으로 그 말씀대로 되었다. 나는 자신의 어리석음을 부끄러워한다. 용서하라. 가정의 패전은 모두 나의 죄다."

공명은 마속의 목을 다시 붙여 정중하게 장사지냈다. 그리고 패전에 대한 책임을 지고 스스로 승상직에서 물러났다.

2

그 무렵 손권은 무창에서 촉한과 위나라의 싸움을 주시하고 있었는데 파양태수로 있는 주방에게서 비밀리 표문이 올라와 있었다.

위나라 양주도독 조휴가 우리 경계를 침범할 기미가 있기에 먼저 속임수를 써서 유인하여 사로잡을까 합니다.

손권은 즉시 육손을 불러 상의하고, 그를 대장군으로 삼아 주방이 내놓은 꾀대로 시행하도록 했다. 결국 육손은 수십만 대군을 이끌고 대비하고 주방은 조휴에게 가서 항복할 뜻을 전했다.

즉, 위나라에 투항할 뜻을 비치고 오군의 주력을 무찌를 계략을 제안한 것이다.

위나라 양주 대도독 조휴(曹休)는 거짓 항복에 속아 이 뜻을 낙양에 전했다.

'이것을 기회로 오나라를 멸망시킬 수 있을지도 모른다.'

조휴로부터 보고를 받은 조예는 주방을 받아들이고 오나라에 대한 침공을 명했다.

조휴는 대군을 이끌고 완성으로 향했으나, 아무래도 주방의 항복을 그대로 믿을 수가 없었다.

"나는 믿고 있으나, 그대를 의심하고 있는 부장들이 많다. 그대의 항복은 틀림없겠지?"

완성 밖 20리 되는 곳까지 마중 나온 주방에게 그렇게 말하자, 그는 갑자기 칼을 빼 상투를 싹둑 잘라 내밀었다.

"저의 머리칼은 부모님으로부터 물려받은 것으로 제 목숨이나 똑같은 것입니다. 이것으로 제 성의를 헤아려 주십시오."

"알았다. 더 이상 의심하지 않겠다."

조휴는 계면쩍은 듯이 고개를 끄덕였다. 주방은 감쪽같이 속여 넘겼다고 흐뭇해 했으나 얼굴에는 드러내지 않은 채,

"저를 믿어 주신다면 장군님을 위해 목숨을 바쳐 싸우겠습니다."

하고 조휴에게 머리를 숙였다.

"그래서 말씀입니다만 완성에 오군 병력은 그다지 많지 않습니다. 손권은 육손을 대장군으로 임명하고, 육손은 전군을 동원하여 동관(東關)으로 향했습니다. 장군님께서 서둘러 병력을 진격시켜 동관에서 기습공격을 하면 허를 찔러 육손을 격파할 수가 있습니다. 제가 동관까지 길 안내를 하겠습니다."

동관은 위나라와 오나라의 국경에 있는 요충지였다. 조휴는 크게 기뻐하며 주방과 동관 급습 작전을 세웠다.

주방이 돌아가서 병사를 이끌고 중도에서 만날 것을 약속하고 떠나자, 교대라도 하듯이 조휴와 함께 오나라 침공을 명령받은 가규가 찾아왔다.

"어떻게 된 일인가? 동관 쪽으로 가지 않았는가?"

조휴는 이상하다는 듯이 물었다. 가규는 지금쯤 동관 부근까지 가서 숨어 있어야 했기 때문이다.

"척후를 보내 알아보았더니 동관에 오군 병력은 별로 없다는 것이 밝혀졌기 때문에 이쪽으로 왔습니다. 아마도 오군의 주력은 완성 부근 어딘가에 집결되어 있다고 생각됩니다."

하고 가규가 말했다. 조휴는 고개를 저으며,

"그럴 리가 없다. 주방은 육손이 전군을 동원하여 동관으로 향했다고 말해 주었다. 그래서 나는 동관에서 그를 기습하여 무찌르려 준비하고 있는 중이다."

라고 말하고 주방이 상투를 잘라 맹세한 일을 가규에게 자세히 들려주었다.

"그것은 주방의 연극이 아닐까요? 경솔하게 믿어서는 안 됩니다."

가규는 미심쩍어했다. 처음부터 주방의 항복이 거짓일지 모른다고 의심하고 있었던 것이다.

"동관으로 출격은 잠시 중지해 주십시오. 저와 장군님께서 완성을 공격하면 반드시 대승리를 거둘 수 있습니다."

"병력이 많지 않은 완성을 점령하긴 쉬울 테지. 그러나 육손에게 우리 작전을 노출시키는 것밖에 안 된다! 그러고 보니까, 자네는 일부러 내가 공을 세우는 것을 방해하고 있는 것이구나."

화가 난 조휴는 가규의 목을 치라고 명했다. 그러나 주위의 대장들이 말리는 통에 가규를 억류하다시피 진지에 남겨 두고, 자신은 병사들을 이끌고 주방과 약속한 지점으로 향해 달려갔다.

주방은 먼저 와서 기다리고 있었다. 그는 시침을 뚝 떼고 앞장섰다. 완성에서 북쪽으로 한참을 간 곳에서 조휴에게 말했다.

"이 앞에 석정(石亭)이라는 곳이 있는데 병력을 쉬게 하는 데 안성마춤의 장소입니다. 오군 병력은 대부분 동관에 있으니까 조금도 걱정할 것 없습니다."

걱정할 것 없기는커녕 그곳에는 주방으로부터 미리 연락을 받은 육손이 곳곳에 이중 삼중의 복병을 배치해 두고 기다리고 있었다.

그러나 주방을 완전히 믿고 있던 조휴는 석정으로 들어가 병사들에게 휴식을 취하게 했다. 잠시 쉴 것이므로 영채도 세우지 않았다. 하지만 만일을 위해 척후를 내보냈다. 그러자 가까운 산 속에 오군이 매복해 있는 기척이 있다고 보고가 들어왔다.

'이상하다. 이 부근에 오군은 없을 텐데…….'

조휴는 고개를 갸웃거렸다. 그리고 서둘러 주방에게 확인해 보려고 찾으니까, 주방은 어느 틈엔가 자취를 감추고 없었다. 그의 병사들도 사라져 버렸다.

'그러고 보니 주방 그놈에게 속은 것인가?'

조휴는 의심을 품었으나 때는 이미 늦었다. 순식간에 사방에서 복병이 일어나 기습해 오는데 육손이 직접 지휘하는 본부군이 조휴를 잡으러 물밀듯이 쳐들어왔다. 위군 진영은 대혼란에 빠져들었다. 휴식하느라 갑옷을 벗은 무리도 상당수 있었다. 싸움은 싱겁게 끝냈다.

육손은 수만의 위군 병사들을 포로로 잡고, 버리고 간 엄청난 양의 수레, 소, 말, 무기, 금은 등을 노획했다.

조휴는 생포되기 직전에 지름길로 해서 달려온 가규의 도움을 받아 목숨을 건져 낙양으로 도망쳐 돌아갔다. 그후 조휴는 적의 계략에 빠져 대패당한 것을 부끄럽게 여겨 병이 들고, 그러는 사이에 등에 종기가 생겨 결국 죽고 말았다.

이렇게 해서 위나라 남부군에 대승한 손권은 촉한의 유선에게 국서(國書=나라의 주인이 나라의 이름으로 보내는 문서)를 보냈다. 동맹국의 정의로 위나라의 대도독 조휴를 무찔렀다는 것을 전하면서 어서 빨리 북쪽에서도 위나라를 무찌르도록 촉구했다.

'남방에서 위군 대파!'

이 소식이 전해졌을 무렵 촉한군은 가정의 패배라는 충격에서 어느 정도 벗어나 있었다. 한중에서는 공명이 식량의 증산을 도모하고, 군비 강화에 힘을 기울이고 있었다. 이제는 병사들의 사기도 오르고, 군량과 말 여물이 창고에 넘쳐 나고 무기 각종 군수품이 갖추어졌다.

'다시 위나라를 칠 날도 멀지 않았다.'

공명은 대장들이나 병사들 사이에 한번 싸워 보자는 기운이 높아져 가고 있다는 것을 느꼈다.

공명은 출진을 결심했다. 대장들을 모아 놓고 군사회의를 열었다. 출진에 반대하는 사람은 아무도 없었다. 군사회의는 이윽고 출진을 위한 떠들썩한 주연으로 바뀌었다.

술이 몇 순배 돌고 연회가 한창 무르익었을 때 갑자기 강한 바람이 불어와서 뜰에 있는 소나무 가지를 '뚝' 부러뜨렸다.

"좋지 않구나. 이것은 대장을 잃을 것이라는 징조 같다."

공명의 얼굴이 창백해졌을 때. 조운의 아들 조통과 조광이 찾아와 어젯밤에 부친이 사망했다는 것을 고했다.

"조장군의 죽음은 나라에 있어서 지붕을 떠받치는 기둥 한 개가 쓰러진 것과 같다. 나에게는 팔 하나가 떨어져 나간 것이고."

하면서 공명은 소리를 내어 울었다. 대장들도 술잔을 내려놓고 조운의 죽음을 애도했다.

공명은 조통과 조광을 성도에 보내 유선에게 조운의 죽음을 전하게 했다.

"조장군이 없었다면 짐은 당양의 장판파에서 죽었을 것이다."

하고 유선도 울었다. 20년 전 당시 젖먹이 유선을 갑옷 안에 품은 조운은 혼자서 밀려드는 조조의 10만 대군 속을 휘젓고 말을 달리며 적을 베어 넘어뜨리고 탈출하여 유선을 유비에게 데려다 주었던 것이다.

조운은 성도의 금병산 동쪽에 묻히고, 사당이 세워졌다.

조운의 장례식이 끝나자 공명은 계획한 대로 유선에게 두 번째 출사표를 올리고 위나라 토벌에 나섰다. 정병 30만을 이끌고 위연을 선봉으로 삼아 진창(陳倉)* 으로 향했던 것이다.

조예는 촉한군이 다시 쳐들어온다는 것을 알자 낙양에 돌아가 있던 조진을 대도독으로 임명하고 맞서 나가 싸울 것을 명했다. 20만 대군을 거느린 조진은 곧 기산으로 출동하여 곽회, 장합 등과 힘을 합쳐 각지의 성채를 견고히 방비했다.

그 무렵, 촉한군은 진창에 접근하고 있었다. 진창에서는 위나라 대장 학소가 성을 지키고 있었다. 학소는 사마의의 추천에 의해 진창의 방비를 맡게 된 인물이었다. 사마의는 언젠가 공명이 진창으로 쳐들어올 것이라고 헤아리고 있었으므로 특별히 그를 추천하고 여러 가지 방비책을 지시해 놓았다.

학소는 진창성에 부임하자 해자를 예전보다 훨씬 더 깊이 파고,

진창(陳倉)
2차 북벌의 격전지로 사마의가 임명한 학소의 분전 때문에 제갈량이 대패한 곳. 이후 학소가 병에 걸려 죽자 촉군이 점령했다. 한중 북쪽의 요충지.

성벽을 높이 쌓고, 녹채(鹿砦 = 가시가 있는 나뭇가지를 늘어 놓아 울타리로 만든 것)를 둘러치고, 마치 촉한군을 기다리듯이 대비했다.

촉한군 선봉 위연이 진창성을 포위하고 맹렬히 공격했으나 며칠이 지나도 함락시킬 수가 없었던 것은 당연했다.

공명은 하는 수 없이 작전을 바꾸었다. 진중에 학소*의 어릴 적 친구가 있어 그를 촉한에 항복하도록 설득시키려 보낸 것이다.

그러나 사마의가 추천한 인물답게 학소의 위나라에 대한 충성심은 조금도 흔들리지 않았다.

"설사 어릴 적 친구라 하더라도 내가 위나라를 섬기고, 그대가 촉한을 섬기고 있는 이상 원수지간이다. 썩 물러가라!"

하고 거친 말로 친구를 쫓아 보내고 말았다.

학소를 설득하는 데 실패한 공명은 그렇다면 어쩔 수 없다면서 다시 강공으로 바꿨다. 진중에서 백 대의 운제를 만들어 쳐들어갔다. 운제는 주위를 판자로 두른 상자 수레에 높은 사다리를 얹은 것으로, 이것을 성벽 아래로 밀고 가면 공격하는 쪽의 병사가 사다리를 뛰어 올라 성벽을 타고 넘는 것이다.

학소는 이에 대해서도 미리 대비해 놓은 듯했다. 촉한군이 운제를 밀고 공격해 오는 것을 보자 3천명의 병사들에게 불화살을 들려 대기시켰다. 운제가 성벽에 접근하자 신호와 함께 일제히 불화살을 쏘게 했다. 그러자 백 대의 운제는 순식간에 불길에 휩싸였다.

"안 되겠다. 운제가 안 된다면 충차(衝車)*를 동원해라!"

충차(衝車)
성문에 육박하여 앞에 있는 파성추로 성문을 부수는 공성용(攻城用) 무기.

학소
위의 명장으로 사마의의 천거로 벼슬을 한다. 진창에서 해자를 깊게 파고 보루를 높이 쌓아 제갈량의 맹공을 막아 냈다. 병으로 죽었는데 그가 오래 살았다면 싸움의 판도가 어떻게 달라졌을지 모른다고 할 정도로 계략이 풍부했다

화가 난 공명은 그날 밤 안으로 충차를 마련했다. 이것은 철판으로 덮인 커다란 수레에 큰 망치를 매단 일종의 전차로서 망치에 반동을 주어 성문을 때려 부수는 기능을 가졌다.

그러나 이 작전도 실패했다. 학소는 성의 병사들에게 큰 바윗돌을 준비시켜 충차가 가는 곳마다 성벽 위에서 계속 떨어뜨려 충차를 부셔 버린 것이다.

공명은 또 작전을 바꿔 병사들에게 흙을 운반케 하여 해자를 메우고 갱도를 파게 했다. 이것을 알아차린 학소는 성안에 도랑을 파서 물을 넣었다. 공명은 갱도 파는 것을 중지시켰다.

그 사이 위나라의 원군이 도착했다. 지휘관은 조진이 새로 임명한 왕쌍(王雙)이라는 대장인데 60근의 큰 칼을 휘두르고 2인용 강궁을 쓰며 유성추(流星鎚)라고 하는 멀리서 공격하는 무기를 잘 썼다. 이것은 기다란 사슬을 쇠로만 만든 추인데 빙빙 돌리다가 상대를 향해 던지는 것이다. 맞으면 머리가 깨지고 뼈가 부러진다. 더구나 왕쌍은 백발백중의 솜씨를 가졌다.

촉한군에서 두 사람의 대장이 왕쌍과 상대를 했으나 단번에 죽고, 뒤이어 도전한 세 번째 장의도 유성추에 맞아 피를 토했다.

촉한군 병사들은 앞을 다투어 도망쳤고, 공명도 어쩔 수 없이 20리 가량이나 진을 뒤로 물렸다. 왕쌍은 진창성 밖에다 목책을 치고 진지를 구축했다.

이렇게 하는 동안에 20일 가량이 지났지만, 진창성은 더욱 견고

해질 뿐이었다. 보기 드물게 공명의 얼굴에 초조한 기색이 감돌았다. 이것을 보고 강유(姜維)가 진언했다.

"이곳에는 누군가 대장을 남겨 놓고, 지름길로 해서 기산으로 나가는 것이 좋을 것입니다. 그렇게 하면 제가 계책을 가지고 조진을 유인해 사로잡아 보겠습니다."

공명은 강유의 진언을 받아들여 마대, 관흥, 장포 등을 이끌고 지름길로 해서 야곡으로 빠져나가 기산으로 향했다.

어리석은 유선

1

한편, 위군의 총사령관 조진(曹眞)은 진창에서의 승리 소식을 듣자 촉한군이 다른 지역으로 움직일 것을 예상하고 각지의 대장들에게 담당한 지역을 견고히 방비하도록 했다.

그러던 어느 날, 부하 대장 비요가 야곡의 골짜기에서 촉한군의 첩자를 한 명 붙잡았다. 조진은 본진으로 끌어 오게 하여 직접 문초에 임했다.

"저는 첩자가 아닙니다. 강유님의 심부름꾼입니다."

붙잡혀 온 사나이가 말했다.

"강유님의 밀서를 갖고 도독님께 정하려고 했는데 첩자로 오해받아 붙잡힌 것입니다."

사나이는 품 안에서 한 통의 편지를 꺼내 조진에게 내밀었다. 조진이 펼쳐 보니 다음과 같은 내용이 적혀 있었다.

저는 대대로 위나라를 섬겨 왔습니다만, 공명의 계략에 빠져 어쩔 수 없이 항복했습니다. 그러나 고국을 위해 일하고 싶은 생각을 하지 않은 날이 하루도 없었습니다. 지금 촉한군은 야곡으로 나가 서쪽으로 향하려 하고 있습니다. 공명은 저를 믿어 의심치 않고, 일개의 부대를 맡기고 있습니다. 이것은 절호의 기회입니다. 부디 도독님께서 병력을 이끌고 치고 나오십시오. 적을 만나거든 일부러 패한 체하고 도망쳐 주신다면, 제가 촉한군의 배후에서 불을 지르겠습니다. 그것을 신호로 공격을 하신다면, 반드시 공명을 사로잡을 수 있을 것입니다. 이것은 고국을 배반한 저의 죄를 조금이라도 덜기 위해서 세운 계책입니다. 부디 제 진심을 헤아려 주시기 바랍니다.

"이것이야말로 하늘의 도움이다!"
조진은 몹시 기뻐하며 승낙한다는 답장을 써 주고 강유의 사자를 돌려보내고 나서 비요를 불러 의논했다. 그러자 비요는,
"공명은 계략으로 싸우는 인물입니다. 그리고 강유 역시 무장이 아니라 지모를 쓰는 자니, 두 사람이 짜고 유인하는 것이라면 도독님이 위험합니다."
하고 마음이 그다지 내키지 않는 듯이 말렸다.
"하지만 강유는 모친을 공명에게 볼모로 잡혀 어쩔 수 없이 항복

한 것이다. 마음속으로부터 공명을 따르고 있는 것은 아닐 것이다."

"어쨌든 간에, 도독님이 나서는 것은 그만두십시오. 제가 대신 가겠습니다. 강유가 말한 대로 공명을 잡는다면 도독님의 공적입니다. 적의 계략이라면 제가 감당하겠습니다."

조진은 승낙했다. 비요는 5만 병사들을 이끌고 야곡으로 급히 갔다. 3일째 되던 날 우선 진격을 멈추고 척후를 내보내 정황을 살피라고 했다.

"촉한군이 야곡으로 이동하고 있습니다."

하고 돌아온 척후가 보고했다.

"그렇다면 강유의 말은 사실이었단 말인가?"

비요는 병사들에게 진격을 서두르게 했다.

한참을 가니 촉한군의 선봉처럼 보이는 일대의 병력을 만났다. 촉한군은 비요의 병력을 보자 싸우지 않고 도망쳤다. 비요는 뒤를 쫓아갔다. 그러자 촉한군이 되돌아서 덤벼들었다. 응전을 하면 다시 퇴각하고 도망쳤다. 쫓아가면 도망친다. 멈추면 다시 되돌아온다. 또 쫓으면 도망간다. 그런 공격과 방어를 되풀이하며 골짜기 사이를 이리저리 끌려다니는 사이에 하루 밤과 하루 낮이 지나갔다. 위군은 지칠 대로 지쳐 버렸다.

"멈춰라. 한 시간 가량 휴식을 취한다. 그 동안에 식사를 해라."

하고 비요가 명했다.

병사들이 식사준비를 시작했다. 그러자 돌연 사방에서 함성소리가 터져 나오고, 징과 북소리와 함께 촉한군이 쇄도해 왔다. 촉한군은 위군 바로 앞에서 멈춰 섰다. 그리고 한 대의 4륜수레가 병사들에게 에워싸인 채 앞으로 나왔다. 타고 있는 것은 공명이었다.

'됐다, 공명이 나타났구나!'

비요는 회심의 미소를 지었다.

"적이 공격해 오면 즉시 퇴각하고, 적군의 배후에서 불길이 오르면 되돌아와서 공격을 하는 것이다, 알았느냐?"

부하들에게 그렇게 지시하고 비요는 말을 달려 공명 앞으로 갔다.

"조진은 어디 있느냐? 조진을 내놓아라."

"도독님은 귀하신 몸! 너 같은 소국의 모략꾼을 상대하지 않는다."

"그럼, 네가 대신 죽어라!"

공명은 손에 들고 있던 우선을 휘둘렀다. 그러자 왼쪽에서 마대가 오른쪽에서 장의가 덤벼들었다. 비요는 재빨리 말 머리를 돌리고 퇴각했다.

30리 가량 물러나자 촉한군의 후방에서 불길이 올랐다.

"이제야 예정 대로다. 애들아, 되돌아가서 모두 쳐부숴라!"

비요는 선두에 서서 촉한군 쪽으로 돌진해 들어갔다.

한참을 진격하는데 기다리고 있었다는 듯이 왼쪽 산속에서 관흥이, 오른쪽 산속에서는 장포가 달려 내려오며 위군을 협격했다. 산 위에서는 화살과 돌이 비처럼 쏟아져 내려왔다. 삽시간에 위군은 무너져 버렸다.

비요는 겨우 측근 몇 명을 거느리고 골짜기의 지름길로 도망쳐 들어갔다. 그때 강유 일단의 병사들이 앞길을 가로막았다.

"조진을 사로잡으려고 계획했으나 네 놈이 걸려들었구나. 유감스럽기 짝이 없다. 어서 항복해라."

"잔꾀나 부리는 더러운 놈! 너 같은 놈이나 항복을 하고 다니지 누구나 하는 게 아니다!"

비요는 매섭게 비난하는 말을 퍼붓더니 칼을 들고 강유에게 달려들려고 했다. 그때 관흥이 뒤쪽에서 육박해 왔다. 도망칠 곳이 없다고 체념한 비요는 자신의 목을 찔러 죽었다.

이렇게 해서 조진군에게 진창에서 당한 화풀이를 한 공명은 다시 병력을 정돈하고, 기산으로 향해 진격을 서둘렀다.

조진, 크게 패하고 비요는 전사하다.

이 소식이 전해지자 조예는 깜짝 놀라 사마의를 불렀다.

"조진은 강유의 거짓 투항에 속아 비요를 잃고 병사들을 잃었다. 촉한군은 다시 기산으로 나갔다고 한다. 어떻게 하면 좋겠는가?"

"조금도 걱정하실 필요가 없습니다. 꾹 참고 기다리시면, 머지않아 촉한군은 물러갈 것입니다."

사마의는 자신만만하게 아뢰었다.

"왜냐하면 진창을 적에게 빼앗기지 않았기 때문입니다. 공명이 진창을 노린 것은 군량 운송로를 확보하기 위해서였습니다. 다른 길은 군량을 운반하기가 쉽지 않습니다. 그 때문에 공명은 가지고 온 군량이 없어지기 전에 결판을 내려고 서두르고 있음이 틀림없습니다. 그러니까 우리 군은 치고 나가지 말고, 눌러 앉아 방비만 굳게 하고 있으면 한 달이 채 못 되어서 적군은 퇴각합니다. 그때를 놓치지 말고 추격을 하면 무찌를 수가 있을 것입니다."*

조예는 사마의의 의견에 따라 조진에게 칙사를 보냈다. 조진은 공명이 기산으로 나온 것을 알고 위군의 기산 본영에 와 있었다. 칙사는,

"치고 나가지 말고 오로지 방비를 굳게 하고, 철수를 시작하면 추격을 하도록 하라."

는 조예의 조칙을 조진에게 전했다.

"어떻게 생각하는가?"

칙사가 돌아가자 조진은 부대장을 돌아다보았다.

"아마 사마의의 진언일 것입니다."

부대장은 덧붙여 말했다.

"사마의는 공명의 용병술이나 약점을 잘 파악하고 있습니다. 적군의 군량이 떨어질 때까지 기다렸다가 치고 나간다면 승리는 도독

견수자중(堅守自重)
사마의는 촉군이 항상 군량 부족에 시달린다는 것을 알고 수비에 치중하여 제갈량이 싸움을 걸어도 섣불리 응하지 않았다. 초조해진 제갈량이 오장원에서 여자 옷을 전달하며 '아녀자처럼 겁 많은 사내'라고 모욕하여 격동시켜도 싸움에 나서지 않고 오로지 수비로 임했다.

님의 것이 됩니다."

"조칙은 둘째 치고, 적을 앞에 놔 두고 자라 새끼처럼 꼼짝 않고 움직이지 않는 것도 배알이 꼴리는 일 아닙니까?"

하고 조진의 심복 부하, 손례가 끼어들었다.

"제가 군량을 운반하는 체하고 수레에 유황과 연초를 뿌린 잡목이나 갈대를 싣고 기산 서쪽까지 나가겠습니다. 한편으로는 농서군으로부터 군량이 운반되어 온다고 하는 소문을 퍼뜨리는 것입니다. 적이 군량에 곤란을 겪고 있다면 소문을 믿고 빼앗으러 올 것입니다. 그때 수레에 불을 지르고 복병들로 에워싸 몰살시킨다는 계획입니다만."

"그것 참 좋은 계략이로구나."

조진의 얼굴이 환해졌다. 조진으로서도 어떻게든 공명에게 진 빚을 갚고 싶은 심정이었다.

5일 후, 농서의 위군이 군량을 실은 수레 수천 대를 이끌고 기산 서쪽에 나타났다고 하는 정보가 공명에게 들어왔다. 그로부터 3일쯤 전부터 위군이 군량을 운반할 준비를 하고 있다는 소문이 퍼지고 있었다.

"이것은 우리가 군량이 모자란다고 보고 적이 마련한 함정이다. 수레에 싣고 있는 것은 아마 불이 붙기 쉬운 물질일 것이다."

하고 공명은 자신 있게 말하며 웃었다.

"화공이 특기인 내가 그런 꾀에 걸려들 리 있겠느냐?"

공명은 마대를 비롯하여 마충, 장의 등의 대장을 불러 이런저런 작전을 일러주고 출진시켰다.

한편, 손례는 야영지를 정하고 군량의 수레를 늘어놓고 진지를 구축하고 나서 산 서쪽에 숨었다. 이윽고 마대의 병력이 달려왔다. 그들은 아무런 의심도 없이 수레의 대열 속으로 들어갔다.

"됐다! 적이 함정에 걸려들었다!"

손례는 부하를 돌아다보고 화공을 하라고 명했다. 그런데 그것보다 빠르게 수레마다 차례차례로 불길이 피어올랐다. 마대가 병사들을 바람 위쪽으로 돌리고 불을 질렀던 것이다.

"어어, 누가?"

깜짝 놀란 손례의 등 뒤에서, '와아' 하고 함성을 지르며 마충과 장의의 병력이 습격해 왔다. 마대도 병사들을 돌려 공격해 왔다. 손례는 자신이 만든 함정에 빠진 꼴이 되었다.

손례는 걸음아 날 살려라 위군 본진으로 도망쳐 갔다. 대부분의 병사들이 화상을 입고 불에 까맣게 그을려 있었다.

손례의 보고를 받은 조진은 이후부터 두 번 다시 치고 나오려고 하지 않았다.

적이 치고 나오지 않는 이상 공명은 어쩔 수가 없다. 군량은 계속 줄어가고 있을 뿐이었다. 공명은 결국 한중으로 철수하기로 결정했다. 진창에서 왕쌍과 대치하고 있는 위연에게도 사람을 보내 책략을 일러 주고 진중에는 때를 알리는 징이나 북을 치는 자만 남겨 두고 하룻밤 사이에 전군을 철수시켰다.

조진은 촉한군 진영에서 징이나 북소리가 그치지 않았기 때문에 아직도 그들이 남아 있는 줄로 믿고 있었다. 그러나 어느 날, 징과 북소리가 전혀 들리지 않았다. 척후를 보내 살폈더니 진영은 텅 비어 있고, 십여 개의 깃발만이 서 있을 뿐이라는 것을 알았다.

"또 공명한테 속았구나!"

조진은 추격전을 벌일 기회를 놓치고 입술을 깨물었다.

한편, 공명에게 계책을 전수받은 위연은 진을 거두고 철수하기 시작했다. 이것을 안 왕쌍은 병력을 이끌고 뒤를 쫓았다. 그러나 20리 가량에서 왕쌍 진지에 불길이 치솟아 올랐다. 위연이 은밀히 숨겨 놓은 자들이 불을 지른 것이다. 왕쌍은 황급히 되돌아가는 도중에 기습한 위연에게 허를 찔려 한 칼에 죽임을 당했다. 위연은 유유히 철수해 갔다.

조진은 왕쌍이 죽었다는 것을 알고 깊이 슬퍼하고 끝내는 병이 들었다. 결국 조진도 병이 깊어져 장안으로 돌아갔다.

2

"이제 우리도 제위를 칭해야 합니다."

오나라의 중신들이 일제히 요구하고 나섰다. 손권도 싫지 않았다.

위나라와 촉한이 사력을 다해 싸우고 있는 것을 보면서 기회를 노리는 것이 오나라였다.

"둘 중 하나가 패하면 자칫 천하를 빼앗기는 꼴이 됩니다. 우리도 당당히 제국으로서 천하 쟁탈전에 나서야지요."

손권은 마침내 황제의 지위에 올랐다. 오나라 황무 8년(229년) 4월의 일로 연호는 황룡(黃龍)으로 바꾸었다.

그런데 이것을 안 촉한의 일부 신하들이 손권을 공격해야 한다고 떠들어댔다. 하늘에 해가 둘이 될 수 없듯이 촉한 이외는 황제를 인정할 수 없다는 논리였다. 그러나 공명은 유선을 통해 오나라에 축하 사자를 보내는 동시에 양국이 공동작전으로 위나라를 토벌하자고 제의했다.

손권은 이것을 승낙하고, 육손에게 형주와 양양의 군세를 모으도록 명했으나, 진심으로 위나라로 쳐들어갈 생각은 없었다.

촉한과는 동맹 관계에 의거하여 모양만 갖추었다가 촉한과 위나라 중 어느 쪽인가가 쓰러지면 그 틈을 노려 증원을 정복하려고 하는 것이 손권의 속셈이었다.

물론 공명도 그런 이해관계는 충분히 알고 있었다. 다만 조금이라도 위나라의 관심이 오나라로 향해지면 그것으로 족했다.

이 무렵 진창성을 지키고 있던 학소가 죽었다는 정보가 공명에게 들어왔다.

'이 기회를 놓쳐서는 안 된다……'

공명은 즉시 출진하여 진창성을 점령하고 기산으로 진출했다.

기산(祁山)은 작은 산이지만 앞은 위수가 바라다보이고, 뒤는 야곡을 등지고 있어 병력을 주둔시키기에 안성마춤인 곳이었다. 그곳으로 출격하여 위수를 건너 농서지방을 제압한 다음에 장안으로 쳐들어간다는 것이 공명의 기본 작전이었다.

한편, 낙양의 조예에게 학소가 병들어 죽은 틈에 공명이 진창을 빼앗고 세 번째로 기산으로 출격했다는 것, 또한 오나라의 손권이 육손에게 병력을 내주어 위나라로 쳐들어오려는 준비를 하고 있다는 것이 알려졌다.

'촉한과 오에게 동시 공격을 당하면 큰일이다!'

당황한 조예는 사마의를 불러 대책을 세우게 했다.

"오나라 쪽은 내버려둬도 괜찮습니다."

사마의가 대수롭지 않다는 듯이 대답했다.

"그럴까? 촉한을 상대로 싸우고 있는 틈에, 오군이 쳐들어오면 어떻게 할 셈인가?"

"아닙니다. 손권은 신중한 사람으로 쳐들어오지 않을 것입니다. 출진준비를 하고 있다는 것은 외양뿐이고 공명이 싸우는 모습을 지켜볼 것입니다. 따라서 우리가 촉한군을 무찌르면 오나라는 자연히 손을 뗄 것입니다."

"과연 그대는 정세를 잘 꿰뚫어 보고 있구나."

조예는 침착성을 되찾았다. 병을 앓고 있는 조진을 대신하여 사마의를 다시 대도독에 임명하고 촉한군을 맞아 싸우도록 명했다.

이렇게 해서 가정의 싸움 이래 낙양에 돌아가 있던 사마의가 또

다시 위군의 총지휘를 맡게 되었다. 사마의는 장합을 선봉으로 하고 대능을 부대장으로 삼고 10만 병사들을 이끌고 기산으로 달려와 위수의 남쪽에 진을 쳤다.

진지의 배치를 끝내고 주위의 상황을 둘러본 사마의는 곽회와 손례를 본진으로 불렀다.

"그대들은 요즘 들어 촉한군과 싸워 보았는가?"

"아뇨, 아직 보지도 못했습니다."

"어찌된 일인지 적은 전혀 쳐들어오지 않습니다."

두 사람의 대답에 사마의는 미간을 찌푸렸다.

"그렇다면 공명은 무엇인가 계책을 꾸미고 있구나. 농서*의 여러 군에서 무엇인가 이상한 일은 일어나지 않았는가?"

"첩자의 보고로 각 지역은 모두 아무 일도 없다고 합니다. 다만 무도와 음평의 2개 군에서는 연락이 없습니다만."

하고 곽회가 대답했다.

"그것이다!"

사마의가 탁 하고 무릎을 쳤다.

"아마 공명은 그 2개 군을 공략할 속셈일 것이다. 그대들은 지름길을 통해서 즉각 구원하러 가라. 적의 배후로 돌아가면 반드시 무찌를 수 있을 것이다."

명령을 받은 두 사람은 처음부터 조진의 부장들인데다,

"총사령관으로서 공명과 사마의, 어느 쪽이 더 나을까?"

"음, 어느 쪽이나 다 뛰어난 지략의 소유자이지만, 나는 공명 쪽이 낫다고 생각하네."

하는 등 한가한 얘기를 나누고 있을 만큼 사마의를 전폭적으로 믿고 있지 않았다.

이때 곽회가 보낸 보고가 들어왔다.

"음평군은 이미 왕평에게 빼앗겼고, 무도군은 강유에게 공격당해 함락 직전입니다."

두 사람은 돌아와서 이미 두 곳이 촉한군에게 점령당했다고 보고했다.

사마의는 보고를 받자 즉시 다음 작전을 실행에 옮겼다. 음평과 무도의 2개 군을 빼앗은 공명이 주민들을 안심시키기 위해 영내 시찰에 나갔을 것이라고 짐작하고 장합과 대능에게 기산의 촉한군 본진을 습격하게 했던 것이다.

그러나 이 작전도 실패로 끝났다. 공명은 사마의의 생각을 꿰뚫어 보고 있어 도중에 병사들을 매복시켜 놓았다가 치명타를 가했던 것이다. 장합과 대능은 대패하여 도망쳐 돌아왔다.

"또 이쪽의 생각을 읽고 있었구나."

농서
한나라 양주에 속했던 군의 명칭으로 현재의 감숙성 일대다. 제갈량은 농서 지방을 먼저 점령한 후에 중원을 공격하려는 작전을 가지고 있었다. 중국이 서역과 교류하기 위해서는 이 지방을 거쳐야 했다.

사마의는 이후 진지에 틀어박혀 치고 나오려 하지 않았다.

공명은 사마의를 유인해 내려고 매일같이 싸움을 걸어 왔으나 사마의는 영채 안에 틀어박혀 전혀 반응을 보이지 않았다.

"움직이지 않는 적은 무찌르기가 어렵다. 자아, 어떻게 하면 좋을까?"

공명도 어쩔 수 없이 헛된 공격만 되풀이하고 있는데 성도로부터 칙사가 내려왔다. 칙사는 공명을 다시 승상으로 임명한다고 하는 유선의 뜻을 전했다. 공명은 사양하려고 하였으나 사양은 황제의 뜻에 어긋난다고 하여 그대로 받았다.

칙사는 성도로 돌아갔고, 동시에 공명은 전군의 철수를 명했다. 위군 진영에서는 이것을 알고 흥분했다.

"군량이 떨어졌기 때문에 촉한군이 철수하는 것이 틀림없습니다. 즉각 추격해야 합니다."

하고 장합을 비롯한 대장들이 떠들어댔다.

사마의는 고개를 좌우로 흔들었다.

"작년과 금년에는 보리가 풍작이라서 공명의 진영에 아직은 군량이 남아 있을 것이다. 철수하는 것은 우리를 유인해 내려는 계략이다. 그것에 넘어가서는 안 된다."

"그렇다고 해도 퇴각하는 적을 그냥 둘 수는 없지 않습니까?"

"알았다."

사마의는 척후를 내보냈다. 조진의 밑에서 대국 군사의 우쭐대는 것이 몸에 밴 그들에게 척후의 입을 통해 자제하는 지혜를 배우게 하기 위해서였다. 그런데 척후의 보고는 사마의의 기대와는 달랐다.

촉한군은 허둥지둥 본진을 거두고 30리쯤 퇴각해서 새롭게 진을 치는데 곧 후퇴할 생각인지 대충 쳤다는 보고였다. 다시 며칠이 지났다. 두 번째 척후의 보고는 촉한군이 급히 서둘러 50리 가량 물러나 진을 치고 있다고 했다.

"틀림없습니다. 공명은 우리 군의 추격을 경계하여 하루라도 빨리 한중으로 철수할 생각입니다. 추격을 허락해 주십시오. 반드시 공명을 무찔러 보겠습니다."

"촉한군에게도 허점이 있을 것입니다. 반드시 혼쭐을 내겠습니다."

장합과 대능은 자신만만하게 외쳤다.

"그렇다면 병력을 둘로 나누어 가기로 한다. 그대는 일군을 이끌고 먼저 가라. 나는 뒤에 쫓아 가면서 복병에 대비하겠다."

하고 사마의는 그들의 주장에 대해 마지못해 응했다.

그때 촉한군 진영에서는 공명과 대장들이 위군이 어떻게 나올 것인가에 대해 회의를 하고 있었다.

"추격해 올 것이다. 사마의는 우리의 의도를 충분히 헤아리고 있을 테니까."

하고 공명이 자신 있게 말했다.

"패할 것을 알고 온단 말씀입니까?"

"그렇다. 문제는 얼마만큼 패할지 사마의는 계산하고 있을 것이다."

공명의 말에 촉한군 부장들은 고개를 갸우뚱했다.

다음 날, 장합은 대능과 함께 정병 3만 명을 이끌고 신바람이 나서 출진했다. 뒤이어 사마의가 5천 병사들을 이끌고 출발했다.

공명은 기다리고 있었다. 물론 퇴각은 사마의를 유인해 내기 위한 계략이었다. 그날 밤, 척후로부터 위군이 출진했다는 보고를 받은 공명은 대장들을 불러 모았다.

"예상대로 위군이 우리들을 쫓아 나왔다. 나는 복병을 숨겨 놓았다가 무찌르려고 한다. 이번 싸움은 우리가 이긴다. 다만 적장인 사마의가 패전당할 준비를 갖추고 있다는 점을 잊지 말고 싸우도록……."

"그렇다면 적당히 싸우라는 말씀입니까?"

"물론이다. 적을 몰살시키려는 생각은 버려라. 후퇴하면서 적에게 타격을 주며 싸우는 것이다. 도망치는 적을 추격해서는 안 된다."

하고 다시 한번 공명은 다짐하듯이 말했다. 그리고는 위연을 바라 보았다. 그때,

"저에게 명해 주십시오."

하고 왕평이 자원하고 나섰다.

"왕평인가? 본받을 만한 마음가짐이다. 그러나 적은 반드시 두 갈래로 나뉘어서 올 것이다. 선봉은 장합, 뒤에서 사마의가 따라 올 것이다. 그 사이를 절단하지 않으면 안 된다. 또 한 사람 목숨을 버

릴 자 없는가?"

공명의 말에 응해서 장익이 나왔다.

"제가 가겠습니다."

"좋다. 그럼 두 사람에게 부탁한다. 각각 정병 1만 명을 거느리고 산골짜기에 잠복했다가, 적이 오면 보내 놓고 배후에서 습격하라."

두 사람이 출발하자 공명은 강유와 요화를 불렀다.

"그대들에게는 이 비단 주머니를 맡겨 두겠다. 3천 병사를 이끌고 산 위에 숨어 있다가 왕평과 장익이 위태로워지면 주머니를 열어 보라. 두 사람을 구하는 방법이 써 있을 것이다."

그리고 공명은 마지막으로 관흥을 불러 5천기를 이끌고 산골짜기에 숨어 있다가 자기가 붉은 기를 흔들거든 치고 나오라고 명했다. 모든 수배가 끝났을 때에는 날이 밝아오고 있었다.

한편, 장합은 도중에 야영을 하여 병력을 쉬게 하고 다음 날 아침 일찍 추격을 개시했다. 촉한군을 만난 것은 정오쯤 되어서였다. 장합이 무섭게 공격을 가하자 촉한군은 공명에게 지시받은 대로 싸우면서 퇴각해 갔다.

"쫓아라, 쫓아라! 때려 부셔라!"

장합과 대능은 병사들을 독려하면서 추격했다.

그러나 때마침 한여름인 6월이라 너무 더워 사람과 말이 전부 땀 투성이가 되어 50리 가량 쫓아가니까 지칠 대로 지쳤다. 그때, 오른쪽 산 위에서 붉은 기가 펄럭였다. 그러자 산골짜기에서 일단의 병력이 쏟아져 나와 위군에게 덤벼 들었다. 관흥의 부대였다. 그것을 보고 달아나던 촉군이 일제히 말머리를 돌려 공격해 왔다.

장합과 대능은 한 발자국도 물러서지 않고 맞받아 싸웠다. 그러자 등 뒤에서 함성소리가 들려 왔다. 왕평과 장익이 치고 나와 퇴로를 차단했던 것이다.

"물러서지 말아라! 목숨을 버려라!"

장합과 대능은 사납게 앞뒤의 적에게 덤벼들었다.

위군과 촉한군은 뒤섞여서 치열한 소용돌이를 일으켰다. 소용돌이가 헤어지는가 싶으면 하나로 합쳐지고, 그런가 싶으면 다시 헤어졌다. 그러나 차츰 소용돌이 속의 위군들 수가 줄어들어 갔다. 거기에 틈을 파고드는 한 개의 화살처럼 사마의가 이끄는 병력이 날카롭게 돌진해 들어왔다.

"승상님이 말씀하신 대로 되었으니 이제는 목숨을 버리고 싸우자!"

왕평과 장익은 용기를 북돋아 새로 돌진해 온 사마의의 본부군에 대항해 갔다.

이때, 산 위에서 전황을 지켜보고 있던 강유와 요화는 왕평과 장익이 위군에게 차츰 밀리기 시작하는 것을 보고,

"지금이야말로 주머니를 열어 볼 때다."

하고 공명이 준 비단 주머니를 열었다.

병사들을 둘로 나누어 사마의의 본진을 습격하라.

두 사람은 병력을 둘로 나누어 사마의의 본진을 향해 갔다.
한편, 사마의는 적당히 시간을 끌었다고 생각하자,
"퇴각, 퇴각하라!"
하고 목이 터져라 외치며 서둘러 병사들을 후퇴시켰다. 왕평과 장익이 퇴각하는 사마의를 잠시 추격하여 타격을 가한 후 돌아갔다.
약간의 병력을 잃고 본진으로 돌아온 사마의는 안도의 한숨을 돌리는 듯했으나 공명이 계산한 것처럼 이것은 사마의의 치밀한 계산이 숨어 있었다. 그는 공명이 무서운 전략가라는 점을 부하들에게 확인시키고자 일종의 연극을 한 것이었다.
'장합이 더 이상 버티지 못한다는 걸 알고 빨리 돌아왔으면 좋겠는데…….'
사마의의 기대는 어긋났다. 장합은 무모하게 계속 촉한군을 추격하다가 목문도에서 목숨을 잃었던 것이다.
"아! 아깝도다. 장합이여."
사마의는 진심으로 탄식했으나, 그것은 어디까지나 장래를 위해 바친 제물이기도 했다.
"이제부터는 결코 공명과 맞서 싸우려 하지 말라. 오로지 지켜라. 그 길만이 패하지 않는 유일한 방법이다."
위군의 지휘권을 완전히 장악한 사마의는 이렇게 명령했다.

3

"이번만큼은 우리가 먼저 공격하여 적을 무찔러 보이겠습니다."

위나라의 태화 4년(230년) 7월, 조진은 병이 완쾌되었기 때문에 황제 조예에게 한중으로 출진해서 촉한군의 본거지를 무찌르고 싶다고 청했다. 얼마 간은 사마의에 대한 시샘도 담겨 있는 요구였다. 조예는 기뻐하며 조진을 대도독에 임명하고 한중 토벌을 명했다. 조진은 30만 대군을 이끌고 한중으로 향했다.

그 무렵, 공명은 성도로 돌아가 휴양하고 있었다. 몸도 좋아지고 해서 한중으로 가서 위나라 정벌준비를 하려고 했다. 그때에 한중으로부터 위군이 쳐들어온다는 보고가 들어왔다. 공명은 장의와 왕평을 불렀다.

"그대들은 1천기를 이끌고 진창 입구에 가서 높은 곳에 영채를 세우고 지켜라. 나도 곧 뒤따라 가겠다."

이 말을 듣고 두 사람은 깜짝 놀랐다.

"승상님, 죄송합니다만 위군은 30만 대군으로 밀려온다는데, 1천기로는 도저히 막을 수가 없습니다."

그러자 공명이 껄껄 웃었다.

"걱정하지 말아라. 천문을 보았더니, 이 달 안에 반드시 큰 비가 내린다. 그러면 평지는 물바다가 되고, 산속의 길은 붕괴될 것이다. 위군이 수십만 명이라 하더라도 진군해 올 수가 없다. 그러니까 1천기만 가지면 충분히 자신을 지켜낼 수 있다. 한 달 가량 있으면 비는 그친다. 그때를 기다렸다가 내가 대군을 이끌고 가서 추격하면 되는 것이다."

왕평과 장익은 납득하고 진창으로 향했다. 그 뒤, 공명도 대군을 이끌고 한중으로 출발했다. 그리고 장마에 대한 준비를 하고 나서 병사들을 쉬게 했다.

한편, 조진은 대군을 이끌고 진창성에 들어가 보니 성안에는 한 채의 집도 없었다. 그 고장 사람들 말로는 공명이 철수할 때 모두 불태워 없애 버렸다고 했다.

"그렇다면, 이곳에 머물러 있어 봤자 아무 소용도 없다. 앞으로 진군하자."

조진이 말했으나 부장들이 고개를 흔들었다.

"비 때문에 꼼짝도 할 수 없습니다. 잠시 이곳에 있으면서 상황을 보는 것이 좋을 것 같습니다."

그 말에 따라 조진은 병사들을 성안에 머물게 했다. 그리고 오두막집을 짓고 비에 대비했다. 비는 매일처럼 내려 성안은 물론이고 밖의 평지에도 사람의 허리까지 잠길 정도로 물이 고였다. 성안에서도 오두막집이 물에 잠겨 병사들이 잠을 잘 장소조차 없어졌다.

비는 30일 동안이나 쉴새없이 내렸다. 무기는 물에 젖고 화약은 습기에 찼다. 말 여물도 쓸려가 버려 말들이 굶다가 '픽픽' 쓰러지고, 유행병이 돌아 죽는 병사가 한둘이 아니었다. 그러자 병사들 사이에서 어느덧 원망하는 소리가 새어 나오기 시작했다.

"때를 잘못 골랐다. 대장으로서 천문도 볼 줄 모르는가?"

이렇게 되자 조진은 하는 수 없이 날이 개는 것을 보아 병력을 후퇴시키기로 결심했다.

그로부터 며칠 뒤, 한중의 공명에게 왕평이 전령을 보내 위군이 퇴각하기 시작했다는 것을 고했다. 공명은 추격을 할 필요가 없다고 왕평에게 전하게 하고는, 대장들을 본진으로 불러 모았다.

"위군이 물러나기 시작했다. 쫓아가면 오히려 그들의 사기를 높여 주는 것이 된다. 장마와 싸우다 돌아가는 것으로 해 두자. 그래서 나는 적이 참담한 심정으로 퇴각하는 것을 확인하고 난 뒤, 기산으로 나가려고 한다."

공명은 군세를 둘로 나누어 기곡과 야곡을 거쳐 각각 기산으로 향하도록 명하고, 스스로는 중군을 이끌고 그 뒤를 따라 가기로 했다.

그때 조진은 촉한군의 추격을 경계하며 병사들을 퇴각시켜 갔으나, 촉한군은 전혀 쫓아오지를 않았다. 10일 가량이 지나자 복병으로 뒤에 남겨 두었던 대장들도 모두 철수해 왔다.

하지만 조진은 싸움 한번 못해 보고 상당한 병사는 물론 말이나 무기 등을 버리고 돌아가야 했다. 위군으로서는 큰 손실이었다.

한편, 공명의 명령에 의해 기곡으로 향한 촉한군은 위연과 진식의 부대였는데 기곡으로 가는 길을 전진하고 있을 때, 참모인 등지가 쫓아와 당부하듯이 전했다.

"기곡 입구에 위군의 복병이 틀림없이 있을 테니까, 골짜기를 나갈 때에는 조심을 하고, 경솔하게 전진해서는 안 된다는 승상님의 명령입니다."

"위군은 장마에 시달리다가 싸울 기력도 없어져 철수했다. 복병 같은 것 배치할 여유가 어디에 있겠는가? 승상님은 의심이 많기도 하시다니까."

진식은 일언지하에 비웃었다.

"무슨 말을 하는가? 승상님의 예측이 틀린 적이 지금까지 한 번이라도 있었는가?"

등지가 화난 표정으로 대꾸했다. 그러자,

"그런 승상님께서 어째서 가정을 빼앗기는 것과 같은 실수를 범했단 말인가?"

하고 진식이 다시 노골적으로 비웃으니,

"그렇긴 그래."

하고 위연까지 진식을 거들고 나섰다.

"이전에 내가 권한 대로 자오도(子午道)로 진격해 단숨에 장안을 함락시켰더라면, 지금쯤은 낙양까지도 빼앗을 수 있었을 것이네. 그것을 기산, 기산하고 고집하니까 지금껏 장안조차도 빼앗지 못하는 것일세."

"어쨌든 나는 지금부터 병사들을 이끌고 속히 빠져 나가겠네. 기산에 맨 먼저 도착해 승상님의 놀라는 얼굴을 보기로 하겠네."

그렇게 말하고 진식은 등지가 만류하는 것도 뿌리치고, 5천기를 이끌고 서둘러 기곡 속으로 향해 달려 갔다.

그러나 기곡 입구에는 오래전부터 사마의의 명을 받고 매복하고 있던 위군이 있었다. 진식은 곧 그들에게 포위당하고 말았다. 뒤에서 달려 온 위연이 종횡무진 활약하여 겨우 진식은 구출되었으나 5천기의 병사들이 10분의 1로 줄어들어 있었다.

그 무렵, 야곡으로 향하고 있던 공명은 돌아온 등지로부터 진식과 위연에 대한 보고를 들었다.

"위연이 나에게 불만을 품고 있다는 것은 알고 있다. 진식은 둘째 치고 위연은 반골상이라 언젠가는 배신할 것이다. 어차피 손을 쓰지 않으면 안 될 것이다."

그렇게 얘기하고 있는데 파발마가 도착했다. 진식이 공명의 지시를 듣지 않고, 아무런 경계도 하지 않은 채 전진하다가 복병을 만나 병사들 대부분을 잃었으나, 위연의 구원으로 다행히 살아났다는 것이었다.

"적은 야곡에서도 기다리고 있을 것이다. 하지만 우리가 철저히 경계한다면 숨어서 지켜볼 뿐 나서지는 않을 것이다."

공명은 왕평, 마대, 요화, 관흥 등의 대장들을 불러 한층 경계를 강화하라고 지시한 후 떠나보내고 나서, 자신도 기산 방향으로 나아갔다.

공명이 기산으로 나가 진을 치고, 군령을 어겨 수많은 병사들을 잃은 진식의 목을 쳤다. 위연은 그대로 놔 두었다. 위연의 무용은 아직도 촉한군에게 절실히 필요했던 것이다.

병사와 말에게 충분히 휴식을 취하게 한 공명은 바야흐로 기산으로부터 출격을 하려고 만반의 준비를 갖추었다. 마침 위수의 남쪽에 잠입시켜 놓았던 첩자가 돌아와 보고했다.

"확실하지는 않지만 위나라의 대도독 조진은 병이 들어 진중에 누운 채 일어나지를 못한다고 합니다."

"그런가? 조진의 병세가 악화된 것이 틀림없다. 병세가 가벼우면 장안으로 돌아갔을 테니 말이다. 진중에 머물러 있는 것은 병사들의 동요를 일으키지 않기 위해서다. 좋다. 이제 조진의 숨통을 끊어 주어야겠다."

공명은 편지를 한 통 써서 위나라의 항복병을 통해 조진에게 전달하게 했다.

그로부터 사흘 뒤 검은 천을 씌운 가늘고 긴 상자를 실은 수레 한 대가 기병대의 호위를 받으면서 장안 방면으로 떠나갔다고 척후가 알려 왔다.

"조진이 죽었다."

공명이 말했다.

"승상께서는 어떤 편지를 조진에게 보내셨습니까?"

부관인 양의가 물었다.

"귀공의 야곡에서의 대패는 역사서에 기록되어 후세에 남아 민중들이 입으로 널리 퍼뜨릴 것이라고 썼다. 조진은 그것을 읽고 가슴이 미어져서 죽은 것이다."

그렇게 말하고 공명은 입가에 엷은 미소를 띠었다.

그 다음 날 사마의가 도전장을 보내왔다. 공명은 내일 싸우자고 답을 했다. 그리고 그날 밤 강유와 관흥을 불러서 계책을 일러 주었다.

이튿날 아침 공명은 전군을 동원하여 기산의 들판으로 출진했다. 사마의도 총세를 이끌고 본진을 나섰다. 한쪽은 강, 한쪽은 산 사이에 끼어 있는 넓은 평원에서 양 군은 대치했다. 사마의가 대장들을 거느리고 말을 몰아 앞으로 나오자 깃털 부채를 손에 든 공명이 4륜 수레를 타고 조용히 앞으로 밀고 나왔다.

사마의가 먼저 입을 열었다.

"제갈량, 오늘이야말로 결말을 내는 것이 어떤가? 네가 이기면 나는 앞으로 일체 군을 지휘하지 않겠다. 네가 지면 두 말 말고 고향으로 돌아가서 두 번 다시 세상에 나오지 마라."

"알았다."

공명은 빙긋이 웃고 나서 고개를 끄덕였다.

"대장들을 싸우게 할 것인가? 아니면 병사들을 싸우게 할 것인가?"

"우선, 군세의 배치로 승부를 하자."

"그럼, 너부터 먼저 진을 쳐라."

공명이 재촉했다.

사마의는 노란색 깃발을 손에 들고 오른쪽으로, 왼쪽으로 흔들었다. 그것에 따라서 좌우의 군세가 움직여서 하나의 진형이 되었다.

"이 군세의 배치를 알고 있느냐?"

"하하하! 그런 것은 촉나라에서는 어린애들도 다 알고 있다. 혼원일기(混元一氣)*의 진 아니냐?"

"그렇다면 너도 진을 쳐라. 구경해 줄 테니까."

이번에는 공명이 손에 든 깃털부채를 한 번 휘둘렀다. 그러자 배후에 열을 짓고 늘어서 있던 대장들과 병사들이 기민하게 움직여서 역시 하나의 진형을 만들었다.

"이 진을 알고 있는가?"

"8괘(八卦)의 진을 모를 리가 있느냐?"

"그럼 한 번 깨 보아라."

"이 정도의 진이라면 언제든지 깰 수 있다."

사마의는 대능, 장호, 악림 세 사람을 옆으로 불렀다.

"공명이 친 진에는 휴, 생, 상, 도, 경, 사, 경, 개의 여덟 개의 문이 있다. 동쪽 생문(生門)으로 달려 들어가, 서남쪽의 휴문(休門)을 빠져 나갔다가 되돌아와서 북쪽의 개문(開門)으로 들어가면 진은 반드시 깰 수가 있다. 가라!"

양군이 와아 하고 함성을 올리는 가운데 세 사람은 각기 30기를 이끌고 생문으로 달려 들어갔다. 그대로 단숨에 서남쪽으로 돌격해 들어가려고 했으나 방비가 두터워서 아무리 해도 빠져 나갈 수가 없었다. 어물어물하는 사이에 방향을 알 수 없게 되었다. 황급히 눈앞에 열려 있는 문으로 뛰어 들어가니까 자루 속의 쥐처럼 에워싸여 붙잡혀 버렸다.

대능, 장호, 악림 세 사람을 위시해서 90명의 병사들은 모조리 포박을 당해서 공명 앞으로 끌려 나갔다.

"너희들을 붙잡아 보았자 하나도 재미가 없다. 놓아 줄 테니까 사마의에게 전하라. 법서를 다시 읽고 더 배워 가지고 도전을 하라고 말이다."

공명은 웃으면서 일동의 말과 무기를 빼앗고는 갑옷과 군복을 벗기고 얼굴에 먹칠을 해서 사마의의 진으로 쫓아 보냈다.

"이런 치욕을 당한 이상 낙양으로 돌아가서 폐하를 뵐 면목이 없다!"

화가 머리끝까지 치민 사마의는 스스로 검을 휘두르면서 선두에 서서 정면으로 촉나라의 진지로 쳐들어갔다.

큰 파도가 서로 부딪치는 것처럼 양군이 격돌한 순간, 분지에 숨어 있던 관흥의 군세가 왼쪽에서 공격을 가해 왔다. 또한 오른쪽에서는 강유의 군세가 치고 나왔다. 삼면에서 공격을 받고 위군은 전의를 상실했다. 위군은 적에게 등을 보이고 도망치기 시작했다. 사마의가 목이 터져라 소리쳐도 도망치는 병사들을 멈추게 할 수는 없었다. 참패를 당한 사마의는 위수의 남안으로 후퇴했다. 공명은 때가 무르익었다고 여겨 총공세 명령을 내리려 했다.

그때였다. 성도에서 급히 사자가 왔다.

혼원일기
춤을 추듯 나가 적을 진압하는 계책. 5갈래로 나누어 둥글게 말면서 상대를 혼란 시킨다.

"승상께서 서둘러 성도로 귀환하시라는 조칙입니다."

"귀환하라는 조칙?"

공명은 크게 놀랐다.

"성도에서 무슨 일이 일어났는가?"

"잘 모르겠습니다. 다만 폐하께서 서두르라는 분부가 계셨습니다."

사실 이번 일에는 사연이 있었다.

얼마 전, 군량 보급이 기일보다도 열흘이나 늦게 당도한 적이 있었다.

공명이 크게 노하여,

"우리 군사는 무엇보다도 식량이 중요하다. 사흘만 늦어도 그 죄는 참형에 해당되는데 무려 열흘이나 늦게 왔으니 무슨 짓이냐!"

하고 수송관 구안을 처형하려 했다.

양의*가 곁에 있다가,

"구안은 이엄이 손발처럼 쓰는 사람입니다. 더구나 돈과 곡식이 서천 땅에서 많이 나는데 만일 구안을 죽이면 이후에는 곡식을 운반해 올 사람이 없을까 걱정입니다."

하고 말리는 바람에 구안을 풀어 주게 하고, 그 대신 곤장 80대를 쳐서 내보냈다. 이에 구안은 원한을 품고 그날 밤으로 자기가 데리고 온 기병 5, 6명을 거느리고 위군 영채로 달려가서 투항했다.

사마의는 구안을 불러 적당히 구슬리면서,

"비록 그대의 항복을 진심이라 여기지만 공명은 워낙 꾀가 많기 때문에 그대 말을 곧이 곧대로 믿을 수가 없다. 그러니 나를 위해 한 가지 공을 세워라. 그러면 그때에 천자님께 아뢰고 그대에게 상장과 벼슬을 내려주마."

하니 구안이 사마의에게 물었다.

"무엇이건 힘껏 하겠습니다만 어떤 일인가요?"

"그대는 곧 성도로 돌아가서 '공명이 한중에다 요새를 짓고 조만간 황제라고 자칭하려 든다' 소문을 퍼뜨려라. 그리하여 유선이 공명을 소환하기만 하면, 그것이 바로 그대의 공이니라."

구안은 즉시 응낙하고 바로 성도로 돌아가서 환관들에게 은근히 헛소문을 퍼뜨렸다.

공명이 큰 공을 세운 것만 믿고, 조만간에 한중에다 나라를 세워 황제가 되려 한다.

환관들은 이 말을 듣자 소스라치게 놀라고, 즉시 내전에 들어가 유선에게 구안의 말에다 적당히 부풀려 아뢰었다.

유선이 놀라고 의심하여,

양의(楊儀)
촉의 문신으로 제갈량의 북벌 때 함께 출전하여 부관으로서 여러 가지 일을 돕는다. 제갈량이 죽자 위연의 반란을 제압하는 등 많은 공을 세웠으나 중용되지 않는 것을 불평하다가 쫓겨난다.

"그렇다면 이 일을 어찌하면 좋을까?"

하니 환관들이 이구동성으로 외쳤다.

"지금 곧 공명을 성도로 소환시키고, 그 병권을 박탈하여 반역을 못하도록 미리 방지하십시오."

이렇게 해서 귀환하라는 조칙이 내려진 것이었다.

조칙을 받은 공명은 깊은 한숨을 내쉬었다.

"아마도 이것은 천자 곁에서 모시는 자가 충동질을 한 것이리라. 지금 병사들을 철수시킨다면 위나라를 무찌를 절호의 기회를 놓치게 된다. 어찌 그것을 알지 못한단 말인가!"

공명은 유선이 아버지 유비의 자질을 물려받지 못한 것이 원망스러웠다.

그러나 조칙을 거스를 수는 없는 일. 공명은 진을 거두고 전군에게 총퇴각을 명했다.

한편 사마의는 공명이 기산으로부터 철수하기만을 학수고대하고 있었다. 철수를 하기 시작하면 추격전을 벌여서 전멸시킬 계략이었다.

이윽고 척후가 촉나라군이 모두 철수하고 진지가 모두 비어 있다고 알려왔다.

사마의는 크게 기뻐하고 병사들을 이끌고 촉나라군의 본진으로 달려갔다. 그런데 텅 빈 진영에 수많은 가마솥이 남겨져 있었다. 사마의는 병사들에게 가마솥의 수를 헤아려 보라고 명했다.

"적이 멀리 가기 전에 빨리 쫓아가야 합니다."

대장들이 재촉했다.

"아니다. 하루만 더 기다려 보자. 쫓아갈 생각만 있으면 금세 따라잡을 수 있다."

다음 날 아침 사마의는 대장들과 함께 촉나라군이 야영한 진지에 가 진지에 남겨진 가마솥의 수를 헤아리게 했다. 그 수는 전날의 두 배나 되었다.

"내가 생각했던 대로구나!"

사마의는 빙그레 웃었다.

"가마솥의 수가 전날의 두 배가 되었다는 것은 공명이 전날의 두 배의 병사들을 남겨 두었다는 얘기가 된다. 우리들의 추격을 경계해서 말이다. 이 앞의 야영지마다 가마솥의 수는 더욱 늘어날 것이다. 잘못 추격했다가는 오히려 반격을 당할 뻔했다."

사마의는 공명의 계략에 걸려든 줄 모른 채 추격을 단념하고 본진으로 돌아갔다. 공명은 병사들은 늘리지 않고 가마솥의 수만 늘리면서 퇴각해 갔던 것이다.

나중에 이것을 안 사마의는,

"공명의 지모에는 도저히 당할 수가 없다!"

하고 한숨을 지었다.

그러나 어찌 되었든 간에 공명을 철수시키는 데는 성공했기 때문에 사마의는 낙양으로 돌아갔다.

호로곡의 화공

1

공명은 철수하라는 조칙에 어찌 해볼 방도가 없어 군사들이 밥 해 먹는 아궁이를 늘리는 작전*을 써서 위군의 추격을 막고 한 명의 병사도 잃지 않은 채 한중 땅으로 후퇴했다. 사마의는 구안의 계략이 성공한 줄 알고 역시 군사를 거두어 돌아갔다.

공명은 한중에 도착하자 애석해하는 대장들을 위로하고, 성도로 돌아가 유선을 뵙고 아뢰었다.

"노신이 기산으로 나아가 장안을 취할 작정이었는데 폐하께서 갑자기 소환하셨으니 무슨 큰일이라도 있습니까?"

유선은 할 말이 없어 한참 만에야 대답했다.

"짐은 오랫동안 승상을 보지 못했기 때문에 매우 보고 싶어 소환한 것이며, 별 다른 일은 없소."

공명이 말했다.

"이는 폐하의 본심이 아니시며 필시 곁에서 모시는 간신들이 폐하께 노신이 딴 뜻을 품고 있다고 모략한 것 때문입니다."

유선은 그만 아무 대꾸도 못했다.

공명이 물었다.

"노신은 선제의 깊은 은혜를 입고 폐하께 죽음으로써 보답하기로 맹세했는데 이제 궁 안에 간신들이 있다면 신이 어찌 위나라를 칠 수 있겠습니까? 노신이 그들을 벌해야 겠습니다."

공명은 곧 환관들을 불러들여 힐문한 후에 비로소 구안이 유언비어를 퍼뜨린 사실을 알고 급히 잡아 오라고 명령했으나, 구안은 이미 위나라로 달아나고 없었다.

이에 공명은 유선에게 망령된 말을 아뢴 환관들을 잡아 죽이고, 그 외의 환관들을 조사하여 추방했다.

그리고 장완과 비의 등을 불러,

"간특한 자들이 궁중에 있다는 걸 왜 살피지 못하고, 천자를 바른 길로 간하지 못했는가!"

하고 준열히 꾸짖으니, 두 사람은 오로지 사과할 뿐이었다.

아궁이를 늘리는 작전

전국시대 제나라의 손빈은 위나라 방연에게 군사들이 겁을 먹고 도망가는 것처럼 보이려고 날마다 밥해 먹는 아궁이 수를 줄여가며 위나라 수도로 진격했다. 자신감이 생긴 방연은 손빈의 군사를 서둘러 쫓아가다 마릉에서 손빈의 복병에게 공격을 받고 자결한다. 제갈량은 손빈의 작전을 거꾸로 이용해 군사의 수가 점점 많아지고 있는 것처럼 속인 것이다.

공명은 유선에게 하직하는 절을 하고 다시 한중 땅으로 돌아가서 이엄에게 편지를 보내 곡식과 말 먹이는 풀을 전처럼 대도록 지시하는 한편, 다시 군사를 일으켜 출발할 일을 상의했다.

양의가 말했다.

"지금까지 자주 군사를 일으켰기 때문에 모두가 피곤한 상태입니다. 또 군량이 계속 제대로 오지 않았으니 이번에는 모든 군사를 두 개로 나누어 3개월씩 기한을 정하면 어떻겠습니까? 즉 군사가 20만 명이 있다면, 10만 명만 거느리고 기산으로 가서 머물되 3개월마다 10만 명씩 서로 교대하자는 것입니다. 이렇듯 서로가 교대로 주둔하면 병력도 줄지 않으니, 이후에 천천히 나아가 중원을 가히 도모할 수 있지 않겠습니까."

"좋은 생각이다. 중원을 치는 것이 하루 아침에 끝날 일이 아니니 먼 안목으로 그리 하겠다."

하고 공명은 드디어 대군을 반으로 나누어 명령을 내렸다.

"백일을 기한으로 삼고 백일마다 서로 교대한다. 만일 기한을 어기거나 오지 않는 자는 군법으로 처치하리라."

건흥(建興) 9년 봄 2월, 공명은 다시 군사를 거느리고 위나라 경계를 지나 다섯 번째로 기산으로 향하니 이때가 위나라 태화(太和) 5년이었다.

기산의 공명 진영에서는 군량이 부족해졌다. 어찌된 일인지 군량의 조달과 운송을 담당한 백제성의 이엄으로부터 군량이 좀처럼 도착되지 않았다.

"이렇게 된 이상 농서 지방의 보리를 베어서 군량으로 할 수밖에 없다."

공명은 왕평과 장의 등에게 기산을 지키게 하고 스스로 강유, 위연, 관흥 등을 이끌고 출발했다. 노성을 포위하고 성장을 항복시켜 점령하자 즉시 농서로 보리를 베러 나갔다. 그런데 이미 거기에는 사마의가 미리 가서 진을 치고 있었다.

"사마의는 내가 농서로 보리를 베러 올 것이라는 것을 읽고 있었구나."

공명은 입술을 깨물었다.

"하지만 무슨 일이 있어도 보리를 베지 않으면 안 된다."

공명은 언제나 타고 있는 4륜 수레와 똑같은 것을 3대 끌어내게 했다. 그리고 강유, 마대, 위연에게 각각 수레 1대, 병사 1천 명, 북치는 군사 5백 명을 주고 계책을 일러 준 후 출발시켰다.

그날 밤 공명은 남은 한 대의 수레에 올라타 위나라의 진지로 향했다. 수레 좌우에는 검은 옷에 머리카락을 산발한 채 맨발의 병사들이 한손에 검을 들고 뒤따르고 수레 앞에는 신선 차림을 한 관흥이 북두성을 수놓은 깃발을 들고 앞장섰다. 그리고 그 뒤에서 낫과 새끼를 손에 든 3만의 병사들이 따라오고 있었다.

이 괴상한 모습의 일진을 본 위군의 척후는 기겁을 하고 달려가 사마의에게 보고했다.

"귀신의 군대가 이쪽으로 오고 있습니다!"

사마의가 진 밖으로 나가 보니까 분명히 이상한 일단이 을씨년스럽게 이쪽으로 접근해 왔다. 4륜 수레에 타고 있는 것은 공명이었다.

"공명이 또 이상한 짓을 시작했군."

코웃음을 친 사마의는,

"서둘러 뒤쫓으라. 수레 채로 붙잡아 오너라."

하고 명했다.

그러자 2천 명의 정병들이 즉각 진격했다. 그러자 수레는 갑자기 방향을 바꾸어 왔던 길로 다시 돌아가기 시작했다.

"놓치지 말라!"

추격대는 말을 달려 뒤쫓아 갔다.

그런데 이상하게도 따라 붙으려고 한 순간 4륜 수레와 이상한 종자들이 전부 홀연히 연기처럼 사라져 버렸다.

"어! 어디로 갔을까?"

추격 병사들이 두리번거리며 주위를 살펴보니 먼 곳에서 달리고 있는 4륜 수레가 보였다.

"어느 틈에 저기까지 갔지?"

깜짝 놀라면서 다시금 뒤쫓아 갔다. 순식간에 따라붙어서 잡으려고 한 순간 또 다시 연기처럼 사라졌다가 한 순간 뒤에는 아주 먼 곳에서 모습을 나타냈다.

아무리 쫓아가도 따라붙을 수가 없어서 병사들과 말들이 전부 지칠 대로 지쳐 버렸다. 그때 사마의가 말을 달려 왔다.

"공명은 팔문둔갑술(八門遁甲術 = 귀신을 부르는 술법)을 터득하고 있다. 이것은 축지법이다. 그만 뒤쫓도록 하라."

그렇게 말하고 사마의가 병사들과 함께 말을 돌리려고 했을 때였다. 왼쪽에서 큰 북소리가 울리고 공명의 수레를 호위한 군대가 밀려나왔다.

"앗! 여기에도 공명이 있다!"

일동이 놀라고 있으려니까 이번에는 오른쪽에서 똑같은 일대가 군세와 함께 치고 나왔다.

"이쪽도 공명이다!"

겁을 집어먹은 병사들은 앞을 다투어 도망치기 시작했다. 그러자 또 다시 큰 북소리가 울려 퍼지고 군세를 거느리고 완전히 똑같은 모습의 일대가 정면에서 공격해 왔다.

"공명이 도대체 몇 명이나 있는 거냐!"

공포에 사로잡힌 사마의와 병사들은 말에 채찍질을 가하여 계속 달려서 상계성으로 도망쳐 들어가고 나서야 겨우 숨을 돌렸다.

그 무렵 낫과 새끼를 든 3만 명의 병사들은 농서의 보리를 죄다 베어서 다발로 묶어서 노성으로 운반이 끝났다.

다음 날 아침 사마의는 가까스로 정신을 차렸다. 아침의 밝은 햇빛 속에 있으니까 어젯밤에 느낀 공포가 너무 바보스러웠다. 사마의는 척후들을 보내서 상황을 탐색하게 했다. 그러자 척후 중 하나가 촉나라군의 병사 하나를 잡아 가지고 왔다. 어젯밤에 보리 베기를 하러 나온 자로 길을 잃고 본대에서 낙오되었다고 했다.

"보리 베기라고? 그렇다면 우리들이 그 괴이한 일대를 쫓아다니고 있는 동안 공명은 너희들에게 보리 베기를 시키고 있었단 말이냐?"

"네. 도독님이 쫓아다닌 수상한 군대는 첫 번째 것만이 진짜 승상이고 나머지 3개 부대는 강유, 마대, 위연의 세 명의 대장들이었습니다."

뜻밖의 얘기에 사마의는 너무나 놀라고 어처구니가 없어서 한참 동안 말을 잇지 못했다.

"공명에게는 도대체 어느 정도의 지략이 숨겨져 있는가."

깊은 한숨이 사마의의 입에서 새어 나왔다.

그러나 승리의 기쁨도 잠시 백제성의 이엄으로부터 파발마가 와서 오나라가 낙양에 사자를 보내서 위나라와 손을 잡고 위나라는 오나라에 병사들을 내주면서 촉나라를 공격하도록 권했다는 정보를 알려 주었다.

"오나라가 위나라와 손을 잡았단 말이지……?!"

공명은 기산의 진영에 사람을 보내서 즉각 한중으로 철수하도록 왕평과 장의에게 지시했다. 그리고 자신도 군세를 모아서 한중으로 철수를 시작했다.

성도에서 중신인 비위(費褘)가 내려왔다.

"갑작스러운 철수는 어찌된 일입니까?"

"이엄이 오나라가 위나라와 손을 잡았다고 알려 왔다. 그래서 대책을 세우기 위해 군사들을 철수시킨 것이다."

"그것 참 이상합니다."

비위는 고개를 갸웃거렸다.

"이엄은 폐하께 군량을 마련하여 기산의 진영으로 운반하려고 했더니 돌연 승상님이 철수를 해 버렸다고 고해 왔습니다. 그래서 폐하께서 승상께 진상을 알아오라고 하셨습니다."

군량의 조달이 여의치 않자 공명에게 벌을 받을 것을 두려워한 이엄이 오나라와 위나라가 손을 잡았다는 얘기를 꾸며내서 군세를 철수하게 만들고 한편으로는 유선에게 공명을 중상하여 자신의 죄를 벗어나려고 했던 것이다.

이엄은 백제성에서 유비로부터 유선의 장래를 부탁받은 사람이었다. 공명은 참수 대신 이엄의 관직을 박탈하고 재동군으로 추방했다.

2

그로부터 3년 동안 공명은 군사들을 움직이지 않았다. 국내의 정치를 개혁하고, 교육을 충실히 하고, 식량의 증산과 군사 훈련, 무기 조달에 힘썼다. 그 동안 위나라와 오나라도 군사들을 움직이지 않았기 때문에 짧은 기간이었으나 삼국의 백성들에게 평화가 찾아왔다.

촉의 국력은 최강을 유지하고 있었다. 때가 되었다고 판단한 공명은 건흥 12년 봄 2월, 34만의 군세를 이끌고 출진했다.

조예는 공명이 또 쳐들어온다는 보고를 받자, 급히 사마의를 불러 상의했다.

사마의가 아뢰었다.

"이제 자단(조진의 자)은 죽고 없으니 바라건대 신이 혼자서 힘을 다하여 적군을 소탕하고 폐하께 보답하겠습니다."

조예는 잔치를 베풀어 사마의를 대접했다.

이튿날, 촉한군의 진격이 예상보다 빠르다는 보고가 전방에서 전해 왔다. 이에 조예는 사마의에게 출동하여 막으라 명하고, 친히 낙양성 10리 밖까지 나가 사마의를 전송했다.

사마의는 장안에서 40만 대군을 지휘하여 위수의 남안에 본진을 마련하고 다시 북안에도 성채를 쌓고 위수에 9개의 부교를 가설하여 양안의 통행을 편리하게 했다.

먼저 공명이 싸움을 걸었다. 위군이 쌓은 북안의 진지를 공격하는 것처럼 보이게 하고 재빨리 부교를 불태워 버린 후에 사마의가 구원하러 달려오는 틈을 노려 남안에 있는 위군의 본진을 공략하는 작전이었다.

그러나 이 작전은 사마의에게 간파당해 촉한군은 도처에서 패배했다. 공명은 1만 명 가량의 인명 피해를 내고, 기산의 본진으로 퇴각했다. 공명으로서는 보기 드문 작전의 대실패였다.

공명은 묘안을 찾기 위해 고심하고 있었다. 마침 성도에서 유선의 위문품을 가지고 중신 비의*가 찾아왔다.

"그대에게 한 가지 부탁이 있다."

"무슨 일입니까?"

"수고스럽지만 지금부터 오나라로 가서 손권에게 편지를 전해 주고 양국 우호관계를 군사동맹으로 확대하는 일을 성사시켰으면 하네."

"기꺼이 성공하도록 최선을 다하겠습니다."

하고 비의는 결연히 승낙했다.

공명은 손권에게 편지 한 통을 써서 비의에게 들려 오나라로 향하게 했다. 비의는 오나라의 도읍인 건업(建業)에 찾아가 손권에게 공명의 편지를 전하고 군사동맹 관계에 대해 의견을 나눈 후 답장을 받아 다시금 기산으로 돌아왔다.

"어떻게 되었는가?"

공명은 비의를 맞이하자 서둘러 물었다.

"손권은 승상님의 취지를 전폭적으로 받아들였습니다. 곧 30만

비의
촉의 중신으로 제갈량이 죽자 군사와 국정 업무를 맡아 보았는데 문서를 슬쩍 보기만 해도 모두 암기할 정도였다고 한다. 사이가 나빴던 위연과 양의의 중간에서 그들의 능력을 잘 조화시켰으며 제갈량의 상담역으로 활약했다. 나중에 위군 첩자에게 암살당했다.

대군을 일으켜 손권이 직접 거소에서, 육손과 제갈근이 강하에서, 손소와 장승이 광릉에서 일제히 진격하여 위나라를 치기로 했습니다. 날짜는 추후에 정해 연락하겠다고 약속해 주었습니다."

"그런가? 참으로 수고했네."

공명의 얼굴이 환하게 밝아졌다.

공명은 양면 작전을 펼쳐 위군의 힘을 분산시키고자 오나라에게 위나라 남부를 공격하도록 촉구했던 것이다. 오군이 쳐들어가면 위제 조예(曹叡)도 우선 당황할 것이고, 대병력을 동원하여 막기에 급급하게 될 것이다.

이렇게 되면 북쪽 전선에 아무래도 보급이 줄어들 것이고, 사마의도 남쪽 전선에 신경을 쓰게 되어 한층 초조해질 것이 틀림없다. 결국 빨리 승부를 정하려고 먼저 공격해 올 가능성도 많다. 이때를 노려 단숨에 사마의를 무찌르고 장안으로 병력을 이동시킨다. 그것이 공명의 노림수였다.

지금까지 오나라가 촉한을 도와 군사를 움직인 적이 몇 번이나 있었다. 하지만 어디까지나 동맹국으로서 체면을 세워 주는 정도였을 뿐 위나라를 위협하는 대규모의 것은 아니었다. 이번에는 진심으로 움직여 주지 않으면 안 된다. 이런 생각으로 공명은 양국이 힘을 합쳐 위나라를 멸망시키고 영토를 공평하게 반씩 나누어 갖자고 알아 듣도록 손권을 설득했고, 손권은 그것에 마음이 움직인 것이다.

사실, 위나라의 영토를 나누는 제안은 좀 허황된 약속이기도

했다. 당시, 촉한과 오의 힘을 총동원하여도 반드시 이긴다는 보장이 없었던 것이다.

"손권은 그 밖에 무슨 말을 하지 않던가?"

공명은 손권이 양국 군사 합동작전의 문제점을 지적하지 않았을까 하고 궁금하여 물었는데 의외의 대답이 나왔다.

"승상님이 누구를 선봉으로 기용하고 있느냐고 물었습니다. 위연이라고 대답했더니, 손권은 그 사나이는 무용은 꽤 있으나 성품이 좋지 않아 언젠가는 화의 근원이 될 것이라고 말했습니다."

"과연 손권이다. 잘 보고 있구나."

공명은 안도하면서도 쓴웃음을 지었다.

"위연에 대해서는 나도 대비를 하고 있다. 만일의 경우에 대한 비상책도 있다. 걱정하지 말아라."

공명은 다짐하면서 뭔가 얘기하고 싶어하는 비의를 안심시켰다.

이윽고 비의는 성도로 돌아갔다.

이후 공명은 몇 차례 위군 진지를 공격했으나 사마의가 치고 나오지 않았으므로 달리 방도가 없었다.

어느 날 공명이 주위의 지형을 살펴보다가 무릎을 탁 하고 쳤다.

기산 앞을 흐르는 위수의 동쪽에 상방곡이라는 계곡이 있는데 그 고장에서는 호로곡이라고 불리우고 있었다. 호로(葫蘆)란 표주박을 말한다. 그 이름대로 크고 작은 두 개의 계곡이 표주박처럼 이어져 있는데, 큰 쪽의 계곡에는 1천 명 정도의 사람이 들어갈 수가 있고, 작은 쪽 계곡에는 그 절반의 넓이가 있었다. 안쪽은 산으로 가로막혀 있고, 사람 하나가 겨우 지나갈 수 있을 정도의 오솔길이 통하고 있을 뿐이었다.

공명은 그 골짜기에 대량의 목재를 운반해 놓고, 병사들과 1천 명의 목수를 시켜 무엇인가를 만들게 하였다. 골짜기 입구를 마대에게 명해서 병사 500명으로 지키게 하여, 비밀이 밖으로 새어 나가지 않도록 했다.

며칠 후, 공명은 대장들을 호로곡으로 소집했다.

"아니, 이럴 수가!"

"믿을 수가 없군!"

대장들은 경악의 소리를 지르고 눈을 비볐다. 무리가 아니었다. 눈앞에 수백 마리가 넘는 소와 말이 떼를 짓고 있었던 것이다. 그것은 모두 목재로 만들었으나 마치 살아 있는 것처럼 움직였다.

"이것은 목우(木牛), 유마(流馬)라고 하는 것이다."

공명은 대장들이 놀라는 것을 즐기듯이 설명했다.

"내가 오랫동안 연구를 거듭한 끝에 만든 것이다. 사람의 힘을 거의 빌리지 않으면서 움직이고, 여물도 먹지 않고, 물도 마시지 않는다. 한 마리당 병사 10명이 1개월 동안 먹을 군량을 싣고 운반할 수가 있다."

대장들은 믿지 않았으나, 실제로 움직여 보니 마치 짐을 실은 노새처럼 산을 내려가고, 봉우리를 올라갔다.

공명은 고상에게 병사 1천 명을 내주며 검각에 비축해 놓은 군량을 기산의 본진까지 목우와 유마를 사용해서 운반하라고 명했다. 이렇게 해보니 사람 손은 거의 들지 않고, 운반하는 양이 많고, 더구나 걸리는 날 수도 짧아졌다.

원래 촉한군의 약점은 무엇보다도 군량의 보급에 있었다. 촉한 본국에서 기산 본진까지 군량을 운반하려면 험악하고 좁은 산길이나 구불구불 구부러진 협곡의 길이었다. 단애 절벽에 나무 말뚝을 박고 그 위에 판자를 걸쳐 놓은 잔도(棧道 = 험한 벼랑 같은 곳에 선반을 매듯이 해서 낸 길)라고 불리는 인공의 길을 통과하지 않으면 안 된다. 사람의 손과 수고와 시간이 많이 드는데다가, 한꺼번에 그다지 많은 양을 운반할 수가 없었다.

이런 약점을 목우와 유마가 상당 부분 해결한 것이다.

3

한편, 공명은 호로곡의 큰쪽 골짜기에 병영을 짓고 목책을 둘러 치도록 명했다. 목책 주위에 도랑을 깊이 파고, 장작이나 잡목을 얼기설기 넣은 후에 유황과 연초 등 불타기 쉬운 물체를 뿌리고 살짝 흙으로 덮었다. 또 주위의 산 중턱에 몇 개의 창고를 만들어 군수품이 있는 것처럼 하고는 그 안에 지뢰를 묻어 두게 했다.

"모든 작업을 끝내거든 골짜기의 안쪽 입구를 틀어 막아라. 그리고 산속에 병사들을 숨겨 놓고 낮에는 골짜기 입구에 북두성을 그린 깃발을 세우고, 밤에는 산 위에서 일곱 개의 등불을 밝혀라. 언젠가 사마의가 골짜기로 찾아올 것이다. 골짜기에 들어가기를 기다렸다가 장작이나 지뢰에 일제히 불을 붙여라."

마대는 알아차린 듯 긴장했다.

"그렇다. 사마의를 호로곡에 유인해 불태워 죽이는 것이다. 그자를 죽이기만 하면 장안을 점령한 것이나 마찬가지다."

공명은 강한 빛을 눈에 담고 고개를 끄덕였다.

"알았습니다."

마대가 나가자, 공명은 위연을 불렀다.

"그대는 사마의가 치고 나오거든 공격을 가하는데, 이기려고 해서는 안 된다. 적당히 패해 도망치도록 하라. 도망가는 방향은 위수의 동쪽, 낮이라면 칠성 깃발, 밤이라면 일곱 개의 등불이 켜져 있는 곳으로 향하라."

위연은 유인작전에 동원되는 것에 불만스러운 듯한 얼굴을 했으나, 공명이 눈을 부릅뜨고 노려보자 잠자코 물러갔다.

다음으로 공명은 고상을 불러 군량을 실은 목우와 유마[*]를 4, 50마리 가량 끌고 호로곡으로 옮기도록 지시하고, 적이 공격해 오거든 아예 그것을 버리고 도망치고, 그것을 몇 차례씩 되풀이하도록 명했다. 또한 전 군을 몇 개로 나누어 기산의 산자락에 각각 진을 치게 하고는, 자신은 일군을 이끌고 호로곡에서 서쪽으로 10리 되는 산

목우(木牛)와 유마(流馬)
제갈공명 북벌 때 물자 수송을 보다 편리하게 할 수 있도록 만든 발명품. 이것을 고안함으로 한 명의 병사가 보다 많은 군수물자를 끌어 나를 수 있었다. 더 자세한 것은 전해지지 않으나 일종의 자동 동력장치가 있었던 것으로 보인다.

상에서 진을 쳤다.

촉한군의 기묘한 움직임은 이윽고 위군 진영에 전해졌다.

사마의는 공명의 계략을 의심해서 치고 나가는 것을 허용하지 않았다. 그러나 하후혜와 하후화 형제가 열심히 부탁했기 때문에 출격을 허락했다. 두 형제는 5천기를 이끌고 치고 나가 고상의 수송대를 습격하여 운반하고 있던 목우와 유마를 빼앗아 가지고 돌아왔다.

"촉한군은 싸울 뜻이 없는 것 같습니다."

"지쳐 있는 것 같습니다."

하후혜와 하후화는 번갈아 보고했다.

그로부터 반달 동안, 두 형제는 몇 번이나 출격하여 그때마다 승리하여 돌아왔다. 빼앗은 목우와 유마가 상당한 수에 이르렀다.

'어쩌면 그들이 싸우는 일에 싫증을 내고 있는지도 모른다.'

사마의도 차츰 그렇게 생각하게 되었다.

어느 날, 하후혜와 하후화가 수십 명의 촉한군 병사들을 사로잡아 가지고 왔다. 사마의는 그자들을 끌어내어 문초를 해보았다.

"공명은 어디에 있느냐? 기산의 진영에 있느냐?"

"아닙니다. 승상님은 기산에 없습니다. 호로곡 부근에 진을 치고, 매일 군량과 목재를 그곳으로 운반하게 하고 있습니다."

촉한군 병사들이 대답했다.

'그곳에 장기 농성할 성채를 쌓고 있는가?'

하고 사마의는 헤아렸다.

사마의는 병사들을 내보내고 대장들을 불러 모았다.

"공명은 지금 호로곡 부근에 진을 치고 있다고 한다. 내일 그대들은 기산의 본진을 공격하라. 기산은 적의 본영이니까 산자락에 분산되어 있는 각 진에서 구원하러 달려올 것이다. 그 틈에 나는 병사들을 이끌고 호로곡으로 쳐들어가겠다. 비축해 둔 군량을 불태우고 촉한군의 허를 찔러 격파하겠다!"

사마의의 흥분한 목소리에 늘어선 대장들은 긴장감으로 허리를 똑바로 폈다.

다음 날 아침, 위군의 본진에서 영채문이 활짝 열리고 대군이 쏟아져 나왔다. 아침 이슬에 젖은 풀을 짓밟고 함성을 지르면서 그들은 일제히 기산의 촉한군 본진을 향해 진격해 갔다.

공명은 호로곡에서 서쪽 10리 쯤 되는 산 위에서 그 광경을 바라보고 있었는데, 뺨이 붉게 홍조되어 있었다.

즉각 산자락의 각진에 전령을 보내 기산의 본진으로 구원하러 가는 체하고는 방향을 돌려 위수 남안의 위군 본진을 공격하여 점령하라고 명했다.

한편, 사마의는 기산 방향으로 가는 본대와 헤어져 사마사와 사마소 두 아들과 함께 특별히 선발한 정예 부대를 이끌고 호로곡으로 달려갔다.

골짜기에 거의 다 왔을 것이라고 짐작했을 때, 일단의 촉한군이 가로막았다. 선두에 선 것은 위연이었다.

"기다리고 있었다, 사마의야!"

위연은 큰 칼을 휘두르면서 달려들었다. 사마의도 지지 않고 창을 휘둘렀다. 그러자 위연은 3합도 채 싸우지 않고 등을 보인 채 도망치기 시작했다. 위연의 병사들이 얼마 안 되는 것을 보고 사마의는 뒤를 쫓아갔다.

위연은 골짜기 속으로 들어가 칠성기를 목표로 말을 달렸다. 이윽고 골짜기 입구가 보이기 시작했다. 멀리 북두성을 수놓은 깃발이 펄럭이고 있었다. 위연은 망설이지 않고 골짜기 안으로 달려들어갔다.

사마의는 골짜기 입구까지 와서 진격을 멈췄다. 그리고 부하 하나를 골짜기 안으로 들여보내 상황을 살피게 했다.

"안에는 목책을 치고, 도랑을 파서 일단 진지가 만들어져 있기는 합니다만, 병사들은 없습니다. 또한 주위의 산 중턱에는 군량과 말 여물을 비축해 놓은 듯한 창고가 여러 개가 만들어져 있습니다."

하고 돌아온 부하가 보고했다.

"좋다. 모조리 불태워 주겠다!"

기뻐한 사마의는 골짜기 안으로 달려들어갔다.

골짜기 안의 모습은 부하가 보고한 그대로였다. 그러나 사마의의 눈은 창고의 지붕에 쌓여 있는 메마른 잡목더미를 놓치지 않았다.

"퇴각하라! 화계(火計 : 불로서 공격하는 계책)가 숨어 있을지 모른다!"

그 말이 채 끝나기도 전에, 주위의 산 위에서 불이 붙여진 횃불이 비처럼 쏟아져 내려왔다. 그러자 순식간에 골짜기 전체가 불길에 휩싸였다. 뒤이어 불화살이 산 중턱의 창고를 향해 계속해서 쏟아졌다. 그러자 지뢰가 일제히 폭발하고, 메마른 잡목과 장작이 활활 타올랐다.

"땅을 파고 그 속에 숨어라!"

사마의가 소리쳤다.

하지만 불은 요란스런 소리를 내면서 타오르고 열풍이 계속 소용돌이치고, 불길이 하늘을 그을렸다. 위군 병사들은 숨은 곳을 찾다가 불길에 휩쓸려 차례차례로 타 죽어 갔다. 호로곡은 죽음의 계곡으로 변해 있었다.

"이제는 살아날 길이 없다. 삼부자가 여기서 함께 죽게 되었구나!"

사마의는 땅을 깊게 파고 그 속에 숨었으나 열기를 견디지 못하고 두 아들을 부둥켜안은 채 울면서 부르짖었다.

그때 마침 갑자기 강풍이 불어 오더니, 하늘 전체가 시커멓게 변하면서 천둥소리와 함께 소나기가 쏟아져 내리기 시작했다. 골짜기 안의 불은 순식간에 꺼져갔다. 사마의 부자는 온몸을 비에 흠뻑 적시면서도 기쁨의 소리를 질렀다.

"살았구나! 하늘의 도우심이다!"

오장원에서 큰 별이 지다

1

공명이 세운 호로곡의 화공은 갑작스런 소낙비로 인해 실패로 끝났다.

"일을 꾀하는 것은 사람이지만, 일을 이루는 것은 하늘일 뿐이다. 하늘은 나를 도와주지 않는구나……."*

공명은 하늘을 우러러보면서 깊은 한숨을 지었다. 그 얼굴은 창백하고 눈빛은 어두워 보였다.

이 작전 실패는 촉한군 내부에도 심각한 갈등을 초래했다.

"소나기가 내리지 않았다면 우리도 모두 죽었을 것이다."

하고 위연과 부하들이 항의하고 나선 것이다.

사실 공명은 사마의와 위연을 동시에 불태워 죽일 생각이었다.

그러나 이를 인정할 수는 없는 일,

"마대가 계곡의 출구를 너무 일찍 막는 잘못을 범했다. 위연이 빠져나오는 것을 확인하고 막았어야 했다"

공명은 핑계를 대고 책임을 물어 마대를 병졸로 강등시켰다. 그리고 그날 밤 마대를 불러 피치 못할 사정을 전해 주며 위로했다. 그리곤 하나의 계책을 일러 줬다.

"승상님의 고충, 잘 알았습니다."

마대는 이런 처벌을 기꺼이 감수하겠다며 오히려 공명을 위로하고 돌아갔다. 결국, 마대는 위연에게 지은 죄값을 갚기 위한다는 이유로 위연의 부하가 되었다.

이제 공명은 최후의 승부를 위해 오장원으로 진격하여 때를 기다렸다가 일거에 승부를 걸 수밖에 없다고 판단했다.

오장원은 위수와 야수의 두 줄기 강이 합류하는 지점에 있고, 지면보다 다섯 장 높은 평지로 3면이 강에 면한 벼랑으로 되어 있었다.

공명이 오장원에 진을 친 것을 알고 사마의도 즉시 진을 옮겼다. 위수를 끼고 오장원을 정면으로 마주 보는 위치였다. 공명이 오장원으로 진출한 까닭은 우선 오나라가 대병력을 동원하여 위나라 남부

모사재인 성사재천(謀事在人 成事在天)
'일은 사람이 꾸미지만 성사는 하늘의 뜻에 달렸다.'라는 뜻으로 호로곡에서 사마의를 불태워 죽일 수 있었으나 갑자기 내린 소나기로 물거품이 되자 제갈량이 한탄하며 한 말이다.

로 쳐들어가기를 기다리기 위해서였다. 그때야말로 결전의 시기가 될 것이다. 그때까지 대군을 먹이고 힘을 비축해 두기 위해서는 많은 군량이 필요했다. 목우와 유마에 의한 보급에는 한계가 있다. 공명은 평지의 기슭에 논밭을 만들어 병사들에게 경작하게 했다. 자급자족을 하기 위해서였다.

공명은 농사나 지으면서 오군이 움직일 때가 오기를 기다리고 있지만은 않았다. 사마의를 공격해서 쳐부수면 오군의 위나라 침공도 앞당겨질 것이다. 그래서 치고 나오지 않는 사마의를 유인해 내려고 온갖 수단을 총동원했다.

어느 날, 사마의의 진지에 공명이 보낸 사자가 찾아왔다. 사자는 커다란 상자를 사마의에게 내밀었다. 사마의가 상자를 열어 보니 안에는 여자의 머리장식에 쓰는 똬리와 흰 비단 옷, 그리고 한 통의 편지가 들어 있었다.

"이것은 대체 무엇이냐?"

사마의는 상자 속을 노려보면서 편지를 펼쳤다.

귀공은 갑옷을 입고 무기를 들고 싸울 생각은 하지 않고 오로지 진지에 틀어박혀 싸움터에 서는 것을 피하고 있다. 이래서는 집 안에서 교태나 부리는 여자와 다를 바가 없지 않은가? 그래서 여자의 머리장식과 의복을 보낸다. 아마 잘 어울릴 것이다. 만일 남자로서의 수치를 알고 기개가 있다면 나와서 싸우자. 기다리고 있겠다.

사마의의 길다란 속눈썹이 치켜 올라가고 입 언저리가 '파르르' 경련했다. 그러나 그것도 일순간이었다. 조금 전에 사마의는 조예가 보낸 밀사를 만났다. 밀사는 오나라가 세 방면에서 공격했으나 다른 대장을 보내 방비할 테니 그대는 절대로 공격하지 말고, 공명을 그 자리에 못박아 놓도록 하라는 조칙을 전했다.

'오로지 수비하여 지킨다.'

사마의는 조칙이 없었어도 이 원칙은 지킬 결심이었다.

여자용 옷가지를 받았다고 화를 내며 치고 나간다면 공명이 바라던 대로 된다. 또 혹시 패하기라도 한다면 오나라와의 싸움에 큰 영향을 미치게 된다.

사마의의 머리는 빠르게 돌아갔다.

"승상께서 모처럼 보낸 선물이니 고맙게 받기로 하겠다."

편지를 꼼꼼이 접으면서 사마의는 어느새 표정을 바꿔 웃으며 말했다. 그리고 사자에게 향한 그 얼굴에 염려가 가득한 표정으로,

"그런데, 승상께서 평소의 생활은 어떠하신가? 진중의 일처리도 쉽지 않을 텐데 어떻게 계시는지?"

따뜻한 마음씨가 담긴 질문이었다. 마치 오랜 친구의 안부를 묻는 듯했다. 사자는 묻는 말에 솔직하게 대답했다.

"네, 승상님은 아침 일찍부터 밤 늦게까지 진중의 직무를 거의 혼자서 처리하고 계십니다."

"식사는 잘 하시는가?"

오장원의 진격진로

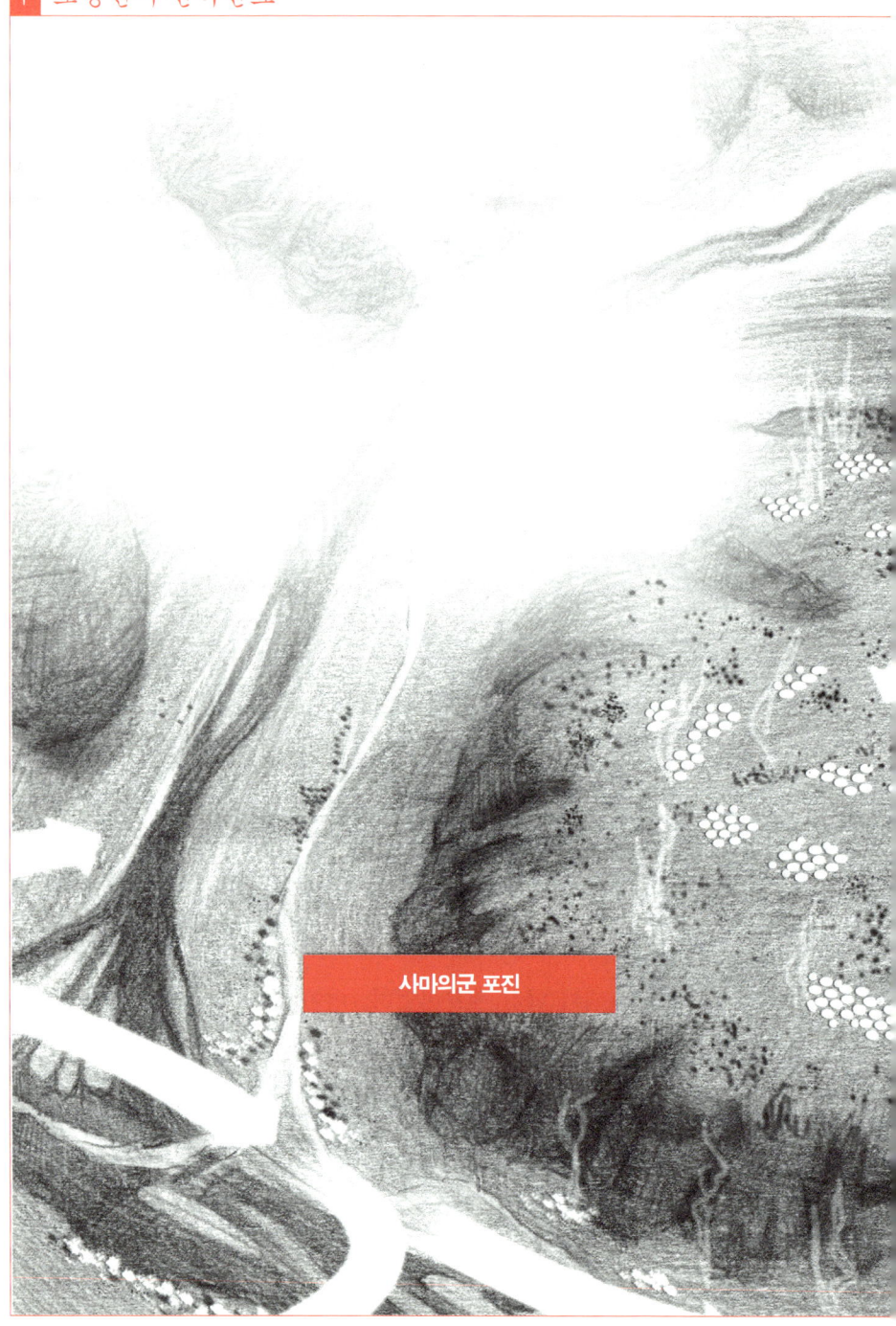

사마의군 포진

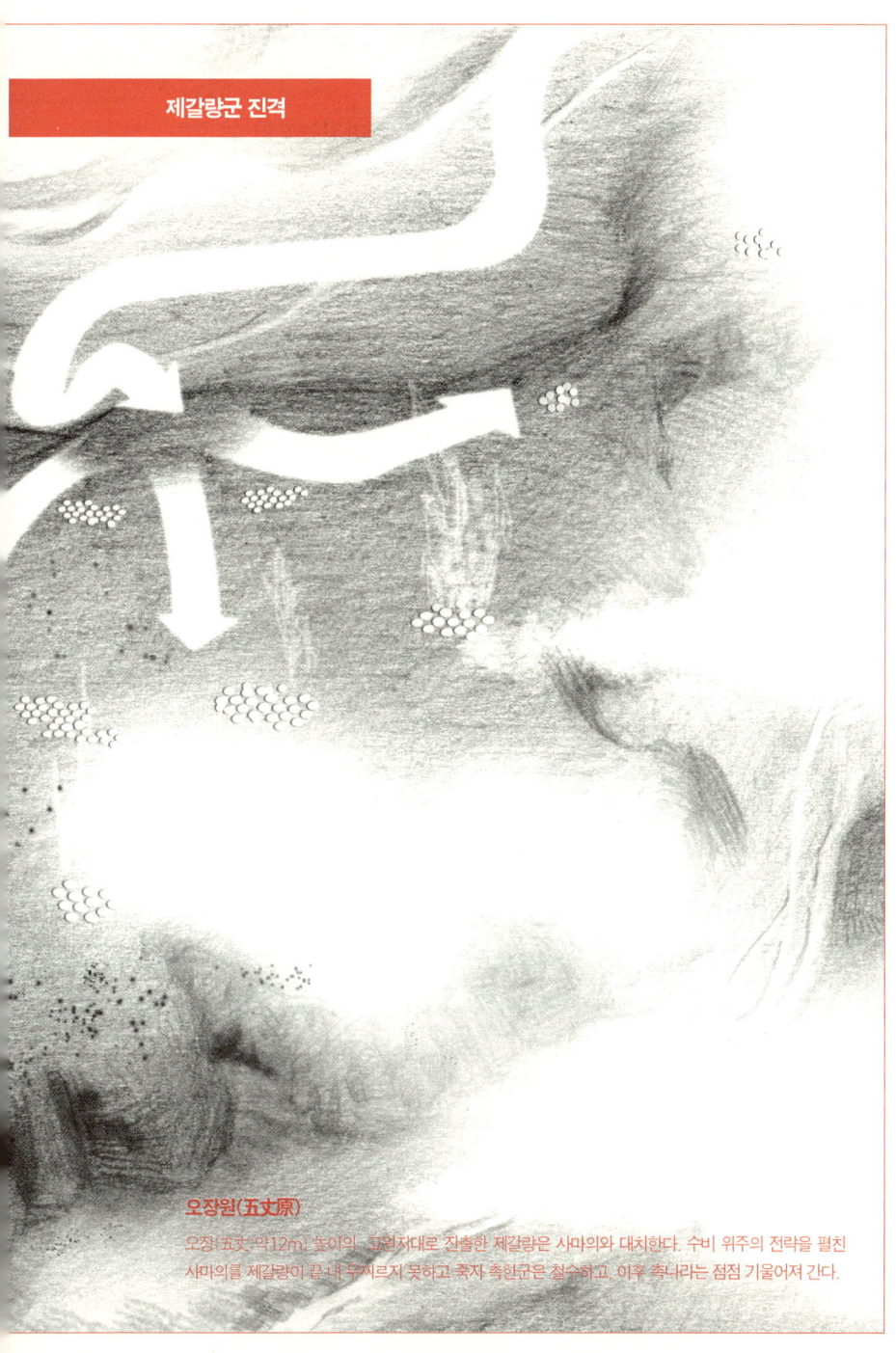

오장원(五丈原)
오장(五丈: 약12m) 높이의 고원지대로 진출한 제갈량은 사마의와 대치한다. 수비 위주의 전략을 펼친 사마의를 제갈량이 끝내 무찌르지 못하고 죽자 촉한군은 철수하고, 이후 촉나라는 점점 기울어져 간다.

"식사는 조금밖에 드시지 않습니다."

"그래서는 몸이 견디지 못한다. 건강이 염려되는구나."

사자의 대답을 듣고 사마의는 정말 걱정된다는 듯이 말했다.

진지로 돌아온 사자로부터 사마의의 말을 전해들은 공명은,

'사마의는 나의 수명까지도 헤아리고 있구나.'

하고 깊이 한숨지었다.

그러자 옆에 있던 시종이 머뭇거리면서 말했다.

"사마의가 지적한 것은 사실입니다. 사람에게는 제각기 역할이라는 것이 있습니다. 승상님께서는 하나부터 열까지 모든 것을 직접 하시지 말고 자질구레한 일 같은 것은 남에게 맡기고, 조금은 휴식을 취하시는 것이 좋겠습니다."

"아니, 나도 그렇게 하는 것이 좋다는 것은 알고 있다. 하지만 후사를 부탁하신 선제 폐하의 뜻을 생각하고 빨리 촉한의 장래를 안정된 것으로 만들어야겠다고 결심하면 마음이 다급해져서 남에게 일을 맡길 수가 없게 된다. 미안하구나."

공명은 안타까운 듯이 대답했다.

이것을 전해 들은 사람들은 모두 눈물을 흘렸다.

그러나 이 무렵부터 공명의 몸 상태는 눈에 띠게 나빠져 갔다.

사마의는 공명의 도발에 넘어가지 않았고, 결국 오장원에서의 양군의 대치는 몇 개월이 더 계속되었다.

2

그러던 어느 날, 돌연 비의가 오장원의 진으로 공명을 찾아왔다. 비의는 인사가 끝나자 참으로 유감스러운 일입니다만, 하고 전제해놓고 얘기하기 시작했다.

"오나라 손권은 이전에 약속한 대로 이번에 30만 대군을 일으켜 거소, 강하, 광릉의 세 방면에서 위나라로 쳐들어갔습니다. 위나라 조예는 스스로 대군을 이끌고 출진하여 만총, 전예, 유소의 세 사람에게 오나라의 군세를 맞서 싸우게 하고, 만총은 계략을 써서 오군의 군량과 무기를 불태워 버렸습니다. 오군의 도독 육손은 손권과 의논하여 앞뒤에서 위군을 협격하려고 도모했으나, 연락하는 사자가 위군 병사에게 사로잡히는 통에 계략이 탄로나게 되어 오군은 대패하고 어쩔 수 없이 병사들을 철수시켰습니다."

얘기를 듣는 도중에 공명의 얼굴에서는 핏기가 가시기 시작했다. 비의의 얘기가 끝나자 공명은,

"으음!"

하고 한마디 신음하더니 그 자리에 쓰러져 정신을 잃었다. 비의를 위시한 대장들이 깜짝 놀라 부축해 일으키니 겨우 정신을 되찾았다.

"오랜 병이 도진 것 같다. 가슴이 '쿡쿡' 찌르는 것처럼 아프다."

공명의 말투는 차분했으나 안색에는 핏기가 가신 채였다.

그날 밤, 공명은 병영 밖으로 나가 하늘을 올려다보았다. 그날은

때마침 중추절, 8월 한가위였다. 하늘은 맑게 개어 은하가 한결 또렷하게 보였다. 자신의 운명을 관장하는 별을 금방 찾을 수가 있었다. 그 별을 보는 것도 꽤 오래간만의 일이었다.

'돌이켜 보면 유비님의 삼고초려에 응해서 난세의 소용돌이 속으로 뛰어들어 군사로서 첫 싸움을 보기 좋게 장식했을 때, 신야성의 망루에 올라가 그 별을 본 적이 있었다. 그때는 힘차고 밝게 반짝이고 있었다. 과연 지금은 어떤가.'

공명은 한참 동안 그 자리에 우뚝 선 채로 있었다. 그리고는 약간 휘청거리는 발걸음으로 숙소에 돌아오더니 강유를 불렀다.

"나의 목숨은 이제 얼마 남지 않았다. 뒷일을 부탁하기 위해 그대를 부른 것이다."

강유의 얼굴을 보자 공명이 유언하듯이 말했다.

"무슨 말씀을 하시는 것입니까!"

강유는 놀라서 외쳤다.

"지금 나의 운명을 관장하는 별을 보고 왔다. 그 별의 빛이 어둡고, 작고, 당장이라도 꺼질 것만 같더구나."

"설사 그렇다고 하더라도 기도에 의해 빛을 되찾을 수 있잖습니까? 그러한 법이 있다고 들었습니다."

"음, 그 법은 나도 알고 있다. 그러나 과연 정해진 수명을 바꿀 수 있을지 어떨지?"

공명은 잠시 생각하고 있다가 이윽고 강유에게 명했다.

"그대는 49명의 병사에게 검은 옷을 입히고 검은 기를 들려서 병영 밖에서 경호하라. 나는 안에서 북두성에게 기원하겠다."

강유는 명령을 받자 즉시 준비하기 시작했다.

이윽고 강유가 49명의 건장한 병사들을 선발하여 검은 옷을 입혀 제단을 경호시키게 하고 공명은 안에서 스스로 제단을 만들고 공물을 바쳤다. 땅바닥에 일곱 개의 커다란 등불을 놓았다. 그 주위에 49개의 작은 등불을 늘어 놓고, 한가운데에 가장 큰 주등을 놓았다. 이 주등이 일 주일 동안 꺼지지 않으면 공명의 수명이 12년이 늘어나지만 도중에 꺼지면 죽음이 기다린다.

"저는 선제 폐하로부터 어린 주군을 부탁받고, 무거운 책임을 다하려고 힘껏 노력해 왔습니다. 그러나 지금 목숨이 끝나려 하고 있습니다. 북두성이여, 하늘의 신이여, 원컨대 세상을 위해 나의 수명을 늘려 사명을 완수하도록 도와주소서."

공명은 바닥에 엎드려 밤새워 기원을 계속했다.

2일, 3일 기원은 계속되었다. 공명은 식사는 물론 물 한 모금도 마시지 않았다. 이따금 쓰러져 의식을 잃었으나, 의식이 돌아오면 다시 기원을 계속했다. 주등은 계속 빛나고 꺼지지 않았다.

한편, 위군의 본진에서는 어느 날 밤, 하늘의 별을 보고 있던 사마의가 하후패에게 명했다.

"장성(將星)의 빛이 약해져 있다. 공명이 죽어 가고 있다고 보아도 틀림없다. 1천기를 이끌고 가서 촉한군의 동태를 살펴보기 위해

도발하고는 속히 돌아오거라."

하후패는 병사들을 이끌고 오장원의 촉한군 진지로 향했다.

그 무렵, 공명의 기원은 이미 6일째 밤을 맞이하고 있었다. 주등은 꺼질 듯 꺼질 듯하면서 밝게 빛나고 있었다.

'이런 식이라면 나의 소원은 이루어질 희망이 보인다.'

공명은 기뻐하면서 정신을 더욱더 집중해 기원을 계속했다.

강유가 병영의 막을 들고서 조용히 안을 들여다보니 공명은 머리칼을 풀어 헤치고 칼을 잡고 일심불란(一心不亂 = 마음의 헷갈림이 없이 오직 한 가지 일에만 마음을 씀)하게 북두성에게 기원을 바치고 있었다. 그 진지한 모습에 강유는 가슴이 뜨거워졌다.

그때, 강유를 '확' 떠밀치면서 위연이 안으로 뛰어들어갔다.

"승상님, 위나라의 군사가 쳐들어왔습니다!"

위연은 서둘러 공명 앞에 무릎을 꿇으려고 하다가 엉겁결에 주등을 밟아 불을 꺼 버렸다.

"오오, 나의 목숨은 끝났다!"

공명은 소리치며 칼을 바닥에 던지고 피를 토하면서 그 자리에 주저앉았다.

"네 이놈, 잘도!"

강유가 망연자실하여 칼을 빼들고 서 있는 위연에게 덤벼들었다.

"그만두어라, 강유."

공명이 목소리를 짜내며 말렸다.

"위연의 죄가 아니다. 나의 수명이 여기까지였던 것이다. 나의 병을 알아차린 사마의가 우리 쪽의 상황을 탐색하기 위해 병력을 보냈을 것이다. 위연, 치고 나가서 멀리 쫓아 버려라!"

"넷!"

위연은 살았다는 듯이 벌떡 일어나 밖으로 뛰어나갔다.

하후패는 위연을 보자 싸우지 않고 말머리를 돌려 도망치기 시작했다. 위연은 10리 가량 뒤쫓다가 자신의 진지로 돌아갔다.

공명은 침상에 누워, 강유를 머리맡으로 불렀다.

"나는 선제 폐하의 유지를 받들어서 한조의 부흥을 목표로 노력했으나 이루지 못하고 이 세상을 떠나지 않으면 안 되게 되었다. 원통하고 분하지만, 그것이 하늘이 내린 내 수명이라면 어쩔 수가 없다. 내가 배운 모든 걸 24편의 책으로 정리해 놓았다. 그대에게 줄 테니 잘 사용해 주기 바란다."

강유가 책을 받아들고 울면서 물러나자, 공명은 마대를 불러 은밀하게 계략을 일러 주고 물러가게 했다.

이어서 공명은 양의를 불러,

"내가 죽으면 위연은 반드시 모반을 할 것이다. 그때는 이 주머니를 열어 보아라. 어떻게 해야 할 것인가를 적은 종이가 들어 있다. 그대로 하면 위연을 제거할 수 있을 것이다."

그렇게 말하고 공명은 비단 주머니를 건네주었다.

공명의 용태는 그로부터 일진일퇴를 되풀이했다. 피를 토하는 일은 이제 없어졌으나 쇠약해지진 모습이 눈에 두드러졌다.

성도에는 이미 급사가 파견되어 있었다. 깜짝 놀란 유선은 조정 대신 이복(李福)에게,

"즉시 병문안을 가도록 하라. 앞으로의 일도 어떻게 하면 좋을지 자세히 물어보고 오너라."

하고 명하여 오장원으로 향하게 했다.

이복은 밤낮을 가리지 않고 달려와 오장원에 도착하자 즉시 공명을 면회하여 유선의 문안 말씀을 전했다.

"폐하는 아직 젊으시다. 그대들이 지켜 드리고 도와 드려라."

공명은 눈물을 흘리면서 말했다.

이복이 떠나자 공명은,

"다시 한번 진중을 둘러보고 싶다."

고 말하고, 시종들의 부축을 받아 조그만 수레에 타고 각 진지를 둘러보았다.

오장원에 불어오는 가을바람은 차가워서 병든 공명의 뼛속까지 스며들었다. 마른 풀들의 살랑거림이 유비, 관우, 장비, 조운, 마초, 황충과 함께 싸우면서 기쁨과 슬픔을 함께 나누었던, 지금은 없는 사람들의 목소리처럼 들렸다.

"아아, 이제는 진두에 서서 적과 싸울 수도 없단 말인가!"

공명은 한숨을 깊이 내쉬고 수레를 돌리게 했다.

밤이 되자 용태가 악화되었다. 최후를 깨달은 공명은 강유와 양

의를 불렀다.

"내가 죽더라도 상을 공표해서는 안 된다. 1진씩 은밀하게 철수해 가라. 강유가 마지막 진을 지휘해라. 만일 사마의가 추격을 해 오면 이전에 만들어 두었던 나의 목상을 수레에 태우고 진두로 밀고 나가는 것이 좋다. 그러면 사마의는 놀라서 도망칠 것이다."

공명은 지시를 끝내고는 눈을 조용히 감았다. 양의가 눈물을 흘리며 밖으로 나왔을 때, 황급하게 이복이 다시 돌아왔다.

"저는 앞으로의 일을 물어보고 오라는 분부를 받았는데 승상님의 용태에 마음을 빼앗겨 여쭈어보는 것을 깜빡 잊었습니다."

이복은 울면서 말했다.

"나의 뒤는 장완에게 맡기면 된다."

공명은 눈을 뜨고 가느다란 목소리로 대답했다.

"장완님의 뒤는 어떤 분이 좋겠습니까?"

"비의가 좋다."

"그렇다면 비의님의 뒤는요?"

공명은 더 이상 대답하지 않았다. 강유와 이복이 가까이 가 보니 이미 숨이 끊어져 있었다. 때는 건흥 12년(234년) 8월 23일로, 공명의 나이 54세였다.

그날 밤, 천지가 죽은 듯이 고요하고 달도 그 빛을 잃었다. 강유는 공명이 명한 대로 상을 숨기고 공명의 유해를 관에 담아 은밀히 철수 준비를 시작했다.

한편, 사마의는 진중에 있으면서 천문을 보고 있었는데 붉게 빛나던 큰 별이 공명의 진지가 있는 방향으로 떨어지는 것을 보았다.

"공명이 드디어 죽었구나!"

사마의는 손뼉을 치면서 외치고는 곧 대군을 일으켜 공격하려고 했다. 그러나 이것도 공명이 잘 쓰는 팔문둔갑의 비술일지도 모른다고 의심하고는 하후패에게 상황을 살펴보고 오라고 명했다.

그 무렵, 위연은 자신의 진지에 있었기 때문에 아직 공명의 죽음을 모르고 있었다. 위연의 진은 선봉으로 오장원의 맨 앞쪽에 있어 본진과는 꽤 멀리 떨어져 있었다.

거기에 비의가 찾아가 공명의 죽음을 전했다.

"승상님께서 돌아가셨던 말인가……"

평소에 공명과 사이가 좋지 않았던 위연도 갑작스런 죽음을 듣고는 잠시 얼이 빠진 듯했다. 그러나 곧 정신을 차렸다.

"승상 대리를 하고 있는 것은 누구인가?"

"승상님은 모든 것을 양의에게 맡기셨습니다."

"양의라고? 그런 녀석이 뭘 할 수 있단 말인가? 내가 있지 않은가! 내가 승상 대신에 사마의를 무찔러 장안을 점령해 주겠다."*

수화불상용(水火不相容)
물과 불처럼 서로 용납하지 못하는 사이를 뜻한다. 위연(魏延)은 국내에서 그를 당해낼 자가 없어서 누구나 두렵게 여겼는데, 오직 양의(楊儀)만이 그를 탐탁히 여기지 않아 둘은 자주 맞서곤 했다.

"승상님은 상을 공표하지 말고 은밀히 철수하라고 유언하셨습니다."

"공명 승상 한 사람이 죽었다고 국가의 대사를 멈춘단 말이냐?"

위연은 거칠게 부르짖으며 마치 칼을 뽑을 듯이 흥분해 있었다. 비의는 서둘러 달랬다.

"화를 참으세요. 제가 양의에게 가서 의논하고 오겠습니다. 그때까지는 위장군께서 경솔하게 움직이지 마시기를 바랍니다."

"알았다. 기다리겠다."

위연이 승낙을 했기 때문에 비의는 양의에게 돌아가 위연이 몹시 흥분해 있다는 것과 화를 낸 말을 전했다.

"승상님께서 언젠가 위연은 모반을 할 것이라고 말씀했는데 벌써 그대로 되었습니다."

양의는 '그러면 그렇지' 하고 고개를 끄덕이고는 강유가 마지막까지 남고, 다른 병사들은 공명의 관을 호위하면서 일진씩 은밀히 철수해 가도록 지시했다.

한편, 위연은 비의가 돌아오기를 기다리고 있었으나 아무리 기다려도 오지를 않았다. 견디다 못해 부하에게 본진의 상황을 알아보고 오라고 했더니, 이미 대부분의 진이 철수해 버렸다는 보고였다.

"이런 죽일 놈들. 나를 속였구나! 어디 두고 보자!"

격노한 위연은 부장으로 자기 밑에 속해 있던 마대와 함께 진을 거두고 그 뒤를 쫓아갔다.

촉제 유선에게 올린 유표문

엎드려 아뢰옵니다. 살고 죽는 것은 모두 한계가 있고 정해진 운수는 헤어나기가 어렵다 합니다. 죽음에 임하여 비록 작은 충성이나마 다하고자 합니다.

신(臣) 량은 성격이 어리석고 천성이 옹졸하여 오직 선제를 유지를 받들고자 병력을 길러 북쪽을 정벌코자 했습니다. 그러나 성공을 거두기도 전에 병이 골수에 맺혀 명이 조석에 달려 있사오니 앞으로 폐하를 섬기지 못하게 되어 한없이 죄스러울 뿐이옵니다. 엎드려 비옵니다. 폐하께서는 밝으신 마음으로 지나치게 욕심을 부리지 마시고 몸을 돌보시며 백성들을 사랑하십시오. 선제께 효도하시고 어지신 은혜를 세상에 펴십시오. 또한 숨어 있는 은사를 발탁해 쓰시고 현량한 선비를 가까이 하시면서 간사한 무리를 물리쳐서 풍도를 두터이 하소서.

신의 집에는 성도 교외에 뽕나무 800그루와 밭 50두락이 있어 자손들이 의식을 여유 있게 해결할 수 있습니다. 신은 항상 밖에 있어 필요한 것은 관(官)에 의지하였으므로 달리 재산을 지닌 것이 없습니다. 신이 죽은 후에 여유 있는 재산이 없으니 또한 폐하께 짐만 되는 것 같습니다.

죽은 공명이 산 중달을 쫓다

1

사마의는 척후를 나갔던 하후패가 돌아와 촉한의 병력이 모두 철수해 버렸다고 고했기 때문에,

"역시 공명이 정말로 죽은 모양이구나."

하고 즉시 전군을 이끌고 오장원으로 쳐들어갔다. 분명히 어느 진지에도 병사들의 그림자가 없었다.

"아직 멀리 가지는 못했을 것이다. 추격해서 전멸시켜 버리겠다!"

사마의는 선두에 서서 병사들을 이끌고 뒤를 쫓았다.

한참 동안 말을 달려가니 앞쪽에 퇴각해 가는 촉한군의 후미가 보였다.

"저기 있다, 쫓아라!"

목청을 높여 계속해서 추격을 하려고 한 순간, 불화살 소리가 울려 퍼지더니 촉한군의 후미가 말머리를 확 돌렸다. 그리고 군세가 양쪽으로 싹 갈라지더니 말 위의 강유를 앞세우고 십여 명의 대장들이 4륜수레를 밀고 나왔다. 수레에 앉아 있는 것은 깃털 부채를 손에 든 공명이 틀림없었다.

"앗! 공명이 살아 있었구나! 후퇴다, 후퇴!"

사마의는 기절초풍을 해 소리치며 말머리를 돌렸다.

"역적 사마의, 보기 좋게 승상님의 계략에 걸려들었구나. 어서 항복해라!"

강유가 창을 꼬나들고 소리치며 달려들자, 위군 병사들은 겁에 질려 앞을 다투어 도망치기 시작했다. 사마의도 허둥지둥 말에 채찍질을 가해 정신없이 30리 가량을 도망쳤다. 나중에 4륜수레의 공명은 목상이고, 강유의 군세도 5천기 정도 밖에 없었다는 것이 밝혀졌다. 사마의는 쓴웃음을 지었다.

"산 사람이라면 모를까 죽은 사람을 상대하고 있다니 어쩔 수가 없구나."

사람들은 이때의 일을 두고,

"죽은 공명이 산 중달을 도망치게 했다."[*]

사제갈 능주생중달 死諸葛 能走生中達

'죽은 제갈량이 산 사마의를 쫓아냈다.'는 뜻으로 유명하다. 오장원에서 제갈량은 자신이 죽으면 사마의가 공격해 올 것을 예상하고 사마의를 몰아낼 계책을 세워 두었다. 과연 사마의는 제갈량이 죽었다는 소식을 듣고 급히 촉군을 들이닥쳤으나, 제갈량이 수레에 앉아 군대를 통솔하고 있는 모습을 보고 혼비백산하여 도망간다. 하지만 그 제갈량은 나무를 깎아 만든 목상이었다.

고 떠들어대며 사마의를 조롱했다.

공명의 죽음이 확실하다는 것을 알았기 때문에, 사마의는 병력을 되돌려 낙양으로 돌아가기로 했다.

"천하의 기재(奇才)란 공명 같은 사람을 두고 하는 말이다."

장안을 떠나 낙양으로 향하면서 사마의는 호적수였던 공명을 칭찬하며 혼자 중얼거렸다.

양의와 강유는 공명의 관을 호위하고 한중으로 철수했으나, 도중에 위연이 잔교를 불태우고 길을 가로막고 있다는 보고가 들어왔다. 그래서 두 사람은 샛길을 통해 한중으로 향했다.

한편, 위연은 양의와 강유를 놓쳐 버렸기 때문에 마대와 함께 한중으로 쳐들어갔다.

"양의, 나오너라! 나와 승부를 겨루자. 그렇지 않으면 아예 항복해라!"

위연은 한중의 성 앞에서 큰소리로 외쳤다.

그러자 성문이 활짝 열리고 양의가 강유와 병력을 거느리고 말을 타고 나왔다.

"위연아! 승상님께서는, '내가 죽은 뒤 언젠가는 위연이 모반할 것이다' 하고 꿰뚫어 보고 계셨다. 정말 그대로 되었구나."

양의는 위연에게 손가락질을 하면서 욕을 했다.

"시끄럽다! 승부를 할 것이냐, 항복을 할 것이냐? 빨리 한쪽을 택해라!"

"만일 네가 우리들에게 용기를 보여 준다면 항복하고 성을 비워 주겠다."

"뭐, 내가 용기를 보이라고?"

"그렇다. '누군가 나를 죽일 자 없는가?' 하고 우리들 앞에서 하늘을 향해 세 번 소리쳐 봐라. 네 놈에게 그럴 만한 용기가 있느냐?"

"바보 같은 소리 하지 마라. 공명이 없어진 지금 나를 당할 자가 있을 리 없다. 몇 백 번이라도 소리쳐 주겠다."

위연은 코웃음을 치더니, 큰 칼을 옆구리에 끼고 말 고삐를 놓고는 하늘을 향해 소리쳤다.

"누군가 나를 죽일 자 없는가! 누군가 나를 죽일 자 없는가! 누군가 나를 죽일 자 없는가!"

"여기 있다!"

뒤에 서 있던 마대가 소리치며 몸을 날려 한 칼에 위연의 목을 베어 떨어뜨렸다. 마대는 공명으로부터 밀명을 받고 위연을 따르는 체하면서 행동을 함께 하고 있었던 것이다. 그리고 양의는 공명이 준 비단 주머니를 열고, 거기에 써 있는 대로 행동한 것이었다.

이렇게 해서 공명의 유해는 양의와 강유 일행의 호위를 받으며 무사히 성도에 도착했다. 유선은 문무백관을 거느리고 성 밖 20리나 되는 곳까지 나와 관을 맞이했다.

공명은 유언대로 정군산에 안장되었고, 시호는 충무후(忠武侯)

였다.

2

촉한군, 공명이 죽고 내분 끝에 지리멸렬하여 철수했다.

사마의는 먼저 낙양의 조정에 주첩장을 보내 보고했다.
"승전이다!"
낙양의 조정에서는 환호가 울렸다.

공명이 이끄는 촉한군을 대파하여 승리를 거둔 것은 아니지만, 위나라의 입장에서 침략군을 퇴각시켰으니 승전한 것이 분명했다. 사마의는 승전장군이 되었다. 그러나 사마의는 오히려 '죽은 제갈공명에게 살아 있는 사마중달이 도망쳤다'는 소문을 십분 이용했다.

'사마중달이 좀 모자란다.'

는 이미지를 오히려 그 자신이 적극적으로 퍼뜨렸던 것이다.

중국의 고대 병법서 36계에 보면, 스물일곱 번째 계책에 '가치부전'이라는 것이 있다. 겉으로는 멍청한 척하면서 실제로는 철저히 준비해 상대의 방심을 유도함으로써 일거에 상대를 무너뜨리는 몹시 간교한 술책이다. 사마의는 시종일관 이 술책을 써왔는데 일종의 보신책이었다.

오장원의 승리 이후, 사마의는 위나라에서 군사에 관한 한 최고의 실력자가 되었다. 병사들의 신망도 높았지만 누가 뭐라고 해도 외침을 막아 낸 승전장군이었다.

그런데 낙양으로 개선한 그는 대장군직을 사양하고, 태위직을 원했다.

아들 사마사가 크게 놀라,

"아버님, 어찌하여 실권이 없는 태위직을 원했습니까?"

하고 물었을 때 사마의는 그저 말없이 빙그레 웃기만 했다.

사마의는 아마 다음과 같이 생각했음이 틀림없다.

군사상 실권을 쥔 2인자는 반드시 모함을 받기 마련이다. 역사적으로 쿠데타를 일으켜 조정을 전복한 사람은 늘 군부의 실력자인 2인자였기 때문이다. 더구나 사마의처럼 승전장군에다 병사들의 신망이 두터운 사람은 조정의 일급 경계 대상일 수밖에 없다.

사마의는 이러한 경계의 눈빛으로부터 벗어나기 위해 자신의 무능을 선전하고 더하여 실권이 전혀 없는 관직을 택한 것이었다.

당시 위나라 조정은 어수선한데다가 궁궐을 크게 증축하는 토목공사가 대대적으로 벌어져 민심이 불안했다. 더구나 손권은 지난번 패배 이후 계속 모략전술을 써서 요동의 공손강으로 하여금 위나라에 등을 돌리도록 부추기고 있었다.

그러나 사마의의 필요성은 다시 그를 군부로 끌어냈다. 요동에서 공손강이 반기를 들고 독립을 선포하는 일이 발생하자, 유주자사 관

구검이 이를 진압하려다 실패했으므로 위나라 조정에서는 역전의 명장인 그를 다시 군사령관으로 발탁할 수밖에 없었다.

이때 조예가 사마의를 불러 물었다.

"이번에 요동으로 떠나면 얼마나 걸리겠는가?"

"4천 리 길이니 가는데 100일, 공격하는데 100일, 쉬는데 60일 정도 걸릴 테니 왕복 1년 정도 소요될 것입니다."

조예는 고개를 끄덕이며 4만 병력을 내주었다.

사마의는 요동으로 진격하여 공손강을 멸망시켰다. 그런데 낙양으로 돌아오는 사마의에게 장안으로 가서 촉한의 강유를 막으라는 명령이 내려왔다.

'또 멀리 쫓겨가는가?'

사마의는 크게 낙담했으나 곧 새로운 명령이 전달되었다.

조예가 위독하니 즉시 낙양으로 돌아오라는 명령이었다. 그는 서둘러 낙양으로 달려갔다. 조예는 입궐한 사마의에게 후계자 조방을 보필해 줄 것을 부탁하고 세상을 떠났다.

새로운 황제가 된 조방은 그때 겨우 8살이었다. 그리하여 유조에 따라 사마의와 대장군 조상(曹爽)* 이 어린 황제를 보좌하게 되었다.

조상은 능력에 비해 허세가 많고 시샘이 많았다. 처음에 그는 크고 작은 문제들을 사마의와 상의했으나 점차 그의 측근들이 자리를 잡자, 사마의와 권력을 나누어 갖는 것이 싫어 사마의를 따돌렸다.

결국 사마의는 또다시 실권없이 명예뿐인 천자의 교육 담당 태부로 밀려나게 되었다. 어쩌면 스스로 택한 길이었을지도 모른다.

얼마 후 사마의는 병을 구실로 자신의 집에서 두문불출했다. 조상 일파의 관심에서 벗어나고자 칩거를 한 것이다.

조상과 그 일파는 사마의에 대해 신경을 쓰지 않고 권력을 독점할 수 있었으므로 신바람이 났다. 관리들도 조상 일파의 권세를 두려워하여 누구 하나 사마의와 가깝게 지내려 하지 않았다. 위나라 조정의 실권 일체가 조상 일파의 손아귀에 들어갔고 그들은 제멋대로 행동했다.

사마의는 더욱 꼼짝하지 않고 철저히 외부와 교류를 끊고 두문불출했다. 조상에겐 오히려 이러한 사마의의 태도가 신경이 쓰였다.

때마침, 조상 일파의 한 사람인 이승(李勝)이 고향인 형주의 자사로 부임하게 되었다. 조상이 이승을 불러,

"문안 인사를 핑계삼아 그 늙은이의 동정을 살펴봐라."

하고 지시했다.

조상(曹爽)
조진의 아들로 명제(조예)가 죽자 대장군이 되어 사마의와 함께 조방을 보좌한다. 허세가 많고 실력이 부족하여 사마의가 쿠데타를 일으켰을 때 면직만 시킨다는 사마의의 말을 곧이곧대로 믿고 항복했지만 결국 삼족이 처벌되었다. 이후 위나라의 실권이 모두 사마씨에게 넘어가 진(晉)의 토대를 만들었다.

이승은 곧 사마의의 저택으로 찾아갔다.

문지기로부터 이승이 찾아왔다는 보고를 받자 사마의는 두 아들을 불러 조용히 주의를 주었다.

"이승이 찾아온 것은 내가 어느 정도 아픈지를 엿보기 위해서 온 것이다. 너희들도 그렇게 알고 만에 하나라도 눈치채지 않도록 조심해라."

사마의는 곧 머리를 풀어헤친 채 시녀들의 부축을 받아 침상에서 몸을 일으키며 이승을 맞았다. 이승은 사마의의 침상 가까이 다가가 절하며 문안 인사를 했다.

"오랫동안 태부님을 찾아뵙지 못했으나 환후가 이렇게 심하신 줄은 몰랐습니다. 형주자사의 명을 받았기에 임지로 떠나기 전에 문안 인사를 드리기 위해 찾아왔습니다."

이승은 인사를 하면서 슬그머니 사마의의 모습을 곁눈질하며 살폈다. 사마의의 양옆에는 여종 두 명이 시중을 들고 있었다. 여종들은 사마의의 옷이 어깨에서 흘러내릴 때마다 다시 입혀 주곤 했다.

그때 사마의가 자신의 입 근처를 가리키며,

"무엇인가 마시고 싶구나."

라고 말했다.

여종이 죽이 담긴 그릇을 가져오자, 사마의는 어설픈 자세로 죽 그릇을 받아 후루룩 마시려 했다. 하지만 사마의의 손은 덜덜 떨렸고, 죽은 입 속으로 들어가지 않고 모두 가슴 근처로 뚝뚝 떨어졌다.

이승의 눈에 비친 사마의는 제대로 거동조차 못하는 죽기 직전의 중병환자나 다름없었다. 그런 사마의를 바라보던 이승의 눈가에 어느새 애처롭다는 생각에 눈물이 맺혔다.

사마의는 천천히 호흡을 가다듬으며 이승에게 말했다.

"늙은 몸이 병까지 심해지니 이제 죽을 날이 멀지 않았나 보오. 병주로 부임한다는 것 같은데 그곳은 오랑캐와 인접해 있는 곳이니 매사에 진력하기 바라오. 이제 살아서 그대를 만날 수는 없겠지."

"아닙니다. 저는 병주가 아니라 형주에 부임합니다."

이승이 서둘러 정정했지만 사마의는 여전히 못 알아들은 듯,

"병주로 간다하니 아무쪼록 자중 자애하기 바라오."

하고 대꾸했다. 이승은 재차,

"태부님, 제가 부임하는 곳은 형주입니다. 병주가 아닙니다."

하고 되풀이하여 말하자 사마의는 그제야 겨우 알아들었다는 듯이 더듬거리며 정정했다.

"이것 참 실례했소. 이제 귀까지 어두워 그대의 말을 잘 알아듣지 못했소. 자사로 부임한다 하니 축하하오. 나는 완전히 기력이 쇠진해지고 말았구려. 이제 그대와도 두 번 다시 만나지 못할 것 같소. 이별의 표시로 식사라도 차려 드리고 싶구려. 부디 대장군(조상)을 뵙거든 우리 아들들을 잘 좀 돌봐 달라 하더라고 전해 주시오. 그것이 이 늙은 것의 마지막 부탁이오."

사마의는 말을 마치고 훌쩍이며 울기까지 했다. 참으로 능수능란

하게 배우 뺨치는 절묘한 위장이었다. 사마의의 명연기에 속아 넘어간 이승은 돌아가 조상에게 자신이 본대로 자세히 보고했다.

"그 늙은이가 더 이상 움직이지 못한다면 무슨 걱정이 있겠는가? 경하할 일이지."

조상은 크게 기뻐하며 완전히 마음을 놓았다. 이후 누구 하나 사마의에 대해 신경쓰는 사람이 없었다. 아니 불쌍한 노인 정도로 여겼다. 그러나 정말로 불쌍한 것은 바로 그들이었다. 해가 바뀌어 이듬해 정월, 황제 조방은 선제 조예의 묘릉으로 참배를 떠났고 조상과 형제들 및 그 일파는 모두 조방을 수행했다.

사마의가 이 절호의 기회를 놓칠 리 없었다. 그는 재빨리 두 아들과 예전에 심복이었던 장수들을 시켜 병영을 장악한 뒤 순식간에 낙양을 자신의 손아귀에 넣었다. 그리고 성문을 걸어 잠그고 조상 일파를 붙잡아 들였다.

이때 꾀 많기로 이름난 환범이 밧줄을 타고 낙양성을 탈출하여 조상에게 달려갔다.

"큰일 났구나. 꾀주머니를 놓치다니……."

사마의가 탄식하자 곁에 있던 장제라는 부하가,

"걱정하실 것 없습니다. 바보같은 조상이 환범의 꾀를 쓸 리 없을 테니까요"

하고 자신 있게 대답했다.

결과는 그렇게 되었다.

환범은 조상에게 황제의 권위를 내세워 사마의에게 저항하라고 권했으나, 조상은 사마의가 병권만 거둘 뿐 더 이상 책임 추궁을 하지 않겠다고 하자 사마의에게 대장군의 인수를 넘겨주었다.

환범은 이 사실을 듣고 통곡을 하며,

"조자단(조상의 부친 조진)은 평생 지혜를 자랑하더니 이제 보니 그 아들들은 개, 돼지만도 못한 것들이구나."

하고는 멀리 도망쳐 버렸다.

한편, 사마의는 칙명을 기다리고 있으라며 조상 형제를 집으로 돌려 보냈다. 그는 목숨을 살려 주겠다는 약속을 지키는 듯했지만 사실은 내관 장당을 잡아들여 문초한 끝에 조상이 하안, 등양, 이승, 필범, 정밀 등과 모의하여 역적질을 하려 했다는 자백을 받아내 조상 형제와 함께 이들 다섯 명은 물론 일당들 모두 잡아들여 저잣거리에서 효수해 버린 것이다.

'상대를 방심시켜 놓고 기회를 엿보다가 때가 오면 단숨에 친다.'

는 꾀로 정적 제거에 성공하고 사마의는 위나라의 실권을 장악했다. 이로써 그는 최고 실력자가 되었다. 이때 조조 이래의 위나라 조정은 사라지고 사마씨의 진(晉)나라가 세워진 것이라고 해도 무리가 없다.

3

한편, 공명이 죽은 후 촉한은 어떠했는가?

공명이 자신의 후계자로 지명한 인물은 앞서 유언한 대로 장완(蔣琬)이었다. 그래서 장완이 승상이 되고, 강유가 촉한의 군사를 지휘하게 되었다.

양의는 이것이 불만이었다. 양의는 부관으로서 항상 공명 옆에 있으며 공명을 도왔다. 그런 자신을 젖혀 두고, 장완이 공명의 뒤를 잇는 것이 못마땅했다.

"이럴 줄 알았으면 공명 승상이 돌아가셨을 때 전군을 이끌고 위나라에 항복해 버릴 것을 그랬네."

속이 좁은 양의는 비의에게 엄청난 불평을 늘어놓았다.

비의는 이것을 유선에게 고했다. 유선은 격노하여 그를 유배형에 처했다. 양의는 이것을 부끄럽게 여겨 자살하고 말았다.

이러한 다소의 잡음이 있었으나, 장완은 공명의 가르침을 잘 지켜 비의와 협력하여 나라를 다스려 갔다.

위나라에서는 가평 3년(251년), 사마의가 73세의 나이로 죽었고, 아들인 사마사와 사마소가 그 뒤를 이어 실권을 잡았다.

사마의가 죽은 이듬 해, 오나라에서는 손권이 죽었다. 그때 그의 나이는 71세였다. 만년에 오나라에서는 후계자 다툼으로 정치가 혼란스러웠다. 육손도 그 다툼에 말려들어 손권의 노여움을 사서 분통이 터진 나머지 죽고 말았다.

손권의 뒤를 이어 오나라의 황제가 된 것은 10세인 소년 손량(孫亮)이었다. 제갈근의 아들 제갈각이 손량을 도와 국정을 보았다.

한편, 촉한의 강유는 공명의 유지를 이어 병력을 이끌고 매년 위나라로 출병을 했다. 그러나 국지전(局地戰)에서 이기거나 지거나를 되풀이할 뿐 아무리 해도 위나라를 멸망시킬 수가 없었다.

싸움이 계속되면 당연히 백성들의 생활이 어려워진다.

"한조의 부흥 따위는 아무래도 좋지 않은가? 촉한은 촉한으로서 해 나가면 되는 것이다."

그런 목소리가 높아지고, 강유에 대한 사람들의 불만이 쌓여만 갔다.

그 무렵에 장완이 죽고 그 뒤를 이은 비의도 얼마 뒤에 암살당하자, 기다리고 있었다는 듯이 황호(黃皓)를 위시한 환관들이 설치기 시작했다. 황호는 유선에게 밀착하여 촉한의 조정에서 권세를 휘두르기 시작했다. 마음에 들지 않는 자들은 유선에게 고자질하여 멀리 쫓아 보냈다. 유선도 강유 등의 간언을 듣지 않고, 자신을 떠받들어 주는 황호가 말하는 것만 들었다. 정치를 돌보지 않고, 술과 놀이에 정신을 잃고, 사치스러운 생활에 빠져들기 시작했다. 그런 속에서 강유는 차츰 고립되어 갔다.

위나라의 경원(景元) 4년(263년), 사마소는 촉한의 국력이 쇠한 것을 알자 토벌을 결심하고, 등애와 종회에게 병사를 주어 촉한으로 쳐들어가도록 명했다.

등애와 종회는 두 방면으로 나뉘어 진격했다. 종회가 검각에서 강유의 저항에 부딪쳐 시간을 끌고 있는 동안에, 등애는 면죽을 점령하고 성도에 육박했다. 이때 면죽에서 등애를 맞서 싸운 것은 공명의 두 아들, 제갈첨과 제갈상이었다. 제갈첨은 위나라의 대군에 에워싸여 항복하도록 권유받았으나 병사들을 이끌고 나왔다가 끝내 패하자 칼을 뽑아 자신의 목을 쳤다. 이것을 본 제갈상은 적군 속으로 뛰어들어가 싸우다 장렬히 전사했다.

유선은 싸울 기력이 없었고, 중신 초주의 권유로 항복을 결심했다. 이렇게 해서 촉한은 유비가 나라를 세운지 42년 만에 멸망했다. 검각에서 농성하며 위군에 저항하고 있던 강유는 성도에서 달려온 칙사에 의해 유선의 항복을 알고 망연자실했다.

"우리들이 목숨을 내걸고 싸우고 있는데 어째서 항복 같은 것을 했단 말인가!"

강유를 따르고 있던 대장들은 이를 '바드득' 갈고 머리칼을 곤두세우며 칼을 빼서 돌을 내리치면서 통곡을 했다. 그러나 조칙을 거역하지 못하고, 강유는 대장들과 함께 종회에게 항복했다. 그 뒤, 종회를 이용해서 촉한 부흥을 꾀했으나 실패하고 죽었다.

유선은 낙양으로 옮겨졌다. 어느 날, 사마소의 저택을 방문했는데, 사마소는 연회를 열어 유선을 대접했다. 그 자리에서 촉한의 음악이 연주되었다. 유선을 수행해 온 촉한의 옛 신하들은 멸망한 고국을 생각하고 슬픔과 원통함에 눈물을 흘렸다. 그러나 유선만 혼자 즐거운 듯이 행동하고 있었다.

그 모습을 본 사마소는,

"오기도 기개도 없는 이런 인간이 황제라면 설사 공명이 살아 있다 하더라도 촉한을 그대로 유지해 갈 수 있었을지 의문이다."

하고 어처구니없어 했다고 한다.

그 사마소는 촉한을 멸망시킨 공적에 의해서 진왕(晉王)의 지위에 올랐다. 조정의 실권을 사마소가 장악하고 있어 황제인 조환(曹奐)은 아무 말도 할 수가 없었다.

사마소가 죽자, 장남인 사마염이 뒤를 이어 진왕이 되었다. 사마염은 조환을 협박하여 황제 자리를 물려받고 제위에 올라 진나라를 세웠다. 이렇게 해서 위나라는 조비가 제위에 오르고부터 45년 만에 멸망했다. 촉한이 망하고 나서 불과 2년 뒤의 일이었다.

그 무렵, 오나라는 손권에서부터 헤아려 4대째인 손호(孫皓)의 시대였다.

손호는 폭군이었다. 주색에 빠지고, 사치에 젖고, 대규모의 토목공사를 차례차례로 일으켜 민중의 생활이 괴로워지는 것을 돌보지 않았다. 간하거나 의견을 말하는 신하는 그 자리에서 죽여 버렸다. 10여 년 동안에 죽임을 당한 중신이 40명도 넘었다.

이런 상황을 알게 된 진나라 익주자사 왕준이,

"손호가 죽고 훌륭한 군주가 서면 오나라를 멸망시키는 것은 어려울 것입니다. 지금이 적절한 시기입니다."

하고 사마염에게 간곡히 진언했다.

형주도독 도예도 같은 말을 해 왔기 때문에 사마염은 오나라를 칠 결심을 했다.

함녕 5년(279년), 11월, 사마염의 명령을 받아 두예와 왕준을 중심으로 20만 가량의 진군이 수륙 양면으로 오나라를 향해 진격했다.

오나라에서는 장강의 요새에 길다란 쇠사슬을 둘러치고, 쇠송곳을 수만 개를 만들어 수중에 세우고, 공격해 오는 진군의 선단을 막으려고 했다.

이것을 안 왕준은 커다란 뗏목을 수만 개를 만들어 상류에서 흘려내려 보냈다. 송곳은 뗏목에 박혀 모조리 하류로 떠내려가 버렸다. 또한 뗏목에 길이 10장, 굵기가 열 아름쯤 되는 거대한 횃불을 싣고, 기름을 듬뿍 먹여 놓고 쇠사슬에 부딪칠 때마다 불을 질렀다. 그러자 쇠사슬이 불에 달구어져서 순식간에 녹아 토막토막 끊어졌다.

이렇게 해서 왕준은 건업에 첫 번째로 입성했다. 이어 육지로 진격한 두예도 건업에 도착했다. 손호는 더 이상 버틸 수 없다는 걸 깨닫고 항복하였다. 태강 1년(280년) 3월의 일로, 오나라는 손권 이래 51년만에 멸망했다.

이리하여, 위·촉·오의 3국은 모두 멸망하고, 진(晉)나라가 천하를 통일하게 되었다. 황건의 반란이 일어나고 천하가 요동친 지 96년만의 일이었다.

〈전5권 끝〉

 5권을 덮으며...

　드디어 마지막 권의 책장을 닫게 되었습니다. 지금까지 수많은 인물이 등장하고, 화려한 활약을 하다가 역사 속으로 사라져 갔습니다. 여포, 진궁, 원소, 원술, 손책, 순욱, 순유, 주유, 방통, 그리고 관우, 조조…… 등등.
　이 마지막 권에서는 지금까지 우리에게 친근하게 느껴졌던 등장인물들까지 모두 무대를 떠나갑니다.
　우선 장비는 관우의 복수전을 하기 위해 출진하기 직전, 앙심을 품은 부하에게 암살당하고 맙니다. 장비의 어처구니없는 죽음에 대해서 많은 독자가, "이게 무슨 일인가!" 하고 분해할 것입니다. 장비가 죽었을 때 나이가 55세였습니다. 그 당시와 현대를 단순히 나이로 비교할 수는 없지만 그래도 55세라고 하면 아직 활약을 기대할 만한 나이였을 것입니다.
　장비의 죽음은 촉한 입장에서 참으로 유감스러운 일이었습니다. 장비가 이후 10년만 더 살아 있어 주었더라면 삼국의 역사가 완전히 달라졌을지도 모릅니다. 공명이 위나라에 침공하여 장안을 함락시키고, 낙양을 공격했을지도 모릅니다. 그만큼 장비의 무용은 초인적인 것이었습니다.
　관우의 신격화와 달리 무용이라는 점에서는 오히려 장비 쪽이 민중의 인기를 더 얻고 있었습니다. 때때로 감정이 폭발해 난폭한 행동을 할 때가 있긴 하지만, 소년처럼 순수하고, 외곬수이고, 표리가 없고, 다만 오로지 자신이 믿는 길로 질주하는 장비의 모습은 긴 세월 동안 중국의 민중으로부터 갈채를 받았습니다. 사실 나관중이 쓴 소설의 첫 간행본에서 주인공은 장비였습니다. 나이를 먹어도 마치 젊은이의 기개 같은 모습을 지킨 장비의 인품을 민중은 사랑했던 것입니다.
　장비의 사당은 현재 중경시 운양현에 있습니다. 전하는 바에 의하면, 장비를 암살한 범강과 장달은 장비의 목을 장강의 지류인 가능강에 던졌는데 목이 흘러 흘러서 운양에 이르렀습니다. 어느 날 밤, 늙은 어부의 꿈에 장비가 나타나 이대로 오나라로 흘러가고 싶지 않으니 여기에 묻어 달라고 부탁했다고 합니다. 그래서 이곳에 장비의 사당이 생겨났다는 것입니다.

　장비에 이어 유비가 목숨을 잃습니다. 숨을 거두기 직전에 유비는 공명에게 후계자인 유선이 어리석으면, 대신 제위에 오르라고 유언했습니다. 좀처럼 할 수 없는 유언으로, 유비가 아니면 입에 담을 수 없었을 것입니다.

　조조 밑에 인재들이 모여든 것은 그 행동력과 관습에 사로잡히지 않는 파격적인 인재 등용 등 새로운 시대를 열어 나가려고 하는 개혁에 기대하는 바가 많았던 반면, 유비의 매력은 깊은 인정과 일단 신뢰한 사람을 절대로 배신하지 않는 성실함이었습니다.

　본문에서는 쓸 여유가 없었지만, 유비와 유비를 따르는 자 사이의 신뢰관계를 얘기해 주는 다음과 같은 에피소드가 있습니다.

　관우의 원수를 갚으러 간 이릉 싸움에서 수군을 맡은 황권이라는 인물이 있습니다. 유비가 육손에게 패하여 백제성으로 도망친 뒤, 황권은 오나라의 수군에게 퇴로를 차단당하게 됩니다. 촉한으로 돌아갈 수 없게 된 황권은 원수 손권에게 항복하고 싶지 않았기 때문에 위나라에 항복을 했습니다.

　이 사실이 알려지자 신하들이 유비에게 황권의 가족을 처벌하도록 진언합니다. 적에게 항복한 자에게 본보기를 삼기 위해 남아 있는 가족을 처형하는 것은 흔히 있는 일이었습니다. 그러나 유비는 황권이 위나라에 항복한 것은 어쩔 수 없이 그렇게 한 것이고, 그렇게 만든 자신이 잘못이라 오히려 황권의 가족을 보호해 주라고 명했던 것입니다.

　한편, 황권은 위나라 사람으로부터 유비가 자신의 일족을 몰살시켰다는 얘기를 듣고,

　"나는 유비 황제를 성심성의껏 섬겨 왔습니다. 그것은 황제께서도 잘 알고 계시니 그런 일을 하실 리가 없습니다."

　하고 조용히 웃으면서 대답했다고 합니다.

황권은 처음에 유장의 부하였는데 유비가 파촉 땅에 들어올 때 강경하게 반대했던 인물입니다. 그것을 감안한다면 유비가 황권의 마음을 얼마나 사로잡았으며, 황권도 얼마나 유비를 깊이 신뢰하고 있었는가를 알 수 있습니다.

본래 유비는 한조의 부흥을 목적으로 병사를 일으켰습니다. 그러나 최후에 이르러서는 그러한 대의명분보다 의형제인 관우의 복수라고 하는 사적인 인정을 선택하여 실패하고 맙니다. 그런 점에 유비의 나약함과 약점, 그리고 인간적인 매력이 있습니다. 만일 유비가 관우의 복수전에 나서지 않고, 공명이나 조운의 의견을 받아들여 위나라를 처러 가는 결과였다면 『삼국지』는 이렇게 오랜 세월 동안 계속해서 읽혀지지 않았을지도 모릅니다.

조조는 꾀가 많고 행동력이 풍부한 재능을 가진 인간이지만, 유비의 경우 능력은 좀 모자라지만 성실한 인정의 인간이었습니다. 그리고 이 두 사람의 장점을 상당 부분 함께 지니고 있는 인물이 공명이라고 할 수 있습니다.

공명에게 야심이 있었다면, 어리석은 유선을 끌어 내리고 자신이 제위에 올랐을 것입니다. 한조의 부흥이라는 큰 목적을 위해서도 그렇게 하는 것이 좋았을지도 모릅니다.

그러나 공명은 그렇게 하지 않았습니다. 공명은 오로지 자신에게 유선을 맡긴 유비의 신뢰에 보답하는 것, 오로지 그것 뿐이었습니다. 그리고 유선의 어리석음에 시달려가면서 죽도록 일만 하다가 끝내는 오장원에서 목숨을 잃는 처지가 되었던 것입니다. 이런 자세를 국궁진력이라고 합니다.

그러한 공명의 삶의 방식이 또한 사람들의 마음을 감동시켰다고 하겠습니다.

공명의 시호는 충무후(忠武侯)라고 합니다. 공명과 유비가 모셔져 있는 사천성의 성도에 있는 무후사(武侯祠)는 이 시호 때문에 그렇게 불리우고 있지만, 그곳은 본래 유비를 모신 소열묘(昭烈廟)였고 무후사는 다른 곳에 있었습니다.

명(明)대의 초기에, 촉땅을 다스리던 관리가 성도에 찾아왔을 때 무후사에는 참배자가 많이 찾아와 번창하였는데, 소열묘는 찾아오는 사람이 없어 크게 쇠퇴해 있는 것을 보았습니다.

이 관리는 제왕을 모신 소열묘야말로 참배해야 할 곳이라고 화를 내며 무후사를 없애 버리고 소열묘 안으로 옮겼습니다. 지금 있는 것은 청(淸)대에 재건된 것인데 사람들은 여전히 이곳을 '무후사'라고 부르고 있습니다. 지금의 성도 무후사 현판은 사회주의 중국을 지배한 모택동의 측근이자 시인이며 사상가인 곽말약이라는 분이 쓴 것입니다. 결국 무후사는 생겨난 시대가 중요한 것이 아니라 사람들의 마음 속에 그 옛날부터 제갈공명이 계속 살아 있다는 것을 보여 주는 일이라 하겠습니다.

공명의 마지막 땅이 된 오장원(五丈原)은 섬서성의 기산현에 있습니다. 이곳에는 원(元)나라 시대에 새워진 제갈묘가 있고, 공명의 좌상과 함께 강유, 왕평, 관흥, 장포와 같은 공명을 도와 활약한 무장들의 입상이 장식되어 있습니다. 어떤 이들은 이곳을 오장원 무후사라고 부르기도 합니다.

묘가 있는 대지 위에 서면 눈 아래로 늘어선 집들의 지붕 너머로 사마의의 진이 있었던 위수가 희미하게 보입니다. 또 묘의 뒤쪽으로 돌아가면, 일면의 보리밭이 넓게 펼쳐져 있습니다. 공명이 가진 꿈의 흔적 같은 느낌이 듭니다.

공명은 끝내 장안에 가지 못한 셈이지만, 지금은 버스 편으로 오장원에서 서안(장안)까지 2시간 정도 걸립니다. 그 2시간 남짓한 시간 속에, 2000년에 가까운 시공(時空)을 건너뛰는 의미가 녹아 있는 것 같은 느낌이 듭니다.

그런데 이 삼국지의 이야기는 공명의 죽음으로 사실상 종막을 고하기로 하겠습니다. 물론 삼국지 원전은 공명이 죽은 뒤에도 계속되어 삼국이 차례차례로 멸망해 가고, 진(晉)이 천하를 통일하는 곳에서 끝납니다. 『삼국지연의』는 역사상의 사실에 입각한 것이니까 거기까지 쓰지 않으면 끝낼 수가 없을 것입니다.

그러나 솔직히 말해서 공명이 죽은 뒤의 이야기는 그다지 재미가 없습니다.

이것은 첫째로 지금까지 계속 친밀감을 느껴온 관우, 조조, 장비, 유비, 조운, 공명과 같은 이야기 상의 중요 등장인물들이 차례차례로 죽어 한 사람도 남지 않게 된 탓으로 그 뒤의 등장인물에게 흥미와 친근감을 느낄 수 없기 때문일 것입니다. 등장인물들도 사마의를 빼놓으면 이제까지 등장했던 사람들보다 인물의 스케일이 작습니다.

또 하나는, 공명이 죽음으로써 『삼국지연의』의 테마는 종막을 고했다고 생각하기 때문입니다.

도원의 결의로부터 공명이 죽을 때까지를 찬찬히 다시 읽어 보면, '우정과 신뢰'라는 인간적 테마가 굵은 실처럼 일관되게 흐르고 있는 것을 알 수 있습니다. 유비와 관우, 장비, 조운, 공명 사이에 맺어진 우정과 신뢰는 배신하고 배신 당하고, 죽이고 죽임을 당하는 것이 다반사였던 난세에서도 결코 무너지는 일이 없었습니다.

목숨을 걸고 '의(義)'를 위해서 싸우는 유비 일행을 뒷받침하고 있었던 것은 이 우정과 신뢰에 의해서 맺어진 강한 유대였습니다. 그것이 관우, 장비, 조운이 죽고, 최후에 남은 공명의 죽음에 의해서 종막을 고했던 것입니다.

따라서 삼국이 멸망하고 진나라로 통일될 때까지의 경과는 정리하여 기술한 것에 불과합니다. 많은 이해바랍니다.

끝까지 읽어 주셔서 대단히 감사합니다.

전략 삼국지 5
오장원의 가을바람

원 작 • 나관중   평 역 • 나채훈, 미타무라 노부유키
그 림 • 와카나 히토시
펴낸곳 • (주)삼양미디어   펴낸이 • 신재석

등 록 • 제 10-2285
주 소 • 121-840 서울시 마포구 서교동 394-67
전 화 • 02)335-3030   팩 스 • 02)335-2070
홈페이지 • www.samyangm.com
이 메 일 • book@samyangm.com

1판 1쇄 발행 2005년 10월 10일
ISBN • 89-5897-014-6
      89-5897-009-X(전5권)

책 값은 뒤표지에 있습니다.
잘못 만들어진 책은 구입하신 서점에서 바꾸어 드립니다.